看見屍體的男人 II

死亡設計者 下

시체를 보는 사나이 II
죽음의 설계자

空閑K
黃莞婷 譯

*本書中提及的人物、團體、地名、事件等皆屬虛構，與現實無關。

目次

第12話 看不見的動靜

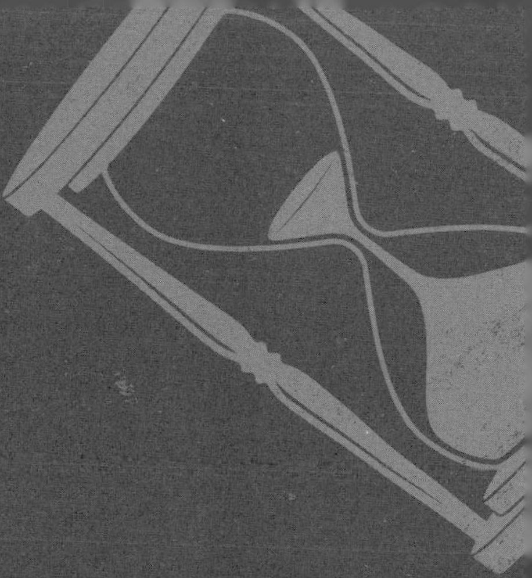

兒媳婦死亡當天，徐議員死亡D－2

重案系刑警聚在一起報告針對連續殺人案B點的調查進度，羅相南警查正在報告針對朱必相的內部調查內容時，指揮室的門打了開來，門口出現一名穿著肩上掛有四朵木槿花警徽制服的男人。

「忠誠！長官好。」

「忠誠！」

眾人齊聲起立，向署長行禮。

「大家都辛苦了，喔，閔系長。」

閔警正急忙跑到江南警署署長面前：

「署長有什麼事還親自跑一趟？怎麼不叫我過去就好了。」

「怎麼能讓大忙人跑來跑去？我有點事要找你。」

署長露出溫和慈祥的笑容。

「私下談嗎？」

「是啊。」

「好的，會議室這邊請。」

閔警正帶署長來到會議室，等門一關上，署長壓低聲音說道：

「閔系長，我收到進度報告，聽說你要搜查嫌犯的住家？」

「是的，雖然扣押搜查被駁回了，但我會再次申請。」
「嗯，剛才首爾地檢的部長檢察官有聯絡我。你沒接到嗎？」
「首爾地檢？」
「對，負責人是韓瑞律檢察官吧？」
「是的，不過還沒有接到聯絡。檢方那邊說了些什麼？」
「這樣啊，看來我來得太早了，由負責的檢察官通知你比較好。你看到今早的新聞了嗎？」
「還沒，有什麼不好的消息嗎？」
「就是說……首爾某警察署非法監視一般民眾，你知道這件事嗎？」
「不知道，我第一次聽說，是哪裡的警察署？」
「我就是為了這個才會來啊。有人一狀告到檢察廳，直接指名特搜部有人非法調查一般民眾。這件事你也不知道？」
「非法調查？署長，這之中有什麼誤會吧，署長也曉得我們正在調查連續殺人犯……。」
「是啊，我知道，但萬一媒體把這件事鬧大，那就更麻煩了不是嗎？他們鐵定會像瘋狗一樣抓著我們亂咬，你也知道吧？」
「話是這麼說沒錯……。」
「這陣子檢警調查權的調整問題正在風頭上，廳長不希望輿論影響到警方的形象。」
閔警正一言不發地轉頭看向遠處。

「閔系長，你可知道你們打算要扣押搜查的是誰？」

「這個問題的意思是？」

「你這個人，雖然工作能力強，但得學會搞清楚狀況啊。那可是朱社長啊，人家都說在江南沒人不知道朱社長，除非你是從北韓來的間諜……。總之，你要搜查的是朱社長兒子的住家。聽說他兒子身體不好，正在美國治療。所以你不要白費力氣了，把精力放在其他地方吧，懂我的意思嗎？想清楚！」

「啊……原來是這樣？署長，你和朱社長有什麼交情嗎？」

「哎，你這個人，哪有什麼交情。我們只有在公開場合見過幾次而已。話說回來，你有派人去跟朱社長嗎？他也交了陳情書說警察跟蹤一般民眾。」

「陳情書？朱社長送了陳情書去警察署？」

「沒有，是直接送去警察廳，報告已經在廳長手上。你馬上叫下面的人停止跟蹤，要跟蹤技術也好一點，怎麼每次都被發現……。好好教育一下那些刑警，閔系長。」

「好像有什麼誤會？我們沒有派人跟蹤他。」

「是嗎？不是你們還有誰會跟蹤朱社長？」

「這我就不清楚了。」

「還是你想裝傻敷衍我？」

署長自顧自地笑了出來，很快又收起笑容說道：

「好，我知道了。我現在好好跟你說，最好打消跟蹤他的念頭，事情就到這裡為止，對方已經說了不會追究，知道嗎？至於非法調查民眾的報導，你去跟媒體說是一場誤會，要求更正報導內容。」

「等我向科長報告後再……」

「閔宇直系長！沒必要向徐總警*1報告，這是廳長的指示！聽不懂嗎？你是真的不知道我在說什麼？還是單純想找我麻煩？」

署長勃然大怒，用像是要吃了閔警正的眼神怒瞪著他。

「啊……不是的，署長，我怎麼可能想找你麻煩。」

「我都親自過來了還搞不清楚狀況！到底有沒有在聽我說話？唉，這個人真是的，嘖嘖。」

「是，我知道了，我馬上去辦。」

「好，閔系長，我知道你調查殺人案很辛苦，聽說還沒找到物證？嘖嘖，得快點抓到犯人才行，要是社會輿論越來越糟，你的位子也不保。不管怎樣，大家都這麼賣力還沒有成果，豈不是太可惜。好好幹吧。還有剛才我說的事要馬上處理，好了就直接向我報告。」

「知道了。」

「哎，你這麼忙，我是不是占用太多時間了。我走了，你去忙吧。」

「忠誠。」

---

*1：韓國警階。職位為警察署長、地方警察廳課長級。

署長微笑走出會議室，閔警正緊皺眉頭，用食指戳著太陽穴轉動，坐了下來輕輕閉上眼。

他手指輕敲桌面沉思，隨即又睜開眼快步走出會議室，回到了指揮室的會議桌前坐下，崔警衛走過來問道：

「組長，署長來有什麼事？」

「沒什麼，以後再說，繼續開會吧，剛才說到哪了？」

「組長，請看一下這則新聞。」

「什麼新聞？」

羅警查皺著臉探頭，想看安警衛遞給閔警正的手機上顯示的新聞頁面。

「非法調查民眾的新聞嗎？」

「咦！你已經知道了？可是新聞才剛出來……」

「剛出來？」

「對，跟組長剛才回來差不多時間發的新聞快報。」

「安刑警，非法調查民眾是不是指上次那件事……」

羅警查搔著頭注意閔警正的臉色，安警衛則是看著閔警正接著說：

「組長，署長是因為這件事才來的嗎？」

「我不是說以後再說嗎？先開完會。羅刑警，報告到哪了，繼續。」

「組長，抱歉。對朱必相的調查……」

「羅刑警，你有近距離跟蹤朱必相嗎？」

「沒有，組長有交代要小心不被發現，所以我有保持一定的距離，從遠處觀察他而已。」

「好，知道了，繼續報告。」

「是，組長，在朱必相名下的論峴路住宅無人居住，朱必相從那天之後也沒有回去過。另外我也調查了朱必相兒子現在的下落。」

「喔！是嗎？查到了嗎？」

「是的。他名叫朱明根，二十八歲，一年前去了美國，這是我向出入境事務局查到的資料。他目前住在美國，但不知道確切地址，只知道他最後是飛到洛杉磯機場。」

「好，原來是真的。」

「什麼意思？組長，你早就知道了？」

「查過他出國的原因嗎？」

「喔，有調查過，雖然不確定，但有傳聞說是因為毒品。聽說他過去因為毒品案被警方逮捕，但警方私下訓誡一頓就放了他，沒留下任何紀錄，我是從負責那個案件的刑警口中聽說的。」

「毒品？他是因為吸毒才逃出國的嗎？」

「要說是逃跑也對，還順道出國去接受戒毒治療。」

「治療……所以這也是真的……沒事，我知道了。」

叮鈴鈴、叮鈴鈴。

「安刑警，接一下。」

「是。」

叮鈴鈴。

「喂？這裡是特別搜查本部……檢察官好，是，知道了，要請他來聽嗎？……什麼？是，是，我知道了，我會轉達的。」

安警衛掛斷電話，立刻轉述：

「組長，搜查令又被駁回了，而且是檢察總長親自下的命令。檢察官說會親自過來說明詳細情況。」

崔警衛稍微激動地插話：

「什麼？是檢察總長親自駁回的嗎？可是……組長你早就知道了？署長過來就是為了這個嗎？」

「什麼？真的嗎？」

「那還用問？看組長的表情就知道了。」

閔警正低聲嘆了口氣後說道：

「不過怎麼這麼慢？安刑警，南始甫巡警那邊沒有消息嗎？」

「對，還沒有，要打給他們嗎？」

「不用了，他們應該快回來了。」

就在此時，指揮室的門打了開來，所有人都朝門口看過去，但出現的不是南巡警，而是朴旼熙巡警。

「組長，本部長找你，他要你馬上聯絡他。」

「什麼？科長嗎？」

「是的。」

「好，知道了。我去打個電話。」

閔警正拿出手機走出指揮室，羅警查叫住跟在他後面的朴巡警，問道：

「朴刑警，科長有什麼事？」

「我也不清楚。」

「到底怎麼回事？一下署長一下科長的，大家都一早就在找組長……。」

「署長也打來了嗎？」

「沒有，署長是親自過來，還有搜查令……」

「羅刑警，等我一下。」

朴巡警接起手機，但什麼都沒說就掛斷了電話。

「誰打來的？」

「是情報科的呼叫。我之後再問你今天的事。」

「喔？好，快去吧。」

「我先走了，辛苦了。」

朴巡警說完便急忙走出了指揮室。

門打開的瞬間，指揮室外頭傳來了嗡嗡的聲響。閔警正和本部長通電話的聲音順著走廊與牆面傳到了指揮室，回音淹沒了談話內容，雖然聽不清楚但感覺得出閔警正情緒相當激動。

閔警正講電話的聲音越來越大，組員們察覺到事態不尋常，在各自的座位上表情嚴肅地注視著會議室的方向。

這時候，指揮室的門打開了，大家不約而同轉頭或低頭。

「大家好，抱歉我遲到了。」

「南巡警？哎喲，嚇死我了，呼！」

崔警衛從螢幕後面探出頭，看到進門的是南巡警後鬆了口氣。

「今天氣氛這麼糟你還遲到。跑去哪了？」

「抱歉，羅刑警。我有跟組長說大方派出所有點事要處理……。他沒說嗎？」

安警衛急忙回答：

「啊，組長有說，我以為其他人也知道，所以沒有轉達，抱歉。」

「算了，南刑警，現在這不是重點，你快回座位吧。組長今天心情不好，自己機伶一點別惹到他，知道嗎？」

「是，知道了。」

南刑警回到座位上，用嘴形問安刑警發生了什麼事。安刑警指了指手機，要南刑警確認訊息，並用簡訊將今天上午發生的事告訴南刑警。

門外暫時安靜了片刻，閔警正的聲音再次變大，接著又恢復寧靜。沒過多久，閔警正走入指揮室，大家都觀察著他的臉色，沒人敢搭話。閔警正一言不發地坐在桌前，在筆記本上寫了些什麼。

南巡警本來起身想向閔警正打招呼，但指揮室沉重的氣氛讓他實在開不了口，猶豫了一陣子之後還是坐了回去。

令人窒息的寂靜持續了一陣子，直到朴旼熙巡警推開指揮室的門，直接走到閔警正面前才打破了原先凝結的空氣。

「組長，檢察官打給我，說你一直在通話中……」

朴巡警察覺到指揮室的氣氛與平時不同，話說到一半便停了下來，她觀察四周，與南巡警對上眼，於是走了過去小聲問道：

「發生了什麼事？氣氛怎麼會這樣？」

「組長好像心情不好。」

朴巡警小心翼翼地偷看了一眼閔警正。

「組長剛才是在跟本部長通電話嗎？」

「我也是剛剛才來，不清楚……但氣氛真的不太妙。為什麼問是不是本部長？」

「因為檢察官……」

「朴刑警，怎麼了？檢察官打給妳嗎？」

「喔！組長……。」

閔警正在不知不覺之間走到朴巡警與南巡警面前：

「南巡警什麼時候來的？也不打聲招呼。」

「啊！對不起，組長，我遲到了。」

「沒關係，你是去……不了，那個之後再說。朴刑警，檢察官什麼時候來？」

「啊，檢察官說會安排餐廳，要和所有組員一起吃午餐。」

「好啊，妳再告訴大家時間和地點。就交給妳和南巡警負責這件事。」

「是，組長。」

閔警正語畢沒有回到座位，而是直接離開指揮室。崔警衛跟在他後頭走了出去，羅警查見狀趕緊來到朴巡警身旁，安巡警也過來坐到南巡警旁邊的桌上。

「朴巡警，真的嗎？檢察官說要請客？怎麼回事？調查還沒結束啊。」

「檢察官沒跟妳說什麼嗎？」

「沒有，只說大家都很辛苦，要請大家吃飯，希望所有組員都能出席。」

「哇，要吃什麼？」

羅警查露出燦爛的笑容。

「不過今天的氣氛怎麼會這樣？」

朴巡警提問，南巡警插嘴說：

「對啊，安刑警，雖然你有傳訊息解釋，但能再說得詳細一點嗎？」

羅警查先開了口，對疑惑的兩人說道：

「讓我來告訴你們吧。我們上午開會時署長來了，通常像署長那種位階的人很少會到這裡來，他卻親自跑一趟，為什麼？理由大致可以分成兩種，要不是獎勵，就是指責。看那樣子我覺得是後者。啊！本部長不是也要找組長嗎？對吧，朴刑警？」

「對，可是本部長的聲音聽起來不像要訓人……。」

「當然啊！本部長怎麼可能會在小小的巡警面前表現出來？組長大概被訓得很慘吧。」

「我覺得不會。」

安警衛插嘴說道。

「你不覺得嗎？不然是什麼？」

「署長的確可能是羅刑警你說的那樣，但本部長這邊聽起來像是組長單方面在發脾氣，聲音都傳過來指揮室了，你也聽到了吧？」

「啊……是嗎？那組長幹嘛對本部長發脾氣？」

「應該和檢察官請我們吃飯的原因有關吧？」

狀況外的南巡警問安警衛：

「什麼意思？」

羅警查也歪頭困惑道：

「就是說啊，安刑警你知道些什麼嗎？」

「對了！南巡警，你的事處理得怎麼樣了？」

安警衛突然轉移話題，南巡警驚慌地看著安警衛：

「啊？那個……」

羅警查滿頭霧水，不悅地瞪了安警衛一眼。

「什麼事？」

朴巡警也好奇地盯著南巡警，南巡警尷尬地擺了擺手，說道：

「沒有，沒什麼事，朴刑警不要這樣看我。」

「南巡警，難道……」

安警衛好像想起什麼，正要開口，悶了很久的羅警查不耐煩插嘴：

「什麼啊。南巡警，你幹嘛不說？」

「啊，那個……其實……」

昨天我和安刑警聊起了南順奶奶的家人，始終心存疑慮。與安刑警分開後，便前往看到媳婦柔莉屍體的路邊攤後巷。

我走了條會經過路邊攤的路線回家，按理來說，偏僻的小巷裡應該看不見柔莉的屍體幻影才對。我在狹窄的巷口閉上眼睛，全神貫注想著柔莉的屍體幻影，暗自祈求不要出現超自然現象。

怎麼會……。

殘酷的是，柔莉的屍體幻影仍然在原地。她的屍體幻影就像我先前看到的一樣，頭低垂靠牆坐著。我還能看見屍體代表她的命運並未改變……。難道要到案發當日，屍體幻影才會消失嗎？但是到目前為止，只要屍體本人還會活著，即使是在發生時間之前屍體幻影也不會出現。閔組長是這樣，以前還是考生時遇到的阿姨的兒子李泰燮也是如此。所以說，柔莉的命運還是有沒改變嗎？我又……沒能阻止死亡了嗎？

就在我打算靠近再次查看她的眼睛時。

咦？

從遠處看時沒發現，但柔莉的臉和之前不同，第一次看見她時的瘀青……不，現在的瘀青比先前來得淺，臉也不像當時那般腫脹到不堪入目。這是怎麼回事？

我查看了她的眼睛，倒映出的人影不是解酒湯店的大兒子，而是小兒子。太奇怪了。為什麼小兒子要……殺大嫂？我不懂。又出現新的變數了嗎？

啊，搞什麼？這是什麼狀況？

我正在苦思的時候，剛剛還能看見的屍體幻影突然從眼前消失了。命運還是改變了嗎？柔莉不會死了嗎？不管是什麼原因，正當我感到放心的瞬間，屍體幻影再次出現，然後又消失。

這到底怎麼回事？等等，我必須確認一下。為了回到現實，我睜開了眼睛，拿出手機查看時間，幸好時鐘還是正常運作。四點二十一分，我猜對了。第一次見到她差不多就是在這個時間。但還是覺得哪裡怪，屍體幻影消失了，但我所處的超自然現象卻還存在。如果柔莉的命運改變了，超自然現象也應該跟著消失才對。現在唯一的方法就是去見柔莉和小兒子親自確認。

我跑向了南順奶奶家，還不到凌晨五點，但沒有時間再耽擱了。

一到南順奶奶家，我立刻按下一樓門鈴。他們似乎都還在睡，沒人回應，我又按了一次門鈴，屋裡仍然一片黑暗。我想起奶奶凌晨會出門撿廢紙，她有可能已經起床了，於是按下半地下室的門鈴，不過依舊沒人應門。

我開始焦躁。不會出事了吧？大兒子在醫院還好嗎？天都還沒亮，我也沒辦法打去問……。不過要是他逃出醫院，一定會有人聯絡我，這樣的話……解酒湯店？是啊，說不定他們都在解酒湯店。

我抱著這個想法，不管三七二十一地跑向解酒湯店。

跑了沒多久，就看見了遠處亮著的招牌與室內燈，看來凌晨似乎還有營業。我跑得上氣不接下氣卻不敢停下腳步，加速衝刺來到解酒湯店門前。我在門口調整呼吸，小心翼翼地推開店門。

時間雖早，店裡還是有很多客人。

「老闆在嗎？」

「歡迎光臨，哎呀！」

「啊，原來妳在這裡啊。」

「警察叔叔來了啊？媽媽！警察叔叔來了。媽媽，快出來看看。」

柔莉正在收拾餐桌，一看見我便高興地呼喊奶奶。

「什麼？誰來了？警察先生你來啦！快過來。這麼早有什麼事嗎？吃過飯了嗎？」

奶奶從廚房走了出來，用親切的笑容歡迎我。

「奶奶好。」

「你好，還沒吃飯吧？等一下，媳婦，拿碗解酒湯來。」

「好，媽媽。」

「奶奶，請問妳小兒子在哪裡？在廚房嗎……？」

「我家老二？他不在這做了。」

「不在這？那他去哪裡了？」

「他說自己對不起大哥，所以找了醫院附近的公司上班，方便照顧哥哥。」

「啊……。所以只剩奶奶和媳婦顧店嗎？不會太累嗎？」

「怎麼會，這家店本來就是我在做的，不累。一個人的話可能沒辦法，不過我還有媳婦幫忙。」

奶奶看向廚房，和春川阿姨對到眼。

「喔！對，還有春川啊。呵呵呵。」

「還好沒事。啊，不對，我是說那我就放心了。妳有去看過大兒子嗎？」

「當然有啊，但他要我別去，說自己會振作順利出院，在那之前要我別去找他。老二也說他會負責照顧哥哥，要我好好顧店。」

「啊……這樣啊。」

「謝謝你，警察先生。我聽老二說了。多虧你幫了很大的忙。我該怎麼報答你才好？」

「別客氣，這是我應該做的。小兒子還有跟妳說什麼嗎？」

「要說什麼？」

「啊……。沒有啦，就是……」

「他什麼都沒說。啊！對了，他要收拾行李搬出去的時候，和他大嫂吵了一架，媳婦說他怎麼能強迫哥哥住院，但老二有好好解釋了……。一開始她不諒解，很生氣，不過後來講開就沒事了。不去醫院的話就會死，那還能怎麼辦？媳婦聽到自己也會死才清醒。沒錯吧？警察先生，這都多虧有你。」

「媳婦也會死……他是這樣說的嗎？」

「是啊，被打成那樣還能撐到現在，也是了不起。希望老大能在醫院改掉他那壞習慣。」

「啊……這下子……。」

「我拿來了，警察叔叔，快吃吧。」

「怎麼可以叫人家快吃？要說『請慢用』。我不是說要對客人要有禮貌嗎？不好意思啊，警察先生，她還不怎麼會說話。」

「對不起，警察叔叔，請慢用。」

「沒關係。那我開動了。」

「好，你快吃吧。」

是啊，就算表面看似順利仍可能隱藏著變數。小兒子對大嫂透露了不該說的事，即使是在不知情的狀況下說的，但也無法改變柔莉從他口中得知了自己會死的事實，甚至還說大兒子可能會殺她……。除此之外還有其他變數嗎？

「南巡警，然後呢？你從她眼裡有看見什麼嗎？」

安警衛直勾勾地盯著南巡警。

「什麼？啊。我說到哪裡了……。喔，不過大家都去哪了？」

「朴刑警剛接到呼叫電話出去了，羅警查早就回去做事了。你剛剛在想什麼？我等你好一陣子了。」

「啊……是嗎？」

南巡警從講到看見柔莉屍體之後便陷入沉思，不發一語，這時候接到呼叫的朴巡警急忙離開指揮室，羅警查則是興致缺缺，回到了自己的座位但仍然豎起耳朵。

「所以？你有看到什麼嗎？」

「喔，沒有，沒看到。」

「這樣表示奶奶的媳婦還會活著吧？」

「那個……對，可能吧。」

「呼！那就好。」

「組長，你要去哪裡？」

跟在後頭的崔警衛一把抓住閔警正的肩膀問道。

「喔！崔刑警，怎麼了？」

「到底發生了什麼事？我大概能猜到，但聽你這樣大聲說話，還是有點驚訝。」

「是嗎？我有這麼大聲啊？」

「對，都傳到指揮室了。」

「那大家都聽見了吧。」

「不，聽不清楚內容。所以發生了什麼事？」

「沒什麼。署長剛才來的時候，畢恭畢敬地稱呼朱必相『朱社長』，要我收手停止扣押搜查。」

「署長叫他『朱社長』？真的嗎？」

「真的。你也看到非法調查民眾的新聞了吧？署長說現在輿論正在吵檢警調查權調整的問題，敏感時期要我趁事情鬧得更大之前，要求媒體修正報導內容，唉啊。」

「現在的確因為檢警調查權鬧得很亂。」

「我當然知道，但真的是因為這個原因嗎？署長的意思其實就是要我們少惹那傢伙吧。真是的，雖然說是廳長的指示……。那個朱必相到底是多了不起，從總長到廳長都反應這麼大？」

閔警正皺起眉頭一臉鬱悶。

「的確是。有知道其他關於朱必相的消息嗎？」

「沒有……。只聽說他在江南一帶大名鼎鼎，無人不曉……你之前有聽說過這號人物嗎？」

「是嗎？如果他是這麼了不起的大人物，我們不可能沒聽過他。」

「就是說啊，總覺得很可疑，不太妙……。反正我就聯絡科長，在電話裡拜託他去推一下申請扣押搜查這件事，不然我緊急逮捕他也行。」

「組長你又來這招？」

「又？哈哈，怎樣？不行嗎？拜託人就不能順便耍賴嗎？真是的。」

「科長怎麼說？」

「他還會說什麼，當然是不答應。叫我這次就算了別太認真。」

「那你回他什麼？」

「喂，我還能說什麼？」

崔警衛向後撥了撥頭髮，大笑並點頭：

「我懂，我懂。」

「一定要查下去的啊，不行也得查。看起來和我們正在調查的事有關。我聽了署長說的話突然有種預感，事情絕對不單純，看科長也一副無可奈何的樣子也不尋常。要我抓殺人犯，又說我專找無辜的人麻煩，我反駁他說，既然這樣那就幫忙處理一下扣押搜查的事，結果拒絕就算了還發脾氣是怎樣？」

「這種情況，組長還要查下去？」

「當然不是，就這樣直接動作，一不小心會是我們吃大虧。今天午餐後再和檢察官討論一下。我也有其他事要說。」

「哎，真不該來問你的，真讓人頭大。不過聽說他兒子人在美國，會不會其實和這次的連續殺人案沒關係？而且不是說過不能動上面的人嗎？」

「誰跟你說的？對，他有可能不是殺人犯，但……我總覺得這和社交派對的祕密組織有關係。」

「社交派對？跟那個『黑暗王國』有關嗎？」

「喂！小聲點！那麼大聲幹嘛。」

閔警正嚇一跳，趕忙張望四周，警告崔警衛壓低音量。

「盡量不要提到那個名字，尤其是在公共場所。崔刑警，朱必相有經營俱樂部、遊戲廳和飯店對吧？一看就知道是靠放貸來擴張事業，而社交派對會在飯店或俱樂部這類地方舉行。他手上有貸款事業，必定和政界、商界關係緊密。這也是為什麼總長和廳長會親自出面。」

「我懂你的意思。但如果不是呢？要是你惹毛了廳長，說不定還沒開始查就要捲鋪蓋走人了。所以社交派對的事，還是往蔡利敦議員那邊先……」

「夠了。蔡議員那裡是還能調查什麼？我們都已經查三年了，三年來也只找到這麼點情報，現在是時候向上攻擊了。」

「什麼？向上的意思是……」

「有什麼問題嗎？對方已經開始動作了，我們光追著他們跑，連尾巴都搆不著。也是時候正式展開行動了，不是嗎？」

崔警衛沒有回答，只是盯著閔警正看。

「怎樣？突然怕了嗎？聽到我說要修理上面的就想退出了嗎？」

「哎！胡說八道，我哪有怕？是因為組長突然說要從上面的下手，所以我才在思考組長是不是有什麼線索了？我當然會加入，我可是一直追隨你到現在……不是嗎？大哥。」

「大哥？很好，這樣就對了，果然是我的好弟弟！」

閔警正爽快大笑。

「大哥，要採取特別措施嗎？」

「特別措施……」

「議員，有位自稱呂南九母親的人打來辦公室。」

「誰？」

「對方說她是呂南九的母親，妳不認識嗎？」

「呂南九……。好像有聽過，不是很確定。她有什麼事？」

「她說有事要親自對妳說，留下了聯絡方式。在這。」

輔佐官將手裡的紙條遞給徐敏珠議員。

「不知道是什麼事嗎？」

「啊，是關於她兒子……說是關於呂南九的事。」

「是嗎？好，知道了，那我……」

「不了，我再聯絡她吧，如果是民眾申訴，我會連同其他申訴一起整理好給妳，我以為議員認識她才先跟妳報告。」

「那就請你幫忙處理。如果是申訴，一定要認真聽她的訴求。假如不是急事，我們之後再商量看看可以怎麼處理。」

「好的，議員。」

輔佐官離開後，徐敏珠議員拿出手機打給某人。

「是我，你打給我嗎？」

「喔，妳在哪裡？」

「國會啊，還能在哪裡，有什麼事嗎？」

「啊，等等。」

崔警衛走到安靜的地方繼續說。

「抱歉，妳吃午餐了嗎？」

「嗯，怎樣？你打來是想約我一起吃午餐？」

「不是，其實是……那個……」

「不然呢？啊！趙檢察官的事明天就會發新聞了。不過有點奇怪，沒有一家媒體願意發新聞稿。開始記者都願意報導，後來又都說不能，結果就只有一家會發。」

「是嗎？嗯……。妳身邊有發生……什麼特別的事嗎？」

「我？會有什麼事嗎？」

「比方說，覺得有人在跟蹤妳，或是常看見某輛陌生的車……。」

「什麼意思？怎麼了嗎？有誰要跟蹤我嗎？」

「不是，最近很多人死……不是啦，現在社會這麼亂，還有江南一帶的殺人案，妳爸媽家就在江南，去的時候要小心。」

「你是在擔心我嗎？哇，人真好。這樣就對了，以後也要常關心我喔，知道嗎？」

「總之，自己注意安全，我要掛電話了，正在吃飯。」

「哎，真的嗎？早說啊，快去吧，要好好吃飯喲！」

「幹嘛？好肉麻，先這樣！」

特別搜查本部齊聚專賣全羅道料理的韓式套餐餐廳，表面上是韓瑞律檢察官為了鼓舞組員的士氣，自掏腰包請大家吃飯，實則在表達因為上級阻止，沒能申請到論峴路住宅搜查令的歉意。

儘管檢察官沒直說，但大部分的組員內心都明白，努力不露出沮喪的神色。而閔警正與崔警衛也為了鼓勵組員，努力炒熱氣氛。

包廂門被推開，搬進來了一張沉重的大餐桌，桌上豐盛的菜餚讓組員們都瞠目結舌。

「哇！檢察官，全羅道的套餐料理格局就是不一樣，果然很厲害！南巡警，你吃過這種套餐嗎？」

「沒有，我第一次見識這麼豐盛的料理。哇，好像不夠地方放菜，盤子都得用疊的了。哇！」

南巡警連聲驚嘆，目不轉睛地盯著滿桌的菜餚。

「對吧？全羅道的料理就是這麼大分量，充滿人情味。盡情吃吧，南巡警。」

「組長怎麼說得好像是你請客？這次聚餐可是韓瑞律檢察官招待的。」

「安刑警，你一定要這樣吐槽我才開心嗎？這裡誰不知道是托檢察官的福才能吃大餐啊。大家拍手感謝檢察官！」

閔警正笑著看向檢察官鼓掌，組員們也跟著一起拍手致謝，韓檢察官連忙擺手勸阻，說道：

「不要客氣，組長，我不是為了要大家感謝我才安排聚餐的。我是想感謝大家這段時間的辛勞。不用客氣，大家好好享用吧，好嗎？」

「喂，都聽到了吧？檢察官就是這樣的人，帥吧？我會好好享用的，檢察官。」

閔警正豪爽笑著，舉起湯匙向韓檢察官致意道：

「我開動了，檢察官。」

話剛說完，所有人就立刻拿起筷子，開始吃面前的菜餚，席間只聽得見筷子碰撞碗盤的聲音和咀嚼食物的聲音。

這時候崔警衛的手機響了。

「喔，你在哪裡？」

「誰打來的？還在吃飯耶，出事了嗎？」

聽到閔警正這樣問，崔警衛看了他一眼之後回答：

「啊，等等。沒什麼事，組長，抱歉。」

崔警衛站起身，小心翼翼地走了出去，南巡警見狀便放下筷子，悄聲向坐在對面的都警監搭話：

「都警監，我能問一件事嗎？」

「喔，什麼事？」

「你製作了一張連續殺人犯的模擬畫像，但是……」

「沒有人看過凶手，我是怎麼做出模擬畫像的。你是要問這個嗎？」

「是的，我很好奇犯罪側寫師是如何在從沒看過犯人的情況下，模擬出五官和體型的，想說有機會一定要請教。」

「為什麼？你想當犯罪側寫師？」

「不是的，只是好奇……」

南巡警急忙擺手，尷尬地笑了笑。

「哈哈，這樣啊。我們會先從凶手在犯罪現場留下的痕跡，推測他的犯案手法與其他資訊。要是現場沒發現指紋，我們就會從沾有受害者血跡的手印或足跡推測凶手的身形。這次案件的被害者都是喝醉的年輕女性，考慮到她們的體型和其他條件，推測凶手體型也不會太高大。還有，凶手選擇在凌晨犯案，而且專挑女性下手，可以進一步推測出凶手是個身心處於衰弱狀態或膽小的男性。基於這些特徵再推測出他的臉型。還有因為現場沒有發現毛髮，所以判定凶手有可能是短髮或沒有頭髮，眉毛和鬍鬚也是同樣道理。另外也綜合分析了各種資訊才製作出模擬畫像，不敢說百分百正確，但有一定的可信度。你認為呢？」

「啊，請不要誤會，我不是不相信警監的側寫，只是覺得很神奇。」

「好，還有什麼好奇的事儘管問。」

都警監臉上掛著心滿意足的笑容，看著南巡警。

「那麼，請問你有遇過和我一樣，擁有奇怪能力的警察或是犯罪側寫師嗎？」

「啊哈，你好奇這個啊。我在韓國和美國都沒見過擁有特殊能力的人，只在影集或電影裡看過用預知能力逮捕罪犯。不過我見過分析能力和記憶力都很傑出的調查人員，只需要看過一次犯罪現場就能馬上推測出犯人，準確率高達99％，很驚人吧？」

「真的嗎？哇！」

「像南刑警這樣擁有特殊能力的人我也是第一次遇到。還有，南刑警，你擁有的不是什麼奇怪能力，而是特殊能力，不要把自己degrade了，好嗎？」

「什麼？de……？」

「哈哈，就是不要貶低自己。」

「啊，好的，謝謝你。」

南巡警不好意思地望著都警監。

「還有，不知道組長有沒有跟你說過，今天……」

南巡警看了眼閔警正，準備開口時，閔警正立刻明白他想說什麼，搶先說道：

「啊！都警監，很抱歉。我忘了先告訴你，希望你從今天開始可以和南巡警一起查看A點。還剩下十九天嗎？」

安警衛聽到閔警正的問題，立刻回答：

「從看見屍體幻影的那天算起，還剩十二天。」

「對，沒錯。因此接下來的一個星期，可能每天都需要確認可能的犯案地點。我希望都警監和南巡警再核對一下，篩選出有哪些可能地點。」

「好的，我一直在等你開口。羅永錫警衛也一塊去，沒問題吧？羅警衛？」

「當然沒問題，警監。」

「你們誰有檔車駕照？」

「motorcycle license嗎？我有，組長。」

「喔，都警監有駕照？難道你也有motorcycle嗎？」

「哈哈，是的，我有。我在美國的時候會騎motorcycle上下班，回國時也一起運回來了。」

「太好了。從凌晨兩點三十分到四點三十分，要在預測的時間內查看完所有地點，所以凌晨兩點前在江南警署主樓前集合吧。」

「知道了，羅警衛。既然提到了，順便告訴我可疑車輛的調查結果吧。」

聽到都警監這麼說，閔警正看向羅警衛問道：

「喔，有什麼發現嗎？」

「是的，組長。確認報告中列出的三輛車，其中一輛進入位於江南的牛津俱樂部地下停車場。不過那裡有管制出入車輛，不准任意進出，所以我沒能直接進去查看。」

「是嗎？查過那家俱樂部的負責人了嗎？」

「有，負責人名叫李建成，查過了沒什麼特別之處，也沒有犯罪前科。他現在不住在江南。」

「大樓登記在誰的名下？」

「也是同一個人。」

「大樓所有人親自經營的俱樂部？嗯……。還有嗎？」

「目前正在俱樂部停車場附近注意可疑車輛的動靜，車還沒從俱樂部出來，推測車主應該就是李建成。要進一步搜查，需要申請搜查令……。」

「我知道了。羅刑警，有必要先了解俱樂部內的狀況，看能不能今天潛進去調查，等確認過可疑車輛後再判斷。」

閔警正看了一眼韓檢察官，急忙結束關於調查的話題。

「啊，是！我知道了，組長。」

「先這樣，細節等回去之後再說。」

四天前

中年婦人用乾毛巾專注地擦著桌子，又拿起裝有全家福照的相框，看著照片出神了片刻，小心翼翼拭去落在相框上的灰塵。她將相框抱在懷裡，嘴唇顫抖，眼角強忍的淚水落在了相框上。

婦人撫摸著照片中年輕男人的臉龐，這時客廳響起電話鈴聲，婦人匆忙擦去眼淚，走進客廳。

「嗯咳，咳。喂？」

「您好，這裡是民成大學經營系助教辦公室。」

「您好，有什麼事……」

「您是呂南九同學的母親嗎？」

「對。」

「啊，您好，我們聯絡您是因為圖書館的置物櫃裡有呂南九同學的物品。」

「這樣啊，好的，我要去哪裡領呢？」

「伯母不用特地跑一趟。我們會收拾好用快遞寄給您，請問您的地址是……？」

「謝謝。可以請您寄到京畿道文平市梧井郡145-14嗎？」

「好的，我會寄到您說的地址。」

「謝謝。」

兩天後，婦人收到了大學寄來的快遞，箱子裡裝了教科書、筆記本、文具、馬克杯、牙膏與牙刷等，最底層則鋪了一個黃色文件袋。

婦人打開文件袋，倒出了裡頭的東西。一張紙、黃色文件袋、以及印有民成大學校徽的隨身碟啪地一聲掉了出來。

紙上寫著密密麻麻的字，婦人一眼就認出是兒子的筆跡，淚水奪眶而出。眼淚模糊了視線，看不清紙上的內容，她顫抖著手，強忍住眼淚。

如果有除了我以外的人看到這段文字，代表我現在已經不在這個世上了。如果是爸媽看到的話……爸、媽，對不起……。

我怕資料不能順利交到法庭上，以防萬一才留下這封信和資料。看到的人請將這張紙與文件袋轉交給國會議員徐敏珠，聯絡方式與地址就在這封信的的最下面。請不要查看文件袋內的東西，務必馬上轉交給徐敏珠議員。

這是法庭上必要的證據資料，請務必轉交，不勝感激。

致徐敏珠議員：

徐敏珠議員您好，您可能不認識我。

三年前，我偶然在新聞報導中看見了議員，您勇敢地揭露了其他國會議員的貪汙事件，我因此對您留下深刻的印象。也因為如此，在我突然遭遇危險時便想起了您，我也考慮過這些東西是否應該轉交給警察或檢察官，但我信不過他們，至於原因，您可以看我一併附上的資料。

另外，會將這份資料交給您，是因為我認為您不會包庇您的同事，也就是其他國會議員。相信您一定會堅持信念，揭發真相。如果我在新聞上看見的是真實的您，我相信這份資料不會變成無用之物。文件袋裡有李姓議員與他周遭人士的相關資料。

徐敏珠議員，李姓議員對我的女友……

婦人讀完信擦著淚，用手機搜尋徐敏珠議員。然後按照紙上寫的號碼，打電話到徐敏珠議員辦公室。

「伯母，您好。」

「您好，我想和議員……」

「有什麼事情您可以直接跟我說，我會代為轉達給議員。」

「不行，這件事我得當面告訴議員，能不能告訴我議員的聯絡方式……」

「很抱歉，議員最近很忙，除了您之外，還有很多人也希望能見她。有什麼需要我會替您轉達，議員一有空就會打給您。」

「可是，我不是……。那我送到議員家，能請她看一下嗎？如果她看到了，一定要打給我。」

「好的，我會替您轉達。不好意思，伯母。」

「別這麼說，議員一定很忙，請轉告她，請她看過以後再聯絡我。」

「好的，我會的，那麼我先掛電話了。」

「謝謝，麻煩您了。」

嘟、嘟、嘟。

「從沒見過這樣滿滿一桌，不，是滿出桌子，菜多到沒地方放的全羅道料理……。哇，而且好吃到不用多說，還有很多我連聽都沒聽過的料理。」

「看你驚訝得眼珠子都要掉出來了。」

「被你看到啦？」

「對啊。」

南巡警和羅警查嬉笑玩鬧，在剛聚餐完的和樂氣氛下，大家拍著吃飽的肚子走進了指揮室。

「好了，大家都吃飽了，現在加把勁幹活吧，聽到了嗎？」

「是！」

組員們對鼓舞士氣的閔警正給予更響亮的回應。

在前往現場查看之前，都警監走向安警衛，打算先確認現場照片。他說道：

「安警衛，聽說你把A點的預測地點都拍照整理起來了？」

「是的，我製作成影片紀錄了，警監要看嗎？」

「有影片當然更好，雖然也會去現場，但我想在那之前先確認。」

「請稍等一下，我去準備。」

朴巡警打開投影機，南巡警在筆電裡找到影片檔案準備好要播放，這時羅警衛走向安警衛說道：

「安警衛，組長是說從何時開始臥底調查？」

「他好像打算和韓檢察官開完會之後就去。」

「這樣啊？你有看到我寄的資料吧？」

「有。不過你怎麼有時間發郵件？」

「回來的路上啊，現在可是智慧時代。」

羅警衛說的同時拿起手機給他看。

「南巡警，準備好了嗎？」

「是的，都警監。朴刑警，能幫我關掉前面的燈嗎？」

朴巡警一關燈，都警監就對羅警衛招手說：

「羅警衛也過來一起看。」

「喔，好的。安警衛，我們待會再談。」

「好的。」

「吃得還滿意嗎？」

「當然了，承蒙檢察官隆重招待。」

「對，檢察官。我們難得吃到像樣的飯……不，這根本是盛宴，謝謝招待。」

崔警衛露出燦爛的笑容，用眼神向韓檢察官示意。

「太好了，其他人也吃得還開心吧？」

「哎喲，那當然，大家都吃飽喝足開心地回到指揮室。」

韓檢察官點了點頭，繼續說道：

「大家都知道……由於總長的指示，搜索申請被駁回了，真的很抱歉，身為負責的檢察官，我實在沒臉見大家。」

「不是的，檢察官，妳不需要道歉。」

「身為檢察官，太慚愧了。」

「哎呀，不必自責，我們一開始就預期會有這種結果，但還是決定試試看才提交申請的，不是嗎？」

閔警正微笑安慰韓檢察官。

「組長不會就此收手的對吧？不然趁這次機會緊急逮捕……」

聽到崔警衛的話，閔警正驚訝地看著他：

「什麼？崔刑警，連搜索令都沒有的情況下還想緊急逮捕？沒有確切證據就衝動逮捕會有什麼後果？搜查本部可能就這樣解散，就算不解散，組員有可能會被更換。現在這種情況，緊急逮捕太莽撞了。」

「不然呢？就這樣袖手旁觀嗎？要是那戶人家的兒子真的是凶手怎麼辦？我們只能眼睜睜看著南巡警一個人忙嗎？要是A計畫無功而返呢？到時候就太遲了。」

「所以我們要在那之前找到確切物證。羅永錫警衛說找到了嫌犯的車輛，就從那裡開始調查吧。繼續監視朱必相。還有他的兒子，是叫朱明根？也要先找出他的下落。」

「我懂組長的意思，但會不會繞太大一圈了？明明就有捷徑可以走……。」

閔警正將手搭在崔警衛肩膀上說道：

「有時比起捷徑，選擇能安全回來的彎路會更好。」

「我明白了，意思就是現在還沒有對策，對吧？」

「聽起來是這個意思嗎？檢察官，不是的。目前這種情況，我們應該後退一步觀望，如果貿然進行調查，即使對方真的是連續殺人犯，也會因此躲起來。這樣不是更棘手嗎？」

韓檢察官同意閔警正的話，點了點頭：

「的確有可能。」

「那麼羅警查暫時得繼續盯著朱必相。今天還要潛入俱樂部調查。」

見崔警衛也表示同意不再多言，閔警正的表情瞬間開朗，說道：

「就這麼說定了？那就回到指揮室立刻準備臥底調查，可是……」

閔警正猶豫著沒說下去。

「怎麼了？」

「沒什麼。首先應該要儘快掌握朱必相兒子的行蹤。」

韓檢察官整理好大致思路，點頭說：

「我也是這麼想。就像組長說的應該要謹慎打探。如果朱明根就是真凶，那朱必相可能會先動手。」

「這樣的話，就繼續再密切關注。請崔刑警轉達羅警查，請他負責繼續觀察。」

「是，組長。」

「這部分討論完了……。檢察官，黑暗王國的事打聽得如何？」

第13話

臥底調查

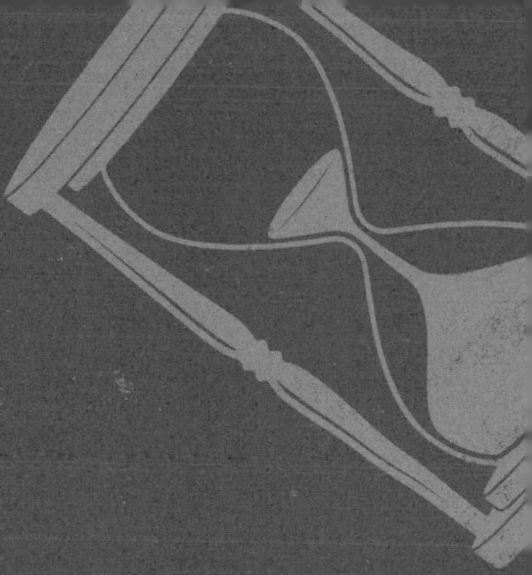

「我去見了檢察官前輩打聽社交派對的事情，但前輩沒說什麼。關於派對的傳聞來源眾說紛紜，有人說是三年前蔡議員事件時洩漏的，也有人說是從其他地方傳出來。」

「其他地方？」

「組長還記得五年前鬧得滿城風雨的那個事件嗎？」

「五年前……。」

崔警衛皺眉疑惑，閔警正無奈地笑著對韓檢察官說：

「妳這樣說我也不知道，怎麼可能所有事都記得？」

「那說柳在龍性暴力事件，組長有印象了嗎？」

「柳在龍……啊！我想起來了，那個知名企業總裁的兒子。他被當場逮捕，當時媒體大肆報導。」

「啊啊，組長這麼一說我也想起來了。明明是現行犯卻放他回家，最後不起訴。那時候媒體撻伐說警方和檢方聯手袒護財閥。負責那起案件的警察與檢察官也都牽涉其中，對吧？」

「沒錯。當時俱樂部發生性暴力事件，正如崔警衛所說，那起案子涉及了檢警雙方。據說案發當時還有警察與檢察官高層的兒女在場。」

「但據我所知，只有柳在龍被拘留。」

「不是的，檢警高層的兒女聲稱那只是謠言，所以根本沒被起訴。而柳在龍與被害者達成協議，大法院判他緩刑，不拘留處理。」

閔警正微微皺眉道：

「感覺不太對。」

「是吧？所以說，黑暗王國的名單……不，還不確定那究竟是不是名單，但上面有任何知名企業人士的名字嗎？像是柳在龍或柳志明……。」

「那份名單上只有企業名稱，我不太記得內容，但印象中沒有知名企業出現。」

「很難說吧？有可能組長看到的不是完整的名單。」

「是啊，崔刑警，的確有可能。」

韓檢察官用堅定的眼神看著閔警正：

「這樣的話，內部調查就先鎖定柳在龍或知名企業高層，如何？我去打聽一下當時涉及的檢察官。」

「啊……好的。」

韓檢察官看出閔警正的不情願，問道：

「怎麼了？有什麼疑慮嗎？」

「沒有，我是怕檢察官會有危險。」

「看起來不像，組長是怕我妨礙到你們調查嗎？」

「被妳看出來了？在檢察官面前果然不能說謊。沒錯，妳猜對了。」

閔警正豪爽大笑後，又馬上露出嚴肅神情。崔警衛滿臉尷尬地笑著說：

「組長真是的，哪有人開玩笑這麼嚴肅的啦？會嚇到檢察官啦。」

崔警衛以為閔警正是在開玩笑趕忙打圓場，但看見閔警正仍舊板著臉，馬上收起笑臉：

「哈哈……。組長是認真的嗎？」

「檢察官，我不是在開玩笑，調查就交給我們吧。」

「組長……。」

「怎麼了，崔刑警沒挖到情報嗎？」

崔警衛尷尬地看韓檢察官臉色，她點點頭表示自己不在意，崔警衛才回答：

「啊，我有挖到了幾個情報。線人……『消息來源』說，江南有幾家俱樂部正私下流通一種名為『水槍』的毒品，於是我問了江南西部緝毒組的同事。他們說那只是謠傳並非事實。另外，有情報指出俱樂部內發生性暴力與暴力事件，涉及幾名藝人，不過經紀公司用錢蓋掉了。」

「那肯定有百分之七十是真的。」

「對吧？」

「是嗎？百分之七十？」

「是的，檢察官，目前為止，『消息來源』的情報十之八九都是正確的。」

「崔警衛不是說緝毒組否認嗎？」

「那可能是那位緝毒組的同事不知道，或者是在隱瞞。」

「什麼？組長，那個人是……」

「我知道。這只是推測，那人也有可能是逼不得已。」

韓檢察官深深嘆口氣，問閔警正：

「看來應該就是有高層插手了吧？」

「如果不是，這種案子不可能就這樣過了，不是嗎？」

閔警正用手拭過嘴角，猶豫片刻後開口：

「檢察官，在繼續說下去之前，我有件事要先告訴妳。」

「好，組長，是什麼事？」

「我接下來要說的，是花了兩年的努力才查出來的。大家都知道財閥的子女之間有自己的聚會，而根據相同的大學、居住地區還有另外的小型聚會。其實，我派了一名臥底潛入他們之間。」

年輕男女坐在長沙發上喝酒尋歡，泳池裡同樣擠滿喝酒戲水的人們。有人坐在雞尾酒吧，手拿酒杯與香菸，也有人隨著音響裡傳出的輕快歌曲起舞。

就在這時，兩名男人開了門走進來，其中一人停在沙發前，說道：

「喂，等等。」

他的話聲被嘈雜的音樂與人聲淹沒，於是他提高音量：

「喂！關掉音樂！關掉！」

音樂戛然而止，空曠的空間裡只剩男人響亮的喊聲。

「搞什麼，是誰在亂叫？」

在沙發上與女人貼著臉談笑的男人一臉不悅地瞪著他。

「你說什麼？現在是想找我麻煩嗎？」

「哇，原來是你啊？抱歉，我還以為是誰在發酒瘋。你什麼時候來的？」

「剛才。吵死了，坐下吧。我要介紹一個人給你。」

皮膚白皙，身穿紅褲與白襯衫的男人向他介紹了另一名男人。那人下顎線修長，有著高挺的鼻梁，深邃的眼眸，俐落的身形，穿著短袖休閒T恤與牛仔褲。短袖T恤露出手臂結實的肌肉，衣服下隆起的胸肌也引人注目。

「這人是誰啊？」

「天啊，看看他的肌肉！身高也很合我胃口。」

「都給我安靜！好了，東民，你自己介紹一下吧。」

聽到皮膚白皙的男人這麼說，名叫東民的男人上前一步揮了揮手，原先興奮吵鬧的女人們瞬間安靜。

「大家好，我叫車東民，完成劍橋大學的MBA課程之後，現在經營一家小型創投公司。我兄弟介紹我來的……請多多關照。」

「哇，是英式作風嗎？簡潔有力，嗯，好吧。」

坐在沙發上的男人皺眉，嗤嗤竊笑了一陣子之後大笑出聲。

「我能理解，在英國生活久了……」

被車東民稱為兄弟的人走向前，摟住他的肩膀說道：

「所以請大家體諒一下。他是我很看重的學弟，好好照顧他。」

「喂，鄭珉宇，你明明就韓國大學畢業的，他怎麼會是你學弟？」

「欸！你這小子真是死腦筋。只有大學才有學長學弟嗎？我是他人生的前輩。他是我爸最近關注的項目裡首要的創投公司社長。什麼都不知道就少廢話。最好識相點好好照顧他，哪一天後悔就來不及了，知道嗎？」

鄭珉宇用力拉近車東民的肩膀，放聲大笑。

「不敢當，公司才剛進入穩定期。」

「哎喲，少謙虛了。看你長得像個小白臉……不，長得不比藝人差。」

坐在沙發上的男人用一臉狡猾的笑容說著。

「臭小子，安分點，小心啊你……。」

「喂！我是在稱讚他，稱讚而已。你這小子真囉嗦。」

「你那叫稱讚嗎？也對，我兄弟可是無可挑剔的模範生。」

鄭珉宇迅速從嚴肅的表情轉換成大笑。

「夠了，兄弟。」

「好啦。來！大家舉杯吧。為新朋友乾杯。Cheers!」

「Cheers!」

珉宇那位坐在沙發上的朋友喝了一口酒，傾身向前說道：

「喂，珉宇！還沒消息嗎？」

「什麼消息？」

「還會是什麼？當然是好消息。明知故問，沒說什麼時候要聚會嗎？」

那名朋友臉上帶著狡猾的神情嘻嘻笑道。

「喂，不是叫你死心了嗎？就說了你不夠資格，就算是我從小到大的朋友，不行就是不行。想玩就在這裡盡情地玩，不然就想辦法把公司搞大。」

鄭珉宇輕蔑地看著坐在沙發上的男人，接著放肆地發出怪笑聲。

「你這賤人，說什麼……」

「賤人？你是在說我嗎？」

「兄弟，怎麼了？別這樣。」

「是啊，就是在罵你。怎樣？我連罵人都不行嗎？有富爸爸真好，操，真是投對胎了！」

「啊？找死啊，醉了就滾去睡你的覺，臭小子！」

鄭珉宇想衝向嘲笑他的朋友，車東民急忙拉住他，說道：

「兄弟，忍耐一下吧，不要壞了氣氛，大家都在看我們。」

「是那傢伙先……。啊，好啦知道了，看在你的面子上我就忍了。是我約你來的還這樣，抱歉。」

鄭珉宇用雙手拍拍車東民的肩膀，冷靜了下來。車東民伸出拳頭到他面前，鄭珉宇見狀也嘻皮笑臉地伸出手跟他碰拳。

「好啦，繼續喝吧？」

「好。」

「OK！跟我來！喂！把音樂換成最嗨的，音量調到最大！」

鄭珉宇心情馬上變好，漲紅著臉說：

「東民，你吃過糖果嗎？」

「什麼？」

「肉呢？」

「什麼肉？我比較喜歡魚。幹嘛？你喜歡什麼？」

「啊？你真的不知道嗎？」

「什麼意思？不知道什麼？」

「你這小子真是個乖寶寶，所謂模範生就是像你這樣嗎？哈哈哈哈。很好、非常好，從頭開始教也是滿有趣的。」

車東民疑惑地問道：

「什麼意思能不能說清楚一點？」

「你慢慢就會懂了。話說回來，這裡的生活怎樣？」

「多虧有兄弟幫忙，過得很舒服啊。謝謝關照。」

「沒什麼啦，那這裡呢？覺得好玩嗎？」

「嗯……。和倫敦的氣氛不太一樣，很吵，味道也有點……」

「哎，小子……又擺出一副乖寶寶的樣子，無聊死了。」

「看吧，我就說不有趣，兄弟……」

「開玩笑的啦，別認真。其實這地方不怎麼樣。你剛才也看到了吧？那種傢伙把水準都拉低了，有個地方沒有那種老鼠屎，是很久以前傳下來的，你去的話肯定會大吃一驚。期待吧？」

「算了吧，我不期待。這種地方不適合我。」

「我一定會讓你後悔說這句話，哈哈哈哈。」

崔警衛和韓檢察官全神貫注聽著閔警正說明至今臥底調查的進展，過程中從未開口打斷他。閔警正從調查蔡利敦議員事件的過程中，得知民道集團涉及貪汙。近兩年，他致力蒐集民道集團的相關情報。對於自己三年前沒把移交檢方的證物預先留下副本，一直耿耿於懷。

他持續觀察民道集團的動向，並成功得知總裁兒子鄭珉宇的交友關係，安排訓練有素的特務車禹錫警衛化名車東民，偽裝成他們的一份子混入其中。車警衛接近鄭珉宇後，參加社交派對等聚會，希望能取得出乎意料的情報。

「組長，鄭珉宇不就是民道集團總裁的長子嗎？」

「沒錯，財閥第三代敗家子，他在蔡利敦議員收賄事件裡也被指認為賄賂的一員，因此引發爭議。鄭珉宇那個人疑心很重，車警衛花了一年時間才贏得他的信任……啊！扯遠了。總之，我們很快就能拿到更深入的情報。檢察官，請再等一等。」

「是。」

「崔刑警，再來談談趙檢察官的案子吧。你查看過案發現場附近的監視器了嗎？有發現什麼嗎？」

「我查了計程車乘客的行蹤，不過那個人突然從監視器畫面消失了。不，應該是在車子開到沒有監視器的地方後下了車。目前正在對最後的路線進行調查。不過幸好已經找到了計程車司機。」

「真的嗎？他還活著？為什麼現在才找到……？」

「那個……計程車車主，不對，應該說前車主。他說大概在事故發生的一週前，有位老人砸大錢買了他的計程車，至於具體金額前車主沒說。」

「是嗎？問過那名老人的長相和穿著嗎？」

「聽說是朝鮮族，韓文不太好，有時會夾雜中文。老人說自己剛從中國回來沒多久，說想買來送給在首爾開計程車的兒子當禮物。一開始前車主覺得不對勁就拒絕了，不過後來老人帶著現金，陸續又去找他好幾次，說願意多付錢。」

「真可疑。」

「是吧。所以我查看了合約，果然上面的個資都是假的。」

「什麼？被騙了嗎？」

「這……不算是。前車主有確實收到錢，沒有因此損失。」

韓檢察官訝異地歪頭說道：

「嫌犯付了全額？」

「是的，而且是現金交易。據說對方戴著紳士帽與眼鏡，有留鬍鬚，看起來是有意變裝……很難靠衣著相貌找到人。我查看了簽約地點附近的監視器，都沒找到，那老人就像鬼一樣消失了。」

「繼續找。那個老人可能就是凶……不，他很有可能是當時從計程車上下來的乘客。凶手和乘客都要先找出來。」

「是，組長。」

「檢察官，今天就先討論到這裡吧？」

「好。黑暗王國那邊有什麼消息也請告訴我。」

「沒問題。那個……還是想再次提醒，請小心別讓黑暗王國的事被外部知道。另外也請不要另外動用到搜查小組，還請多幫忙。」

「我知道了，我會多加留意。」

「崔刑警也注意別到處說，知道嗎？」

「我會的，別擔心。」

「警監，到目前為止你覺得怎樣？」

「什麼怎樣？」

「我們預測的地點是否符合嫌犯可能作案的條件？」

「這點不用擔心，南巡警。你沒聽說嗎？重案系會先查看預測犯罪地點每天的狀況，而後科學搜查隊也會進行驗證，隨時都會回報狀況。」

朴巡警聽了都警監的話，坐立不安地起身說道：

「警監，對不起，我還沒轉達。南巡警，很抱歉，我以為你知道……。」

看到朴巡警為難的樣子，南巡警急忙開口：

「啊，不會啦。安敏浩刑警跟我說組長有指示要進行交叉比對，但是最後有新增一些地點，所以我才問的。我不知道已經確認過了。」

南巡警尷尬地抓著頭回到座位上。

「這樣啊。不過還是很感謝南巡警提醒預測地點的狀況可能會每天變化。謝謝你。」

羅警衛補充都警監的話，說道：

「沒錯，以後有意見就直說，這樣我們才能隨時檢查有沒有疏漏。」

「羅警衛說得沒錯，世上沒有十全十美的人，彼此相互彌補不足之處就是最好的破案方式。有句美國諺語說『Two heads are better than one.』，意思是三個臭皮匠，勝過一個諸葛亮。不要想獨力解決一切。南巡警別忘了，你身邊還有我們，大家說對嗎？」

「當然，南巡警加油！有事儘管說！」

羅警查握緊拳頭。

「沒錯，南巡警你可以的！」

朴巡警也跟著舉起雙拳，微笑說道。

「謝謝大家，警監，我會牢記在心的。」

南巡警微笑回答。

就在這時，指揮室的門打開，閔警正走了進來。

「等很久了嗎？」

隨後進到指揮室的崔警衛將手機螢幕湊到閔警正的眼前，說道：

「當然啊，組長，都過多久了。」

「喔，抱歉，你們在聊天嗎？」

「是的，組長，警監給了我很好的建議和鼓勵。」

「這樣啊？不錯啊。哪像我每次都對你嘮叨，警監比較好，對吧？」

「嗯，感覺比組長好一點，但組長知道在我心中你是最棒的吧？」

南巡警看似有些慌張，誇張地笑著，閔警正也跟著哈哈大笑。

「組長，牛津俱樂部的臥底調查，你有什麼打算？」

「喔，安刑警，這件事由崔刑警負責指揮。羅刑警、朴刑警和科搜隊的羅永錫警衛一塊去吧。」

「是的，組長。」

「還有，今天安刑警和都警監應該要去A點。」

安警衛看了南巡警一眼之後說：

「我自己去嗎？」

「對，安巡警你好好協助都警監。都警監，南巡警今天和我另外有事要處理，麻煩了。」

「可以問是什麼事嗎？」

「抱歉，之後就知道了。請再等一段時間。」

「好，我了解了。」

「安刑警好好協助都警監，要出發之前先來找我一下。」

「是，組長。」

安警衛走了過來，閔警正假意要搭肩卻架住他的脖子，笑鬧著走到了茶水間。

「啊！組長，啊呃……。」

「敏浩，應該不用我多說吧？」

「什麼？」

「你和都警監出去，不要說些有的沒的，尤其是連漢堡王的『王』字都不要提，懂嗎？以防萬一，我得先管好你的嘴。」

閔警正用手掌拍了拍安警衛的嘴。

「哎呀，我知道啦，別擔心。」

「真的？」

「是的，我會小心不要講到『王』這個字的，組長。」

安警衛還以為他是在鬧著玩的，笑了出來。

「你還有心情笑？」

閔警正用力將安警衛的脖子往後拉，鎖他的喉。

「呃啊！啊！很痛啦，組長。」

「我要和南巡警去的地方……你知道吧？要保密。」

「是，是，我會管好嘴巴的，這樣可以了吧？」

閔警正這才放開安警衛脖子，說道：

「好，笑一個。不然被別人看到會以為我在教訓你。快點笑啊。」

閔警正走出茶水間的時候，對安警衛笑了笑。

「啊哈哈，這樣嗎？」

安警衛擠出笑容，整理亂七八糟的頭髮。走出茶水間的閔警正舉手喊了崔警衛：

「崔刑警，準備好了嗎？」

「是的，我們要出發了。」

「好，大家辛苦了，有問題立刻報告。南巡警，過來跟我聊一下。」

「那我去找警監了。」

安警衛點頭致意後，正想離去，閔警正再次叫住他：

「安刑警！」

「又怎麼了？」

「笑一個，這樣子，嘻嘻。」

閔警正揚起嘴角，朝著安警衛笑。

「好，嘻嘻，可以了嗎？」

安警衛用雙手拉高嘴角給他看，並走向都警監坐的會議桌前。

「怎麼了？組長說了什麼？」

「啊，沒有，他只是要我笑一笑。」

「哈哈，雖然有點馬後炮，但安警衛你有時候很像機器人，沒什麼表情。該說你是poker face嗎？」

「機器人……撲克臉？」

「對啊，是因為沒什麼事可以笑嗎？你這年紀要多談戀愛才對啊？等這個案子破了去談個戀愛吧。」

都警監用手肘輕輕撞了安警衛的手臂，眨了眨眼笑道。安警衛只能無奈陪笑：

「是，談戀愛當然好。」

傍晚時分，牛津俱樂部門可羅雀，兩名穿著黑西裝的短髮壯漢守在通往地下的入口道路前，除了偶爾會放穿著亮片短裙的女人進去，除此之外，沒有其他人進出俱樂部。

特搜本部的組員在車裡注視著俱樂部大門的動靜。他們決定兵分兩路潛入俱樂部。羅警查與朴巡警偽裝成客人以掌握俱樂部內部情況，而崔警衛與羅警衛則是潛入地下停車場，查看有無可疑車輛。

時間到了晚上九點，年輕男女陸續來到俱樂部，由守門的壯漢檢查身分後，排隊入場。

「現在行動吧？」

「崔刑警，羅相南警查真的沒問題嗎？」

朴刑警憂心忡忡，崔警衛摸摸鼻子打量著羅警查，說道：

「嗯，是有點讓人擔心……」

「什麼啊？有什麼好擔心的，崔刑警，我以前也算是俱樂部常客，從來沒有被擋在門外過。我是說真的，朴刑警。」

「對啊，雖然羅警查長得還好，不過個子很高……啊，不是，我的意思是會順利進去的。朴刑警，就相信羅警查一次吧。」

「真的可以嗎……啊，好的！我相信羅警查。」

朴巡警看見羅警查細長的眼睛裡傳來的灼熱視線，立刻點頭。

「比起我，朴刑警小腿上的傷沒關係嗎？」

「啊，沒關係，我已經可以跑了。我還刻意穿了長洋裝。謝謝你的關心。」

「幹嘛連這個也要謝。沒事就好。」

崔警衛滿意地輪流看著朴巡警和羅警查說：

「哇，你們兩個不僅穿著，整個感覺也很登對，很像真的情侶。」

「哎呦，崔刑警，拜託不要說這種話。」

「對啊，請不要這樣子，每次都愛亂開玩笑。」

朴巡警和羅警查表情嚴肅看著崔警衛，羅警衛見狀平靜地說：

「兩位好像忘了，你們是要偽裝成情侶進去，還記得吧？」

「可是……哎，不是啦，這只是偽裝調查，所以請不要再說什麼像真的了。」

「朴刑警有必要那麼認真嗎……？」

看朴巡警認真地生氣反駁，羅警查感到莫名傷心。

「好啦，知道了，裝備準備好耳麥也戴好。進去之後要隨時回報。兩個都別吵了快出發，真是的。」

「你們兩位也小心，羅警衛只要緊跟著崔刑警就沒事了，哈哈哈。」

「好，謝謝關心。」

「你說什麼啊？羅警查，你沒看過羅警衛的資料嗎？」

看著搞不清楚狀況的羅警查，朴巡警拍了拍他的肩膀譴責。

「哎呀，羅警查知不知道自己在說什麼？」

「怎麼了？我怎樣？」

崔警衛提高嗓門，像在指責羅警查般說道：

「你覺得組長會無緣無故要羅警衛去現場嗎？你以為他是來帶路的？」

「羅刑警，你真的不知道羅警衛是跆拳道四段和劍道三段？」

「欸？真的嗎？羅警衛？抱歉……我不知道。」

「所以不用擔心我。」

羅警衛開朗笑著。

「既然羅警查現在知道了，就照顧好自己和朴刑警吧，朴刑警是第一次執行臥底調查，應該會緊張，你要好好從旁協助。」

「崔刑警，雖然我大部分時間都是坐辦公室，但我有過幾次臥底調查的經驗。」

「是嗎？那就不用擔心了。只要羅警查好好表現就行了。」

「哎，幹嘛這樣想害我沒面子？別擔心，朴巡警雖然參與過臥底但經驗還不夠多，我會照顧她的。」

「好，那你們先進去，我們會在之後看狀況行動。萬事小心。」

「好，走了。」

羅警查和朴巡警下了車，走向俱樂部大門。羅警查把頭髮梳高，穿著藏青色褲子搭白色短袖襯衫，一手拿著藍色系西裝外套。朴巡警則提著粉紅色的小手提包，穿著淺粉紅色花朵圖案的長洋裝，以及淺綠與粉紅格子圖案、長度及踝的短襪。

「哇，幾乎要認不出是朴刑警了！哇。」

「哎喲，好了啦。啊！還有，現在起叫我的名字吧，相南。」

「相南？哈哈，好啊，那我要稱呼妳旼熙小姐嗎？」

「什麼小姐，直接叫旼熙就好。」

「喔喔，好的，旼熙。」

羅警查看著朴巡警，無緣無故笑了起來。

「我平常很少穿這樣，感覺怪怪的。你不要偷看我，也不要再笑了，知道嗎？」

「我哪有偷看妳？不過羅警衛還真讓人意外，我還以為他是那種會讀書的模範生……。」

「所以我每次都有提醒你要記得看資料啊，羅警衛的履歷上明明都有寫……。」

「朴刑……不對，旼熙，連妳都要這樣嫌我嗎？」

羅警查瞇起小眼睛看著朴巡警。

「抱歉啊。他的履歷上寫著他是警大榜首，好像是對法醫學更有興趣才休學的。現在正在讀法醫學博士。他還有心理學的學位，很厲害吧？來頭可不簡單。」

「真的嗎？哇，真可怕。看他長得就像沒有運動神經的書呆子……。」

「才不是，那是你不知道，他的肌肉可是不得了……」

「妳是怎樣？被我逮到了吧，看來妳喜歡他這型的吧？書呆子型。」

「哪有，誰喜歡……不對，現在重點不是這個吧？我們現在正在執行任務欸，快點帶路。」

朴巡警滿臉通紅，一把抓住羅警查的手臂，推了推羅警查的背。

「哎，好啦好啦，不要推。」

兩人偽裝成情侶，並肩走到俱樂部門口的長長隊伍後頭。

「到了保鑣面前不要害怕。」

「保鑣？」

「你不是說自己是俱樂部常客嗎？守門的人叫保鑣，或是門衛。」

「我知道……就說門衛就好了啊。好啦，走吧。」

長長的隊伍終於輪到他們倆，羅警查走在前頭避開了保鑣的視線，摸著頭往前走。正當兩人都順利通過保鑣面前，準備進入俱樂部時。

「那邊的！等一下！」

朴巡警停下腳步，慢慢回頭看。

「不對，不是小姐，那位先生！」

羅警查這時才回過頭，手指比著自己說道：

「我？」

「是的，請過來一下。」

「有……有什麼事？」

羅警查不敢直視保鑣的眼睛，慌張地摸著自己的頭髮和衣服走了過去。

「可以看一下身分證嗎？」

「身分證？為什麼？」

「請出示身分證。」

在後方看著的朴巡警感覺到氣氛不尋常，連忙插話：

「相南！發生什麼事了？」

「他是妳男朋友？」

「對啊，你們要對我男友幹嘛？」

「啊，這樣啊。抱歉，那個……」

保鑣突然靠近朴巡警的耳邊，低聲說了幾句話。

「好的，好的，我會的。」

朴巡警呵呵笑著，看了一眼羅警查的腿。保鑣微笑退回原位。

「怎麼了？妳在笑什麼？那傢伙跟妳說了什麼？」

「羅警……喔，相南哥，耳朵借我一下。」

羅警查低下頭，把耳朵湊近朴刑警的嘴邊。

「什麼？真的嗎？」

羅警查聽完以後，搔了搔頭，難為情地笑了笑。

「所以你快點。」

「在這裡？」

「對，這樣才不會繼續丟臉，快點。」

「知道了啦，吼喲。」

羅警查尷尬地脫下皮鞋和襪子。原來保鑣看到羅警查穿了白色踝襪，懷疑起他的年齡，知道他是和女友一起來才放他入場，條件是要脫下襪子，還有進去前要給小費。赤腳穿皮鞋的羅警查苦笑著走進俱樂部。崔警衛和羅警衛在車上看到羅警查與朴巡警順利進入牛津俱樂部，兩人面面相覷，嘆了口氣。

「怎樣？你嚇到了？」

「崔警衛你也是很擔心吧？」

「哎呀，又不是第一次臥底調查。不過羅警衛你還好吧？」

「放心，我不會惹事的。」

「我知道你是有段位的人，但是……重案和科搜還是不太一樣，你們應該不會直接面對搜查現場吧？只要一個不小心就可能會發生危險，我是怕你受傷才會這樣說。我們就各司其職吧？你看起來也不像是自願來的。」

「不是的，雖然我的現場經驗不如重案刑警們豐富，但並非一無所知，請不用別擔心。更何況我絕對不是被逼來的，是我主動去找都警監自願要來現場，組長也很爽快同意了。」

「是嗎？那就好。那我們行動吧？」

「好，不過要怎麼進去？」

「呃，這個嘛……」

南巡警和安警衛看著現場巡邏日誌，查看A點的預測犯案地點。都刑警也在翻看資料，在筆記本上寫了些什麼，又用英語喃喃自語整理著思緒。

「都警監，請過來一下。」

「Ye……啊！是，組長。」

都警監將筆記本放回包包裡，走到閔警正身旁。

「這裡就是原先要扣押搜查的那棟住宅。」

「就是朱必相的房子對吧？」

「對。你怎麼看朱必相這個人？他有可能是連續殺人犯嗎？」

「不，朱必相有案發當天的不在場證明，監視器拍得很清楚。在第三起命案發生當天，有拍到他人出現在目前住的房子前。不過另外兩起案件發生當天沒有監視器畫面，無法確定。」

「這樣啊？你已經查看過監視器啦？辦事效率果然不一樣。」

「不是的。雖然朱必相的兒子是嫌犯，但我習慣進行下一步之前先釐清所有疑慮，所以才會先調查。

因為他有明確的不在場證明，所以我才沒特別跟你報告。」

「好，我也是怕有什麼萬一才問的。還有那個瘋子，會不會突然改變心意或是突然有動作？我的意思是，凶手會不會比預測的還早犯案？我一直很擔心……要是凶手突然心血來潮，明天就動手該怎麼辦？」

「我無法斷言這種狀況不會發生，事情的確可能在我們預測的期間內出現某些變化。但照理來說，凶手不會在預測的案發期間之外動手。因為對凶手來說，殺人就像是一種儀式。」

「是嗎？凶手是精神病態嗎？」

「凶手或許失去理智，但未必是精神病態。他的心理狀態很不穩定，又有仇視女性的傾向，凶手做出的判斷和行動，可以看作是他逃避和防衛意識的投射。這與先天性精神變態不同，更像是受到後天環境影響的社會病態，也就是反社會人格。」

「反社會人格？那不就是隨機殺人？但你又說凶手是將殺人當作一種儀式？」

「是的，這不是隨機殺人。凶手殺人具有目的性，一旦達到目的，殺人行為也會停止。至於他的目的是保護自己不受惡靈傷害，或是擺脫某人的虐待，必須等見到凶手才能判斷。」

「是啊，應該就是你說的這樣吧。」

「我在想，如果他發現即便完成了殺人儀式，卻還是無法擺脫惡靈或是無法達成目的的話，那麼很可能會觸發他覺醒，轉變為隨機殺人。」

「覺醒？」

「啊！意思就是處於意識清醒的狀態，簡單來說就像是在遊戲中提升角色能力值……這比喻是不是太抽象？」

「不會。但是覺醒……這說法真讓人毛骨悚然。把隨機殺人講成是覺醒……」

「所以我們必須在那之前抓到凶手。」

閔警正感覺想說點什麼，張開了嘴又閉上。

「有什麼想問的請儘管開口吧。」

「喔，被看出來了嗎？哈哈。好，我有一件事想問你。如果有人不直接警告當事人，而是繞圈子……比方說，對方做錯事或犯錯了，明明可以直接懲罰他就好，但反而藉由殺死其他人或恐嚇對方身邊的人來警告他。這又是出於什麼心態？」

「這是你和檢察官另外在調查的案子嗎……？」

「什麼？不是。我是想起以前的一起懸案。剛剛和都警監聊著聊著突然想到所以問問看，也許會對破案有幫助。」

「啊，好的。嗯……。首先，這個人是自我炫耀心理，想展現自己的優越性，利用這種方式所創造出的優越感遠勝於直接造成對方痛苦。比方說，給對方一種『只要我想，隨時都能輕鬆處理掉你』的感覺，就能加深恐懼感。慢慢地從身邊的人一個個下手，等到對方被恐懼感逼到極限的時候，就可能會自殺或親自上門求饒。如果事因單純，那就是企圖威脅警告對方『這次就算了，下次不會放過你』。組長，如果能跟我說是哪起案子，我可以再深入調查。」

「什麼？喔，不用了，沒關係。是椿懸案，不急，真要調查的話，我再拜託你。」

「好的，沒問題。」

閔警正看似心事重重，沉默不語。都警監猶豫是否該離座時，閔警正低聲開口：

「都警監，腐爛的樹木該直接拔除嗎？還是該等到無藥可救時，再挖掉腐爛的部位？」

「什麼意思？」

「雖然尚未探出地面，也沒有直接傷害或破壞到周遭善良的樹木，但邪惡的根確實在深層的地底下滋生。這種時候該怎麼做？要等到它出現嗎？」

「組長你解釋得更難懂了。既然已經知道它的存在，又能預測帶來的後果，我認為不能放任應該去除的樹木不管。如果是我，我會挖開地將樹連根拔起，還要噴灑殺蟲藥劑，讓病根永難再生。尤其是邪惡的根生命力強，一定要徹底清除。我是這麼想的，組長呢？為什麼會問這個？」

「也許是因為最近事件和意外不斷，調查這些可怕的命案，讓我不禁開始多想，究竟什麼是惡？我們又該如何處置惡？」

閔警正難為情地笑著順了下頭髮。

「都警監的想法和我差不多。好，等解決了這次的連續殺人案，我們再來好好聊聊吧。」

「當然好，我也希望有機會和組長多認識。」

「是嗎？喔齁，還真是榮幸。你會喝酒嗎？」

「會喝一點，組長呢？」

「我？還用問嗎？酒可是我的良藥。哈哈，可惜我上了年紀，身體漸漸不行了。幾天前還喝到斷片。

年紀果然騙不了人。都警監也不要喝太多。」

當閔警正搖著頭開玩笑，都警監也笑出聲答道：

「是，我會謹記在心。」

橙色的LED照亮了出入口的舉臂式柵欄，一名身著西裝的男人拿著無線對講機在說話。接著，一輛閃著亮黑光澤的轎車停在柵欄前，柵欄一抬起，轎車熟門熟路地駛進地下停車場，而站在一旁的男人九十度鞠躬。

隨後，一輛滿是灰塵的灰色SUV停在柵欄前，等了許久，柵欄還是沒有抬起的跡象。這時，身穿西裝的男人走到駕駛座旁，敲了敲窗戶說道：

「不好意思。」

駕駛座的窗戶降下，開車的男人不耐煩地問道：

「為什麼不開？這裡不是無人停車場嗎？」

「請問有什麼事嗎？」

「還能有什麼事？我是來牛津俱樂部的。」

「這樣子啊？那不是停這邊，往那邊走會有公共停車場，請停那邊。」

「什麼？我要去這棟大樓裡的夜店，為什麼不能停這裡的停車場？車位好像還沒滿啊？」

「不好意思。這裡不是牛津俱樂部的專用停車場，所以請往那邊……」

「不然是誰專用？我想停這裡，快把柵欄升起來。」

「抱歉，這裡是會員專用停車場，請回吧。」

「如果是會員專用，我從今天起加入會員就能停了吧。要怎麼申請會員？上網嗎？」

「什麼事？」

兩人對話太久，另一名身穿西裝的男人拿著對講機走了過來。

「喔，主任。」

「有什麼事嗎？請把車開走，後面的人才能進去。」

在兩人爭執的時候，SUV的後方已經停了好幾輛轎車。

「你是這裡的負責人嗎？我要加入會員，要怎麼申請？後面車很多，先讓我進去再說。」

「抱歉，這裡是會員專用停車場，沒有會員證禁止進出。需要是會員柵欄才會自動升起。」

「所以啊，我也要進去申請一張牛津俱樂部的會員證。快把柵欄升起來讓我進去，我今天心情正好！知道嗎？」

「那個……年費有點高，您可以嗎？」

「還有年費嗎？多少？加入要付多少錢？」

「一億。如果能支付一億我就替您開門。但是，如果進去之後拿不出一億，就得交出一隻手臂。」

「什麼？一億？手臂……？哪有這麼嚇人的俱樂部？」

「您不需要多問，已經了解狀況的話，請馬上把車開走。」

「啊……。」

「立刻離開！」

主任突然聲色俱厲咆哮。

「啊，好啦，我知道了。該死……。」

駕駛不得不把車轉向公共停車場。

灰色SUV開進公共停車場，車剛停妥羅警衛便急忙跑來，上了車說道：

「崔警衛，辛苦了。你是在哪裡學過演戲嗎？」

「當然學過。」

崔警衛放聲大笑，瞄了一眼羅警衛。沒想到崔警衛會這樣回答，羅警衛吃驚地看著他。

「在哪裡學……」

「還能在哪裡，當然是案發現場。」

「啊！原來是這個意思，哈哈。」

「對啊，在案發現場看前輩怎麼做就學起來了。我演得不錯吧？話說回來，都有聽到了吧？」

「有，也已經錄音了，或許之後會成為線索。」

「做得好，羅警衛覺得怎樣？牛津俱樂部究竟是什麼樣的地方？」

「年費要一億……會不會只是想嚇嚇人？交不出一億就要拿手臂來換？一億已經夠可疑了，還要人交出手臂……」

「是吧？沒想到會這樣……。劈頭就要一億，會不會是非法賭場或遊樂場？」

「有可能。只有會員才能進去，也有可能是會員制的非法賭場。」

「車子都拍下來了吧？」

「是的，已經拍下那些進入的車輛，也請求協助查詢車輛資料了。」

「喔齁，手腳真快，非常好。」

「得確認看看有沒有辦法從俱樂部進到停車場了，看來是不可能直接進去了。」

「對吧？我數了一下那些看守的傢伙，居然超過九個人。柵欄旁邊一個，一樓像是警衛室的地方有三個，那個被叫主任的傢伙就是從那裡過來的。」

「我也有看到停車場裡面還有兩名警衛，有其他的嗎？不是說九個？」

「嗯，還有三個人從樓上往下看，大概在三樓附近，拿著對講機和望遠鏡觀察情況。」

「哇……居然看得到那裡？我沒注意到。」

「起碼要看到這麼細才稱得上是重案刑警啊，不是嗎？我可是在現場混了很多年。」

「薑是老的辣……我不是說你老，是說你真厲害，啊哈哈。」

崔警衛用細長的眼睛瞪了羅警衛一眼，接著說：

「我不在的時候，他們沒有回報嗎？」

「啊。你回來之前都沒有。要不要聯絡看看？」

「好，你調一下。」

羅警衛調好頻率後，將對講機交給崔警衛。

「這裡是哈瓦那，聽得見嗎？」

「這裡是ＥＤＭ，聽得很清楚。」

「ＤＪ聽得清楚嗎？滋滋。」

「這裡是ＤＪ，聽得很清楚。」

「大家狀況怎樣？」

「ＥＤＭ，沒有發現特別可疑的地方。」

「ＤＪ，我還沒找到通往地下停車場的通道。」

「好，知道了。這裡也沒能成功潛入地下停車場。必須找出停車場和俱樂部之間的通道。」

「收到。滋滋滋。啊！我好像找到了，正準備朝目標方向移動。滋滋、滋滋滋。」

「ＥＤＭ……小心靠近。」

「前方有電梯……。滋滋、滋滋滋。」

這時候，羅警衛突然斷線。

「這裡是哈瓦那，發生了什麼事？ＥＤＭ，請回答。」

「這裡是ＤＪ，我去看看ＥＤＭ。滋滋。」

「ＤＪ，聽到請回答。不要跟上去，從遠處確認狀況。」

這次換朴巡警也斷了線。

一片寂靜後，羅警衛小心翼翼地問：

「斷了嗎？」

「嗯，斷線了，怎麼會這樣？」

「要不要打手機看看？」

「不行，真發生什麼事，他們也接不了手機，反而會曝光身分。」

「那我去俱樂部……」

「不，我們先等等吧。」

羅相南警查和崔友哲警衛通話時發現了電梯，立刻走了過去，就在那一刻對講機突然出現滋滋的雜訊之後便斷線。

「電梯……滋滋滋。」

「抱歉，這裡禁止進入。」

一名男人在前往電梯的通道前伸手攔阻。

「什麼？我是要去洗手間！」

「抱歉！這裡不能進去。」

俱樂部裡迴盪的音樂聲讓羅警衛聽不清楚對方說什麼。

「我要去洗手間！洗手間！」

「這裡沒有洗手間！請往那邊走。那邊！」

「喔喔，抱歉，抱歉。」

羅警查舉起雙手做出抱歉的手勢，朝男人指的方向走去，那男人突然喊住他。

「先生！先生，等等！」

然而這次羅警查也沒聽見，繼續向前走。

「不對，等等！穿白襯衫的先生！」

男人急忙抓住羅警查的肩膀的，羅警查瞬間反射動作打掉他的手臂，轉過身。

「幹嘛？你想幹嘛？」

「抱歉，我有叫你，但是你沒回答。」

「什麼事？」

「你的耳朵裡戴了什麼？請讓我看一下。」

「什麼？你說什麼？」

「哎，你那邊耳朵裡戴的是什麼？」

男人對羅警查起疑，說話不再客氣，音量也提高。就當他正想動手拿出羅警查耳裡的東西時，羅警查迅速扭住他的手臂。

「啊啊！幹什麼？還不放手？」

羅警查嚇了一跳，趕忙鬆開了男人的手臂，說道：

「哇喔！抱歉。所以你幹嘛隨便對人動手動腳？」

「好痛，哪來力氣這麼大的傢伙。」

男人甩著被扭的手臂，嘴裡碎念。

「傢伙？你這樣稱呼客人？」

「什麼？這你就聽得到？」

「對，我聽到了，你怎麼能對客人這麼沒禮貌？」

「廢話少說，讓我看你耳朵裡的東西。」

男人的手向前一伸。

「耳朵？喔喔，這個嗎？怎樣？這是耳機啊。」

「是耳機嗎？讓我看一下，拿來。」

男人再次伸手要搶耳機，羅警查識破他的動作，瞬間後退一步，並打掉他的手。

「你越是這樣反而看起來更可疑好嗎？你給我等一下……」

男人正要拿出對講機，不知從哪裡跑出來的朴巡警挽住了羅警查的手，靠在他身上問：

「相南，發生了什麼事？」

「喔？旼熙，妳在這啊？剛才是跑去哪了？我到處在找妳。」

朴巡警笑著拍拍羅警查的胸膛，說道：

「我去洗手間啊。可是你們怎麼了嗎？」

「您是他的女友嗎？」

「對啊，怎麼了？你剛才好像要打他的臉，對吧？」

「不是的，我不是想打人，只是想確認一下……」

「我都看到了，你還想否認？這樣不行，叫你們經理出來，這筆帳我要算清楚。」

「是啊，沒錯，經理！叫經理出來！」

朴巡警激動地走出去要找經理，羅警查跟在一旁大呼小叫。

「我不是那個意思。我向您道歉，是我誤會了，對不起。」

男人低頭連連道歉。

「哼！真討厭，對我們相南哥動手動腳，下次給我小心點！」

「是的，謝謝。那我不打擾二位了。」

「相南，我們走吧。」

「好。」

朴巡警挽著羅警查的手臂急忙離開。不斷低頭道歉的男人抓著頭，回到電梯前的通道。

「朴刑……不，旼熙，謝了。呼，差點就被抓包了。」

「怎麼回事？你為什麼會去那裡。」

「那邊有電梯，我總覺得可以通到停車場，所以想說過去看看，想不到那傢伙守在路口。」

羅警查好像放鬆了下來，哈哈笑了兩聲。

「你還笑得出來？差點就出事了。」

「哎喲，現在可以笑了啦。多虧有妳才能順利蒙混過關，謝了。」

「拜託你不要一直笑。我們是不是該聯絡崔刑警？」

「啊，對。無線電斷訊了，得用手機聯絡。」

「好，我來打給他。」

朴巡警準備拿出手機的時候，一名男人穿過了羅警查和朴巡警之間。

「借過。」

由於面前突然冒出男人走了過去，朴巡警失手掉落手機，好險在手機掉到地上之前便伸手接住。

「搞什麼啊？別人正在說話，怎麼可以這樣走過去？沒禮貌的傢伙。」

「對啊，呼，手機差點就要摔……咦！羅刑……不，相南，那個人，在那裡，你有看到嗎？」

朴巡警好像受到什麼驚嚇，慌張地呼喊羅警查，並用手指著剛才走過去的男人。

「怎麼了？朴刑……不，怎麼了？那裡有什麼？」

「就是那傢伙沒錯，剛才我跟他對到眼了，肯定是他。」

「那傢伙？那傢伙……難道是那輛贓車的車主？」

「對，羅刑警，不對，相南……抱歉。」

「現在喊什麼不重要。妳確定？是那傢伙嗎？」

「是，就是他。我剛才接住手機時有看了他一眼，他也朝我看過來。是他沒錯，那個眼神就是之前看到的那個人。」

「那還呆在這幹嘛？還不快追。他跑去哪了？」

「在那邊。」

「我不知道他長什麼樣子，朴刑……不對，哎！朴刑警告訴我那傢伙穿什麼衣服？快想想，快點。現在還看得到他嗎？」

「等我一下。」

朴巡警環顧四周，找到了剛剛那個男人：

「啊！在那邊！他往那邊走了。」

「哪裡？」

「理平頭、藍色T恤……下半身是牛仔褲。他穿的是牛仔褲。」

羅警查沿著朴巡警手指的方向，尋找她描述的裝扮。

「藍色T恤……牛仔褲……喔！看到了。朴巡警妳先聯絡崔刑警再跟上來。」

「什麼？不，我們一起……」

「不行，說不定會有什麼危險，妳先報告後再跟上，知道嗎？我先走了，沒時間了。動作快！」

「啊，是！」

羅警查擠進沉迷於音樂節奏而擺動的人群，試圖追上身穿藍色T恤與牛仔褲的贓車車主，朴巡警則打電話給崔警衛。

陣陣電動螺絲起子轉動的嘈雜聲傳來，門一推開，一股油漆與汽油混雜的刺鼻氣味竄進鼻中，角落堆放著輪胎，牆上則是掛滿各種工具。

再往裡頭走幾步會看到一個貨櫃，入口處掛著不透明的塑膠簾，貨櫃內布滿灰塵，空氣也混濁到彷彿在灰濛濛的大霧中一般。有一輛沒有車牌、未上漆的ＢＭＷ汽車，車的周圍四散著工具。有個戴著毛帽、護目鏡與口罩的男人蹲在車前進行組裝工作。

電動螺絲起子的聲音持續片刻之後停了下來，男人突然起身，拿起一旁的紅色噴漆往車上噴，看來是想將白色的車身漆成紅色。車邊好幾個車牌排成一列。

男人噴完了一面，轉過身看到站在他面前的男人，驚嚇往後退了一步。他嘆了口氣，把護目鏡推到頭頂，雙手揮散眼前的浮塵，走向男人說道：

「哎，嚇到我了啦，我不是叫你別來嗎！」

「抱歉，因為您不接電話。」

「喔，你有打給我？」

那男人一副不知情的模樣，點了點頭。

「社長找你。」

「爸爸？為什麼？又有什麼事？」

「可能是因為警方的動作不太尋常。」

「什麼意思？因為白粉嗎？」

「警方想扣押搜查理事您住的房子，社長及時阻止了，但警方似乎不打算收手。」

「不是已經沒問題了嗎？我已經除了毛，還去日本都把身體清乾淨了，會怎樣嗎？做到這種地步，就算警察來也查不出什麼東西來，不是嗎？還有什麼問題？哥？」

「是沒錯。房子也整理得很乾淨。但我覺得警方不是因為毒品才想搜查。」

「什麼？不然……是因為……為什……什麼？還有什麼事？嗯？」

他不敢和他稱呼為哥哥的人對視，結巴問道。

「還不確定，但馬上就會得知狀況的，理事。」

「什麼？會知道什麼？誰會知道？」

「看來你很清楚？請停手吧，這樣下去會很危險。」

「去你的，我喊你一聲哥，少自以為很懂啦，在那邊給我跩！」

男人惡狠狠瞪著對方大吼。

「理事……。」

「閉嘴。我早就告訴你要裝作沒看見，裝作你什麼都不知道，就算有也要裝沒有！拜託給我閉嘴。我不想連你都失去，好嗎？該死，不要連哥你都這樣對我，好嗎？拜託你。」

他瞪著被他稱為哥哥的男人，像是要將他生吞活剝的氣勢，但下個瞬間又笑著懇求。

「好，我明白了，那您以後打算怎麼做？」

「什麼怎麼做？爸爸會看著辦的。還有，只要哥你不說出去，這個世界就沒人會知道，條子也不會發現。這個全世界只有你和我知道……還有那個壞蛋。所以只要你閉嘴就行了。如果敢隨便亂說出去，就算是你，我也絕對不會放過。你自己看著辦。」

「理事，這次的事……交給我處理好嗎？」

「你？哥是在說真的嗎？不行，你什麼都別做，這樣才……算了，你不要動手，讓我來處理。」

「要是社長知道就麻煩了。」

「幹……哎，我不會連累你。哥你就裝作不知情，要是被發現，就說都是我自己做的。反正我怎樣都是死，知道嗎？」

「一定要這麼做嗎？有什麼原因……」

「煩死了！你不用知道。我喊你幾聲哥，你還真的把自己當我哥啦？想管我也要有分寸，我是因為爸爸才叫你一聲哥的！不要再假裝自己跟我親哥哥一樣好嗎！少管我，裝作不知道，嗯？」

男人對著他發火，又時而輕聲安撫，情緒搖擺不定。

「我知道了。社長在等您過去，準備好就出發吧。」

「他在哪裡？」

「這裡的十七樓。」

「喔，在那啊。今天是什麼日子？」

「我不清楚。」

「該死……你以為我看不出來嗎？我要你裝傻可不是用在這種時候。是啊。你也不是什麼事都會告訴我，哥又不是我的手下……。」

他看著那男人的表情，像在試探般不斷提問。

「啊啊，到底要幹嘛？看來不是因為警察啊。是因為好事才叫我過去的嗎？」

「……。」

「不知道嗎？你明明就知道，告訴我吧，七星哥。」

「我真的不知道，我只是依照指示來接您。」

「幹……。好啦，知道了。下次來這裡之前先聯絡我，或是從外面讓我知道你來了。反正不要像今天這樣隨便進來，知道嗎？」

「好的。」

「你先走吧，跟爸爸說我馬上到。」

「好的，請您準備好就上來吧。」

穿著牛仔褲和藍色T恤的七星掀開塑膠簾走出貨櫃。沾染一身灰塵的男人摘下口罩與護目鏡，用手拍打好幾下臉上的灰塵，又脫下圍裙掛在牆上，最後一邊拂去衣服上的灰塵一邊走了出去。

「朴刑警，發生什麼事了？為什麼無線電斷了？」

「這件事等等再說，現在有更緊急的狀況。我剛才看到了一個男人，他好像就是停在論峴路住宅的贓車車主，羅相南警查正在追他。」

「什麼？是那個殺氣騰騰的眼神沒錯吧？那我們也過去。朴刑警妳先待命。」

「我待命？我也要去追……」

「朴刑警，妳可以嗎？」

「我的傷不嚴重，沒關係，不用擔心。」

「我不是說小腿受傷的事，妳的狀態還好嗎？我是擔心遇到相同情況可能會出現之前那樣的反應。」

「對不起，可是……」

「朴刑警，我不是要妳道歉。」

「啊……是的，對不……啊不……。」

「喂！朴巡警，振作點！我是問妳現在狀態怎樣。出一次錯就氣餒了嗎？如果妳因為害怕而逃跑，或是覺得辛苦就退縮，妳真的會從此無法振作，知道嗎？朴旼熙，妳是刑警，而且妳現在是重案刑警。」

「是，崔刑警。」

「聽聽看妳那是什麼聲音！如果認為自己做不到，就馬上退出！不然就在現場好好表現。雖然我不清楚妳現在有什麼想法，但這種事誰都幫不上忙，只能靠妳自己克服，明白嗎？」

「是！明白！」

「很好，小心不要受傷，我們馬上過去。」

「我，朴刑警會立刻前往現場！」

「很好！」

崔警衛面帶微笑，掛斷電話。

「羅警衛，你知道論峴路那棟住宅吧？他們說看見了在那裡目擊到的車主。」

「我知道，說是眼神充滿殺氣的人。不過你為什麼要那麼對朴巡警？是因為上次她受傷的事嗎？」

「以後再說，現在得快點趕過去。」

「啊！好。那輛車也是贓車嗎？」

「沒錯，我查過了是贓車。車牌號碼是多少來著？車牌號碼……啊！4862！總之，那輛車的車主在俱樂部裡……」

「你說車牌號碼是多少？」

「4862，怎麼了嗎？」

「4862？等等？是244-DA-4862的BMW嗎？」

「啊？等等，我有記下來。」

崔刑警拿出手機，查看了記事本。

「是嗎？」

「啊！對。可是我還沒報告過，你怎麼會知道？」

「原來如此……。那是第三起命案發生當天，現場監視器拍下的車輛。」

「在現場拍到的？你怎麼沒說？」

「因為是在距離命案現場五百公尺遠的地方拍到，我向組長報告後，緊急用電子郵件把相關資料寄給大家，你沒看到嗎？」

「哪有時間看郵件？先不管這個，但是我們要查的俱樂部那輛車不是Grandeur嗎？」

「對，車牌號碼也不一樣。」

「那這裡很有可能就是連續殺人犯的基地。」

「是嗎？」

「不覺得嗎？出現在案發現場的Grandeur停在這裡，論峴路住宅圍牆邊停的車也出現在命案現場。也就是說，很有可能都是同一個人的車，也許就是這棟大樓的所有人，或是與大樓所有人有關。」

「所以是大樓所有人李建成嗎？」

「不，李建成只是掛名，至於實際的大樓主人……看來我們真的找到連續殺人犯的巢穴？一股可疑的味道。」

「的確，希望崔警衛你的預測是對的。」

「不過看來還是沒辦法進入停車場。我們先去支援在俱樂部裡頭的羅警查與朴刑警，再觀察一段時間吧，看看有沒有其他入口，實在不行的話，就只能從正門進去。」

「好，但你剛才為什麼對朴巡警……」

羅警衛小心翼翼地試著再問一次，聲音越來越小。

「喔，沒什麼啦。該說是重案刑警必經過程嗎？雖然不是每個刑警都會，但偶爾會有人遇到瓶頸，朴刑警正在經歷這段過程。」

「什麼過程？」

「與自己的戰鬥。」

「什麼？」

羅警衛一臉茫然地看著崔警衛。

「你知道覺醒這個詞的意思吧？簡單來說就是從第一線警察轉變成為重案刑警的過程。朴刑警會像上次一樣，又遇到不得不對罪犯開槍的情況，也會在案發現場親眼目睹被害者遇害，還會有自己被罪犯傷害的情況。幸好朴刑警上次受的是輕傷，要是傷勢嚴重，造成的精神創傷會更難熬。」

「這種事在現場不是很常見嗎？」

「沒錯，要成為一名重案刑警，總有一天會經歷這些事，朴刑警現在正處於能否克服這一連串過程的第一個十字路口。在想逃跑又有罪惡感的時候，必須拿出身為重案刑警的信念和決心才能克服。若突破了這個關卡就可以說是覺醒了。」

「覺醒……希望朴刑警能順利突破。」

「當然，同事們也會陪在她身邊。」

第14話
探索

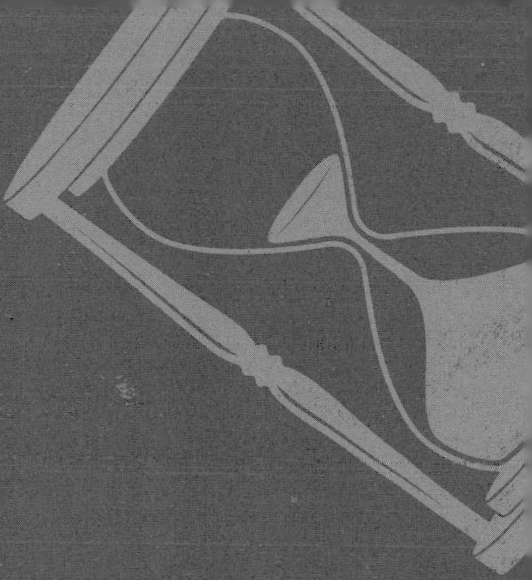

「議員好。」

「這次全體會議妳提的法案能通過嗎？」

「好。」

「好像有難度。《選舉法》、《公搜處[*2]法》、《檢警調查權調整法》，牽涉到的問題太多了，原本想快速推動，可是還要審追加預算，實在是很難在這時候開口。追加更正預算大概也會移到特別會議。這樣一來，還有誰會注意到我提出的法案？」

「好不容易通過法司委[*3]那一關……真難過。」

「對啊，虧我們這麼辛苦準備，真抱歉。不過用比例代表制初選出來的議員，提的法案哪有什麼機會可以被提到全體會議上？我們應該要感到慶幸了。」

「所以議員下次應該要參選……」

「輔佐官，我說過我已經下定決心了。」

「黨內現在還沒正式……」

「我已經跟你說明過原因了吧？我的個性你也了解，一旦下定決心就會堅持到底。既然你都明白，就不要再試圖說服我了。」

「因為實在是太可惜了。知道了，不要用那種眼神看我。」

徐議員微笑看著鬧脾氣的輔佐官說：

「還沒吃晚餐吧？」

「對，議員也還沒吃吧？要叫什麼外賣？」

「我想要海鮮辣湯麵和小份乾烹雞，你想吃什麼盡量點。卡在這裡。」

「謝謝議員。」

「多點一些，吃頓好的，知道嗎？」

「是！」

輔佐官將議員要的餐點寫在手冊上，走出辦公室。

叩叩叩！

「請進。」

「議員，有客人。」

「客人？啊！」

「其中一位客人說自己是閔宇直，他說妳聽到名字就知道了，要請他們進來嗎？」

「快請他們進來，準備一下招待客人的茶。」

「是，議員。」

金輔佐官離開後，閔宇直警正和南始甫巡警走了進來。

＊2：高位公職人員違法搜查處的簡稱。
＊3：法制司法委員會的簡稱，負責執行國會關於法制與司法的決策。

「徐議員，我們又見面了。」

「閔組長，歡迎，很高興又見到你。」

「議員好，初次見面，我是南始甫巡警。」

「你好，很高興認識你。抱歉，我忘了你們要來。」

「哈哈，是嗎？沒有其他安排吧？」

「幸好沒有。啊！你們吃過晚餐了嗎？」

「當然，怎麼了？議員還沒吃嗎？」

「對，全體會議才剛結束。」

「這樣啊？那妳先用餐……」

叩叩！

「請進。」

金輔佐官進入辦公室，將茶放在閔警正與南巡警面前後離開。

「請用茶。」

「謝謝。妳還是先去吃飯吧？」

「沒關係，我叫了外賣，不介意我邊吃邊談吧？」

「當然沒關係。」

原先看著閔警正的徐議員轉頭看向了南巡警。

「啊！是的，我也沒關係，議員。」

「不好意思第一次見面就這麼失禮。最近因為提法案實在忙不過來，才讓你們跑一趟。」

「多虧議員，我才有榮幸能參觀國會，哈哈。」

「你太客氣了，國會一直都是對民眾開放的空間，以後常來，下次讓我好好招待你們。話說回來，兩位找我有什麼事嗎？蔡議員……啊，這可以說嗎……？」

徐議員看著閔警正，又瞥了南巡警一眼，急忙打住原先要說的話。

「沒關係，但這不是我們今天來的目的。」

「不然呢？」

「徐議員，最近有沒有注意到身邊常出現什麼人？或是發現有車在跟著妳？」

「怎麼了？有人跟蹤我嗎？」

「好像是。」

「真的嗎？友哲也說過一樣的話……。發生什麼事？難道是連續殺人犯要對我……」

「不是的，這和連續殺人案無關。崔刑警是怎麼跟妳說的？」

「他和組長問一樣的問題，還說最近江南一帶有發生命案不太安全，要我小心。是誰要跟蹤我？」

「目前還只是推測，但應該是蔡議員那邊的人。聽說妳和崔刑警從那次事件之後就持續在調查和觀察蔡議員？」

徐議員面有難色地說道：

「啊……。友哲都跟你說了嗎？」

閔警正沒回答，只是點了點頭。

「組長也知道，這案子不只是蔡議員個人收賄的問題，還有友哲的哥哥……」

「徐議員，我明白，我不是來責怪妳的。你們這麼做的原因是什麼並不重要，只是用錯方法了。請暫時停止對蔡議員的調查或追蹤相關人員。」

「什麼？可是……」

「包含和蔡議員有關的議員、檢察官，還有……政界、商界相關的人，請立刻停止調查他們的個人和財務資訊！尤其是千萬不要派人跟蹤，這件事可以請妳配合嗎？徐議員！」

閔警正變得有些激動，說話的語氣像是在催促徐議員答應。

「組長，你是警察，干涉國會議員的議政活動是越權了吧？而且我監視的不是一般民眾，而是違反國民與公共利益，不守法的國會議員，為什麼要阻止我？你有什麼權力？」

「不，那是……」

「要是警方和檢方都有好好盡責，我也不需要做這種苦差事。議員的職責是為國民制定與推動好的法案，我卻在做這種事，這是誰造成的問題？」

原本嚴肅看著徐議員的閔警正突然豪爽大笑，說道：

「果然和我聽說的一樣，徐議員真帥氣。」

徐議員茫然地看著閔警正。

「組長，你幹嘛笑？這是什麼意思？」

南巡警也用困惑的表情看著閔警正，坐立難安。

「啊，抱歉，我不小心太激動了。沒錯，我身為一個警察不該提出這種要求，是我過分了。」

叩叩叩！

「請進。」

「議員，外賣送來了，要怎麼辦？」

「拿進來吧。兩位要吃一點嗎？」

徐議員輪流看著閔警正與南巡警。

「不用，沒關係。」

「還是一起吃吧。請準備兩位客人的筷子。」

「好的。議員，這是妳的信用卡。請慢用。」

金輔佐官把信用卡還給徐議員，打了聲招呼之後離開辦公室。

「這家的乾烹雞很好吃，嚐嚐看。」

徐議員打開海鮮辣湯麵上的封口膜，夾了一大口放進嘴裡一邊說道：

「抱歉，我太餓了。組長剛才說的話是認真的嗎？好像是故意想刺激我口氣才這麼衝。簌嚕嚕。」

「沒關係，議員邊吃邊聽就好。剛才我是認真的，請停止手邊所有的調查，還有……沒錯，我是故意想要刺激妳。」

南巡警大吃一驚問道：

「什麼？組長？為什麼要這樣？」

徐議員反倒很平靜：

「果然沒錯。組長想試探我嗎？為什麼呢？」

「徐議員，若是讓妳感到不舒服，我向妳道歉。我想直接確認徐議員的意志是否夠堅定。很抱歉。」

「為什麼想知道這個？」

「等妳用完餐再說吧，先好好吃飯。」

「為什麼？聽了以後會消化不良嗎？」

閔警正笑著擺手說道：

「不會，還不至於消化不良，但也不適合吃飯的時候說。還有，我情緒激動時說的都是真心話。議員先吃飯吧。」

「明白了。最近要準時吃飯也不容易。吃飯皇帝大。」

徐議員笑著，夾了一塊乾烹雞放進嘴裡。

「是啊，我想說的就是這個意思，凡事都要先吃飽再說。」

南巡警搖了搖頭，和微笑的閔警正互看一眼。

「幹嘛？你也吃吧。」

「是。」

羅相南警查追在身穿藍色T恤的男人後頭，追到了死路。他發現一扇通往逃生梯的門，開門後正想往上爬卻聽見下方傳來關門聲，急忙轉身跳下樓梯。

但是他怎麼都找不到出去的門，越過欄杆向下看發現了一扇門，於是又往下走了一層樓，可是那扇門要刷卡才能打開。羅警查不確定男人是從這扇門離去，還是又往下走了，於是來到樓下查看。下方仍然是需要刷卡才能打開的門。羅警查撥亂了頭髮，無可奈何地回到俱樂部所在的樓層。

「你在這裡做什麼？」

羅警查推開逃生梯門正打算回去時，一名身穿黑色西裝的男人站在門前。

「請問洗手間在哪裡？我很急……。」

「洗手間嗎？請跟我來。」

「不用了，跟我說在哪裡就好，我自己去。」

「廢話少說，跟我來。」

「啊？你說什麼？」

「你的舉動很可疑，所以我一直透過監視器觀察。請跟我到辦公室一趟。」

「你用監視器觀察我？這裡居然會監視客人？是嗎？」

「不是監視，是因為你很可疑……」

「那不就是監視的意思嗎？」

「你不願意配合嗎？」

男人說著，將手中的對講機拿到嘴邊：

「派人過來。」

「喂，不對吧，你不能這樣對客人。」

拿著對講機的男人沉默不語，雙手背在身後，上下打量羅警查。這時朴巡警跑到了男人的身後。

「相南！你在這裡幹嘛？」

「啊！旼熙，妳跑來找我嗎？我想去洗手間但找不到。」

羅警查瞅了男人一眼，尷尬地笑著。

「哎，真是的！說好來玩的你到底在幹嘛啦？快走吧。」

朴巡警挽住羅警查的手臂想離開，但拿著對講機的男人擋住了兩人的去路。

「借過。」

「抱歉，請在這裡稍等一下。」

「為什麼？我男友做錯了什麼事嗎？」

「等一下就知道了。」

「什麼意思……」

朴巡警正想和男人理論的時候，看見後頭跑來三四名同樣穿著黑西裝的男人。羅警查盡可能不著痕跡地靠近朴巡警，在她耳邊悄聲說道：

「等我的暗號，苗頭不對就跑。」

朴巡警沒回答，只是點了點頭。

「我又沒有鬧事，不會太過分了嗎？好啦，我走就是了。幾位大哥讓我過吧，我女朋友也在看，幫我留點面子吧。」

「我現在就是在幫你顧面子了。所以老實點跟我走吧。」

「唉，真是的，有夠不講理。」

朴巡警對羅警查使眼色，正打算要跑的時候，羅警查急忙摟住她的肩膀，放聲大笑。

「好啊，去就去，就去一趟證明清白吧，哈哈哈。」

朴巡警噘著嘴，輕聲笑道：

「那好吧。」

擋在前方的男人冷笑一聲，沒有多說什麼，稍微側過身並指了指要走的方向。朴巡警見狀，向羅警查小聲低語：

「這個人真的好討厭，長得也很討厭。」

羅警查噗哧笑了出來，朝男人指的方向走去。

「你有什麼打算？」

「我會打暗號，等著。」

朴巡警微微點頭。

兩名黑色西裝男人走在前面，另外兩名緊跟在羅警查與朴巡警後頭。一行人走出無路可走的通道，途中必須要穿過俱樂部中間，但要從沉迷於音樂，激情跳舞的年輕人之中通過並不容易，他們不得不繞到外圍，避開人群。

華麗的特殊燈光隨著節奏忽明忽暗，閃爍不定，反覆的快節奏電子音樂貫入耳裡，心臟也隨之躁動。在這之間會有兩三秒燈光突然暗下的瞬間，短暫改變原先歡快的俱樂部氣氛。

羅警查看準時機，拍了拍身旁朴巡警的肩膀，大喊：

「就是現在！」

與此同時，羅警查跑進人潮擁擠的舞台中央，朴巡警接收到暗號也拔腿就跑，但她跑的方向與羅警查相反。

羅警查跑了一陣子才發現朴巡警不在身邊，但為了躲過後面的追兵，只能繼續跑。

他想跑出俱樂部，但保鑣已經擋住了出口，而且也不能把朴巡警單獨留在俱樂部裡。

這時的朴巡警躲在人群中四處張望，突然一名服務生抓住她的手，將她拉進一條走廊。走廊兩側都是包廂。朴巡警以為是服務生認錯人，不動聲色地跟著走。

羅警查這時毫不知情，在舞池奔走尋找朴巡警的身影，最後與追兵狹路相逢。四名壯漢包圍羅警查，他靈機一動，打了一名跳舞跳得正起勁的男人的後腦，那人瞬間向前傾，然後咒罵著回頭怒目瞪視，抓住了另一個人的肩膀算帳，兩人於是打了起來。

兩人的爭吵演變成雙方人馬叫囂爭執，俱樂部裡瞬間一片混亂，羅警查趁機跑向逃生梯方向，那些西裝男被捲入混戰，沒能從亂成一團的舞池脫身。

跑向逃生梯的羅警查與前方走來的一名男人對到眼，對方正是他一直在找的藍色T恤男人。羅警查緊急煞住腳步，但沒能控制好速度，險些仰天摔倒，好不容易走近藍色T恤的男人，立刻上前抓住他的肩膀。

「喔！呃呃！」

身穿藍色T恤的男人迅速扭轉羅警查抓住自己肩膀的手，並壓制在羅警查的背後，說道：

「你要幹嘛？」

「啊啊！放手，你先放開再說。」

「我問你要幹嘛！」

羅警查拍了好幾下自己的手，痛苦呻吟：

「哎喲，我以為你是我認識的人，對不起。呃啊！放開我。」

「不要隨便碰別人的肩膀，聽到沒？」

「好我知道了，快放手，肩膀要脫臼了啦。」

「塊頭這麼大，在那邊哀哀叫……。嘖。」

那男人放開手，將羅警查向前推，羅警查因此跌倒在地。

「下次小心點。」

男人說的同時轉過身，羅警查站起來拍拍褲子說道：

「喂！等一下！」

餐點與餐具已經收拾乾淨，金輔佐官又端來了新的熱茶。

「現在該辦正事了吧？組長，請說吧。」

「哈哈哈，好。議員已經從崔友哲刑警那裡聽說了吧，趙檢察官命案……聽說要發新聞稿。」

「是的，你聽說了啊？」

「好，可以發新聞稿，但後續要交給我們，徐議員不要再插手了。」

「組長，剛才已經說過了……」

「只是暫時的。徐議員，請等一個星期左右。不，三四天就好了，先不要有動作，可以嗎？」

「方便問原因嗎？」

「想必議員也有看到報導。對方這次可能打算像之前李大禹大法官和李弼錫議員以自殺結案一樣，把趙檢察官的死偽裝成交通意外。」

「所以……意思是他們都不是自殺的？」

「是的，雖然只是我的猜測。」

「有根據嗎？」

「我之後會再詳細解釋。首先請議員相信我，不要再有動作，拜託了。」

「我相信組長不會平白無故提出這種要求……我知道了，但只有三天。」

閔警正輕聲笑答：

「好，就三天，謝謝徐議員。」

「到時候請你說明理由，可以嗎？」

「當然，到時候就算議員不想聽，我也會說。」

南巡警留意兩人的對話，在話題快結束時開口：

「議員，不好意思，方便給我一個信封袋嗎？」

「信封袋？等等。」

徐議員按下電話內線。

嗶！

「輔佐官，請拿信封袋……南巡警，你是要大的吧？」

「是的，沒錯。」

「給我幾個文件袋。」

「好的。」

「謝謝議員。」

「不客氣，還有其他需要儘管說。」

叩叩！

金輔佐官很快地將文件袋放在了徐議員面前，說道：

「議員，妳要的文件袋。」

「謝謝。南巡警，這些夠嗎？」

「是，夠了。」

南巡警拿到文件袋後，看向閔警正搖了搖頭。

「議員，妳會用黃色的文件袋嗎？」

「你是要黃色的嗎？怎麼辦？我這裡只有我們黨做的文件袋。」

「徐議員，妳最近有收到黃色文件袋嗎？郵件或者是任何的黃色文件袋。」

「又不是玩猜謎，直接告訴我原因吧。我可是很會察言觀色的，所以才能從政啊。」

閔警正尷尬地放聲大笑說：

「看來是這樣沒錯，哈哈。」

「就直接跟我說吧。」

「有情報指出恐嚇信件裝在黃色文件袋裡。」

「恐嚇信件？誰寫的？」

「目前正在調查。」

「妳有收到過任何黃色信封袋嗎？其他信件之類的也可以。」

聽了南巡警的問題，徐議員暫時想了想，搖頭答道：

「不清楚，應該沒有。難道這也是蔡利敦議員做的？」

「不清楚是誰做的，但不是蔡議員。避免有什麼誤會我先說，趙德三、李大禹和李弼錫的死和蔡利敦議員無關，這也是為什麼我希望妳不要插手。」

徐議員一時之間不知所措，問道：

「不是蔡議員？那會是誰？我以為一定是他，怎麼可能？真的不是嗎？」

「目前我只知道這麼多，也只有我們知道，希望議員能幫忙保密。還有，如果妳收到裝在黃色文件袋的郵件，或是其他東西，請不要打開立刻聯絡我。拜託了，徐議員。」

「好的，閔組長，我會的。」

「謝謝議員今天抽空見我們，先告辭了。」

「客氣了，你們那麼辛苦，我幫忙是應該的，以後有什麼需要儘管說。」

「妳可能會後悔喔，一言既出？」

「駟馬難追。別擔心，閔組長。」

徐議員露出燦爛的笑容說。

閔警正和南巡警走出徐敏珠議員辦公室，來到電梯前。

「大哥，你是不是……撒了太多謊？徐敏珠議員以後知道了會很傷心吧。」

「不然怎麼辦？你突然那樣問她，我差點圓不回來。」
「說到底還是我的錯啊。」
南巡警偷偷撇了撇嘴，問：
「組長不是有事要跟議員說？」
「當然有，不過你也看到了。」
「看到什麼？」
「徐議員自信的模樣，那就夠了，我想可以晚點再和她說。」
南巡警疑惑問道：
「說什麼？」
「反正我有事要跟她說就對了，別問那麼多。到時你也會知道的，現在先這樣比較好。」
「大哥這樣子說，我……」
「你怎樣？」
本來皺眉的南巡警表情一變，笑嘻嘻地說：
「我會努力工作，全力以赴！之後一定要告訴我喔，大哥，哈哈。」
「說什麼鬼，哈哈哈。」
閔警正和南巡警談笑的時候，等待許久的電梯到了。徐議員的輔佐官走出電梯，向閔警正和南巡警打了招呼，兩人也用眼神回禮。輔佐官看著他們直到電梯門關上，才回到議員辦公室。

「議員，刑警來這裡有什麼事嗎？」

「沒什麼。老朋友過來打招呼而已。」

「好的。對了，議員，老家那邊的支持者以為妳明年要參選一直來聯絡，還有人已經開始想向議員陳情了。」

「暫時任由他們去說吧。我不參選的事不要對外透露，不能被媒體先報導出去。我知道會很辛苦，但請你好好應對，可以嗎？」

「還是議員乾脆參選……。」

徐議員臉色凝重，語氣堅決：

「輔佐官。」

「是，我知道了。還有不知道議員記不記得……上次提過的呂南九先生。」

「呂南九？呂南九……啊！他的母親？」

「是的，呂南九的母親堅持有東西要親手交給妳，有跟她說可以代為轉交，但是她不願意，還說會親自送到議員家裡，我有同意了。」

「送到我家？嗯，知道了。等收到以後我再來看是什麼事。」

「她說如果妳收到了，一定要聯絡她。」

「是嗎？我先看完內容再決定怎麼做吧。」

「好的。該回去開會了，議員。」

「時間過這麼快啊，好，我知道了。」

「姜會長好，別這樣叫我。會長？我只是經營幾個小俱樂部，叫我社長就可以了。」

「朱會長，好久不見。」

姜會長將塗了髮膠的油頭往後梳，瀏海的地方顯得空蕩蕩。

姜會長露出狡猾的笑容：

「哎喲，這麼謙虛，你現在還有一家氣派的飯店，當然稱呼你一聲會長啊，不是嗎？」

「不敢當。不過我有三家飯店，不是一家，哈哈。得像姜會長一樣經營集團才夠資格被稱為會長，不是嗎？會長？」

朱社長卑躬屈膝地討好姜會長，姜會長發出狂妄的大笑：

「是啊是啊。不過，今天來這裡……」

「抱歉，會長，今天只能在這裡簡單招待，下次我會在SKY好好招待你的。」

朱社長用手指著天花板，瞪大著眼笑了。

「好，我拭目以待，朱社長。呵呵呵。」

「來吧，請先進來。」

姜會長走進一個歐式古典風格大門的房間，與此同時有人慌張地跑上樓梯，氣喘吁吁地說道：

「社長，長官來了。」

「喔，好，你進去交代裡面的做好準備。」

「是，社長。」

電梯門隨即打開，一位戴著墨鏡，將大衣披在肩膀上的白髮長者拄著鑲嵌著大顆黑色玉珠子的拐杖走了出來。

「長官，歡迎。抱歉讓您來這麼簡陋的地方。」

「朱社長，過得好嗎？」

「我很好，長官，每次見到您都變得更年輕了呢。」

朱社長的阿諛奉承逗得白髮長者哈哈大笑說道：

「你還真是老樣子，朱社長。好，大家都到了嗎？」

「是的，大家都很期待見到您。」

「好好好，呵呵。」

「長官，請進吧。」

「你怎麼不一塊進去？」

朱社長低下頭，連連擺手推辭道：

「不……。不了，我沒資格參加這樣的場合。」

白髮長者覷了眼低頭的朱社長，笑著說：

「我就喜歡你這樣謙虛，怎麼可能不找你？呵呵呵。」

「不敢當，能被您邀請是我的榮幸。」

「好，安排在這裡辛苦了，以後再另外安排，我們私下見個面吧。」

「謝謝，我當然很樂意，長官。」

「好。」

被稱為長官的白髮長者抬頭大笑走進門，朱社長維持九十度鞠躬直到門關上為止。

這時候，一名西裝革履的男人走到朱社長旁邊耳語。

「大家都到了嗎？」

「哇啊，嚇我一跳！」

「是我啦，哈哈。」

「幹嘛嚇我啊？大人你是什麼時候來的？」

「我剛到，今天有什麼事需要在這裡集合？」

「我不清楚，你也不知道嗎？」

「哎，我就是不知道才問朱社長的啊？」

朱社長聽到他輕浮的口氣，不高興地乾咳了一聲。

「我們什麼交情了，幹嘛不高興？」

「大人，即使是這樣，該遵守的還是要遵守吧。」

「什麼？」

被稱為「大人」的男人瞬間狠狠地瞪了朱社長一眼，又馬上恢復正常，笑著說：

「是啊，抱歉。如何？我這次也能參加聚會嗎？」

「連我都自身難保了。」

「哎，又這樣講，不是答應過會安排見面嗎？」

「先等等看吧。要是操之過急，可能就永遠都沒機會了。我會先把路鋪好，你就耐心等著吧。」

「是嗎？那就別讓我走泥土路，鋪條光滑平整的柏油路。」

他露出陰險的眼神，狡猾地笑著。

「知道了。你們的位置安排在十樓，請進去好好享受吧。」

男人靠近朱社長，低聲說：

「朱社長，我可是排第一個。這次表現得好才能坐上檢察長的位子，明白吧？拜託你多關照了。」

「好的，別擔心。檢察長就夠了嗎？起碼得做到總長吧。不是嗎？」

一聽到總長這頭銜，那人神情狡詐地看著朱社長說道：

「總長？啊哈哈，是啊。總長？要不法務部長吧，怎麼樣？阿哈哈哈。」

「貪吃小心拉肚子喔，哈哈哈。反正只要你耐心等待，我會儘快安排的。」

「知道了。我們什麼交情，對吧？」

「對，當然，包廂都準備好了，請進吧。幫大人帶路。」

「是，社長。」

等在電梯前的男人聽到朱社長的命令趕緊跑來，替男人帶路。

「等一下！」

穿藍色T恤的男人皺眉怒瞪著羅警查。

「喂！皺什麼眉。」

「哈。」

他乾笑了一聲。

「你到底是誰？」

「少廢話走你的路。啊，對了這邊沒路，要往那邊走。」

男人用大拇指比了後方。

「謝了喔，還這麼親切替我指路。沒聽到我問你是什麼人嗎？」

他沒有回答，只是冷笑著轉身要走。

「喂！想去哪裡？」

羅警查跟上，這次又抓住了他的右肩。男人想抓住羅警查搭在肩上的手，但羅警查先把他的手往後一扯，因此沒能抓到。羅警查又想抓住他的左臂還他一記，但這次男人先躲開了，並試圖用手肘撞擊羅警查的胸膛，羅警查好不容易擋住同時往後退。

「喲，身手很好嘛？」

羅警查迅速衝了上去，抓住男人的衣領使出背摔讓他直接摔在地上，正要馬上撲向他時，肚子卻被踢了一腳，羅警查不由自主地仰天向後摔，又立刻後空翻站了起來。羅警查拍拍屁股上的灰塵，慢慢走近男人，動作敏捷得與他魁梧的身軀不成正比。

「小子，很厲害喔，雖然不知道你是哪裡冒出來的……要不要跳槽到我們這邊？你身手這麼好，不會虧待你的。」

「是嗎？哇，被你誇獎，我好開心啊。」

羅警查說完又想再次抓住他的衣領，卻只有指尖稍微碰到了衣服，這時看見他露出的右肩上露出一部分的王冠刺青。

「啊！那個刺青……」

「怎樣？喜歡嗎？你過來，我也幫你刺一個好看的。」

「什麼？」

兩人緊張對峙之際，他突然看向羅警查後方說：

「喂！你認識後面那些人嗎？」

「後面？」

羅警查稍微側頭看，幾名身穿黑色西裝的男人正走過來。

「是你叫來的小嘍囉吧？」

「小嘍囉？我才沒有。」

「什麼啊，你也不認識他們？好吧，那就拜託你了。」

羅警查一說完便跑向逃生梯，那群西裝男緊追羅警查，其中一人走向藍色T恤男子，恭敬地問道：

「您沒事吧？」

「你認識我？」

「什麼？……啊，對不起。」

「給我滾。」

「是！」

西裝男搔著腦袋跑向連結逃生梯的通道。

羅警查沿著逃生梯回到了一樓大廳，然而那裡也有許多保全在看守。羅警查小心翼翼地觀察四周，尋找出口時，一名跟上來的西裝男看見了羅警查，放聲大喊：

「喂！抓住那傢伙！」

「可惡。」

事已至此，羅警查只能正面突破，打算穿過中央大廳裡的六名保全，從大門走出去。羅警查仗著自己人高馬大，縮起身體像頭發狂的牛般衝了過去，幾名保全想閃躲，有兩名保全在混亂中撞在一塊。

「啊啊！」

隨著悶重的「砰！」撞擊聲，兩名保全向後摔倒在地，羅警查順勢前滾翻了一圈。

「在幹嘛？還不去抓那傢伙！」

「是！」

躲到一旁的保全不約而同地撲向羅警查，羅警查本能地蜷縮身體，那瞬間不知道怎麼回事，他感覺到那些保全一個個後退遠離。羅警查小心翼翼地抬起頭，看到崔警衛正與那些保全對峙。

崔警衛左右快速揮拳，拳頭不偏不倚落在兩名撲向他的保全臉上，隨即迴旋踢將一名從後方衝上來的保全踢飛。

「還在等什麼？快出去，車在外面……」

「喔？大哥！小心……」

一名從俱樂部就追著羅警查的保全抓住了崔警衛的肩膀，一記猛拳打中崔警衛的臉，崔警衛立刻用拳頭反擊對方的腹部與臉部。

在這之間，羅警查也把撲向自己的保全一個個甩開。羅警查與崔警衛背貼背，與保全和俱樂部追來的黑西裝男互相對峙。

「大哥，我來開路，你跟著我。」

「好，知道了。」

羅警查朝大門衝去，一邊閃開保全們揮過來的拳頭，同時回拳打向他們的臉。被羅警查拳頭揮中的保全當場跌倒在地爬不起來。崔警衛也倒退跟在羅警查身後，一一打倒撲過來的保全。

「大哥！就是現在，跑！」

「好！」

兩人將所有看守大門的保全打倒後，急忙跑出大門。這時候，一輛車急煞停在大樓前，羅警查與崔警衛趕緊跳上車，在車門關上前迅速駛離了大樓。

「羅警查，你還好嗎？」

「羅警衛！真高興見到你，呼！」

羅警查鬆了口氣，哈哈大笑起來。

「羅警查，你還笑得出來？怎麼鬧得這麼大？」

「不是啊，崔刑警，那個……啊！朴旼熙刑警在哪？」

「什麼？我才要問你吧？難道你把朴刑警丟在那自己出來？」

「啊？那你們怎麼會知道我在大門這裡？」

「我們不知道，只是在找可以進去的地方，正好查到大門，你就突然像頭牛一樣衝出來，把那裡的人都打得落花流水……哇，羅警衛也看到了吧？」

「不愧是壯漢羅警查，帥呆了。」

「沒什麼啦。」

羅警查瀟灑地順了順瀏海，不好意思地笑著，又問道：

「所以朴刑警還在俱樂部裡？啊……應該不會被抓吧？」

「什麼？被抓？裡面出了什麼事？」

「那個……」

羅警查把俱樂部裡發生的事一五一十說了出來。崔警衛聽完，嚴肅地說：

「所以朴刑警還沒出來嗎？」

「崔刑警，你有聯絡過她了嗎？」

「有，但無線電和手機都聯絡不上。」

「要是她真的被抓怎麼辦？」

「不無可能。」

「要進去看看嗎？」

「羅警衛嗎？不可以。羅警衛一個人進去太危險了。」

「那我再進去一次。」

「那更不行。你不是說他們有在注意監視器畫面？你又進去等於白投羅網。」

這時對講機傳來了信號音。

「崔警衛，是無線電。」

「羅警衛，快接。」

「是。」

滋滋滋、滋滋滋。

桌子旁的大型多重畫面螢幕上，正在播放整棟大樓各個角落的監視器畫面，朱必相翹著腳坐在桌前看著螢幕，還有一名中年男人站在他面前擦著汗。

「大門那裡在吵什麼？」

「呃……。俱樂部裡有個年輕客人找麻煩，我們想要把他趕出去，他卻跑到逃生梯……又在大廳裡引起騷動。」

「嗯，偶爾會有醉客鬧事也是正常，但是像今天這種日子，我可不想看到這種瘋子。你覺得呢？」

「對不起，社長，我以後會改善的。」

「說一句我會改善就好了嗎？你不知道今天是什麼日子嗎？貴客們都來……」

朱社長強忍湧上心頭的怒火，長嘆一口氣後繼續說道：

「呼……你以後知道要更小心吧？」

「是的，我會更加留意。對不起。」

叩叩！

「進來。」

門打開，穿著藍T恤和牛仔褲的男人走了進來。他九十度鞠躬，畢恭畢敬地問候朱社長。

「七星，過來吧。」

「是，社長。」

「嗯，這傢伙還站在這幹嘛？」

七星瞥了眼站在他旁邊的中年男人，說道：

「喂！你還發什麼呆？不出去嗎？」

「啊，是的。」

一直站在原地的男人看臉色後連忙離開。

「發生什麼事？」

「聽說有個年輕人在大門鬧事。」

「喔，是的……。」

「怎麼？你早就知道了？」

「不是的。在俱樂部裡也有些騷動，好像是同一個傢伙……。」

「同一個傢伙？」

「是的。長得很像黑道，不知道是不是練過柔道，力氣很大。」

「是哪裡的人？」

「他自己來的，第一次見到，不確定來頭。」

「是嗎？嗯……你確定是黑道？」

「不，還不確定……。」

「算了，那不重要，你知道今天是什麼日子吧？」

「是，知道。」

「這種日子應該要風平浪靜才對。」

「我會注意的。」

朱社長用鼻子輕輕哼了氣，又開口：

「嗯。朱理事在幹嘛？」

「少爺……」

「七星。」

「是，社長。」

「我說過不能喊他少爺吧？尤其在公司。」

「是我口誤了。理事馬上就會過來。」

「又在玩車？」

「是的，社長。」

朱社長神色複雜地點了點頭說：

「嗯，好好盯著他。七星，我說過多少次？要把他當成親弟弟，好好勸他，有做不好的就狠狠教訓他

不用客氣，知道嗎？」

「我會謹記在心。」

「不過……搬家真的只是因為那些粉？」

「是的，他現在不碰了。已經採取了必要措施，請不用擔心。」

「是嗎？那為什麼警方會有動作？」

「警察嗎？」

「你不知道他們正在計劃扣押搜查論峴路的房子嗎？」

「這件事我知道，社長。」

「我打聽過了，他們要搜查不是因為粉。」

「那是……」

「你也不知道？他們在找殺人犯。」

「殺人犯？」

「對，而且是連續殺人犯。」

朱必相說著，突然放聲大笑。

「你覺得不好笑嗎？」

「什麼意思……」

「喂，朱理事那小子怎麼可能殺人？不是嗎？膽小得要命。而且你看看他，像是有那個力氣殺人嗎？瘦皮猴一隻……」

朱社長指著監視器螢幕上自己的兒子乾笑。

「是的，當然了，理事也沒理由殺人……」

「所以說啊，是不是很好笑？哈哈哈，唉，真是一群蠢警察。對了，最近還有個人在跟著我。你查一下是警察還是黑道，再跟我報告。」

「是，社長。」

「還有查一下俱樂部鬧事的傢伙是什麼來頭。」

「是。」

朱社長不動聲色地觀察螢幕畫面裡的兒子，低聲問七星：

「七星，不是他對吧？」

「請問您說的是？」

「不會是他吧？那小子不會是殺人犯吧。」

「當然了。」

朱必相乾笑著問道，最後又哈哈大笑。

叩！叩叩！

「進來。」

一名短髮瘦弱的男人開門走了進來，是朱社長的兒子。他一進來就頭也不抬地九十度鞠躬，說道：

「爸，您好……啊！社長，我來了。您叫我嗎？」

「對，進來坐。」

他戰戰兢兢地關上門，坐在桌前的椅子上。

「暫時要換地方住，房間整理好了嗎？」

「是的，那天就立刻整理好了，社長。」

「嗯，做得好。七星，準備一間飯店房間。」

「是，知道了。」

「話說回來，粉的事都處理好了吧？」

「是的，社長。」

「嗯，我可以相信你吧？」

「是的，請相信我。」

朱社長望著兒子，回頭看了看七星。

「都處理乾淨了，社長。」

「不過……你沒有惹其他麻煩吧？」

朱社長壓抑著嘴角的笑意問道。

「咦？您是在說什麼……」

「實在太荒謬、太離譜了，我也覺得不像話，哈哈哈哈。」

朱社長不管怎麼想都覺得太荒唐，忍不住笑出聲。兒子則是一臉疑惑地看著他。

「聽說警方懷疑你是連續殺人犯……。如何？你自己覺得呢？」

「我……我覺得？」

「是啊，那些蠢警察指控你殺人，你有何感想？」

「這是什麼意思？爸……啊，社長。我怎麼會是殺人犯？我嗎？不是的。」

「七星，有什麼事我不知道的嗎？」

朱社長瞪著七星，七星聳肩回答：

「我不清楚……」

「爸，什麼都沒有。我怎麼會……警察是因為毒品才要調查的吧，一定是這樣。對吧？七星哥。」

「是的，社長。理事怎麼會是殺人犯？社長不是也覺得很離譜嗎？」

「我有說什麼嗎？我只是問有什麼事我還不知道。」

七星迴避朱社長的視線。

「原來如此，看來真的有啊。是什麼事？」

「沒……沒有。社長，什麼事都沒有。那天之後我就都處理好了，也有按時吃藥，對吧？七星哥。」

短髮男人也不敢正眼看朱社長，朝七星投以求助的眼神。

「朱理事說的是實話，社長。」

「是嗎？知道了。我姑且相信你們。話說回來，你們知道今天貴賓包廂裡有誰吧？」
「啊……那個……我不清楚，社長。」
「真是蠢貨……。呼，你怎麼還是這副德性？到現在都還搞不清楚狀況？每次都要別人替你服務到家嗎？你坐理事這位子多久了，還要我一一告訴你？嘖嘖。」
「對不起，社長，我會改進的。」
「社長，是我沒有告訴他，對不起，我以後會更留意。」
「七星啊。」
「是，社長。」
「我教訓朱理事，罵他沒出息，不代表你就可以看不起他，知道嗎？」
「我知道，社長。」
「你要像親哥哥一樣在朱理事身旁照顧，有什麼做不好的就輔佐他。要是他做錯事，你就要出面收拾，做個負責任的大哥給他當榜樣。你可是他哥哥，不是嗎？」
「我會謹記在心。」
「好，以後就拜託你了，七星。」
「是，社長。」
朱理事低垂著頭竊笑。
「今天聚集在這裡的是主宰政界與商界的大人物，知道他們來這有什麼目的嗎？他們是為了把自己的權力傳承給下一代才聚在一起的。」

「傳承？」

「對。機會很快就要來了，而我也會加入他們。」

「那麼……。」

「你也必須參加。」

「我也要嗎？爸……不，社長，那麼我……」

「對，我打算把你帶進去那裡，所以不能再捅妻子了，七星？」

原先對兒子百般嫌棄的朱社長，沒來由地變成愛護兒子的慈父。

「我會好好照顧朱理事的，社長。」

「朱理事，你先去學習一些社交禮儀。還有那種場合有必須遵守的規則，你要熟悉之後融入他們，知道嗎？」

「是，爸……爸。」

「朱理事你先出去，七星留下來。」

「爸……社長，謝謝，我會好好表現的。爸，真的很感謝您。」

男人帶著滿意的笑容起身，連連低頭向父親道謝。

南巡警與閔警正坐在巷弄的上坡階梯上，路燈通明，氣氛卻冷清寥落。閔警正皺眉看著筆記本，裡頭詳細記錄了南巡警兩天前經歷的超自然現象。

「組長，你還在看紀錄嗎？時間快到了。」

「好，知道了。怕有什麼萬一，我重新看了一次之前的情況。首先，在徐議員出門之前，你必須立刻確認那傢伙的長相，然後馬上離開，明白嗎？」

「哎喲，你都說多少遍了。我只要看到那傢伙的臉之後就會馬上退出來，不用擔心。只要摘下凶手的口罩看清楚他長怎樣就行了……問題是，我可以感覺到車的觸感，但和徐議員擦身而過的時候，卻沒有實際感受到她的存在。這樣看來，我可能沒辦法摘下凶手的口罩。」

「是啊，我知道。」

「要是不行的話，就只好讓凶手知道我的存在，再摘下他的口罩。到那時候，大哥你要在適當的時機把我叫醒。不過大哥知道怎麼判斷時機嗎？」

「我想說的就是這個。上次你的臉扭曲得不成人形，我嚇到才趕快把你叫醒……。啊！那你這次也用表情扭曲當暗號，怎樣？」

「刻意做表情嗎？好，我知道了。試過就知道行不行了。」

兩人仔細制定好計畫後，前往看見徐議員屍體幻影的地點。到了那裡，南巡警再次閉上眼，回想先前看見的超自然現象。

「大哥，你聽得見我說話嗎？」

「聽得很清楚，你也聽得到我的聲音嗎？」

「可以，我也聽得很清楚。那麼開始測試吧。我接下來會看手機上的時間，如果我開始皺眉就搖醒我，好嗎？」

「好，開始的時候說一聲，知道嗎？」

「是，大哥。我準備好了，開始。」

閔警正盯著南巡警的臉看，但他的表情沒有任何變化。

「始甫，你開始了嗎？始甫！你有聽到我說話嗎？」

閔警正呼喊著，但南巡警沒回答。

「好像開始了……。」

五分鐘過去，南巡警依舊一動也不動，閔警正有種不祥的預感，事情似乎沒按原定計畫走，他急忙搖晃南巡警的肩膀。

「呃！大哥！你怎麼現在才搖醒我？」

「怎麼回事？行不通嗎？」

「我也想問……。」

「這樣啊，看來是行不通，現在怎麼辦？」

「呼……。光用想的沒辦法，用痛覺應該可以？」

「什麼？所以要怎麼做？」

「拿錐子之類的刺大腿。」

「何必動用錐子？你掐自己不就好了。」

「我剛才在超自然現象裡掐過了，但大哥你還是叫不醒我，光用掐的不夠。」

「啊？你剛才有掐自己？」

「對啊，何止是掐？我還狠狠賞了自己一巴掌。」

「真的嗎？唉……真頭痛。」

「沒辦法了，我去讓那個傢伙揍一頓吧。被打的話就會覺得痛。要是我去摘他的口罩，看到他的臉，他應該會揍我或扭斷我的手臂吧？到時大哥馬上叫醒我就行了。這樣應該可以吧？」

「喂，始甫，如果只是被打那還好……你不是說那傢伙手上拿著刀？」

「啊對，有刀……。」

「是啊，要是他用刀……啊！不然數數字吧。」

南巡警一頭霧水問道：

「數字？」

「對，你在凶手面前喊開始，然後看著手機上的時間，再摘下他的口罩看清楚長相。你喊開始後我數到五就搖醒你，這樣不就行了？你覺得呢？」

「喔，那就試試看吧。我只要在數到五之前看清楚凶手長相就行了吧？」

「對啊。說不定可以在看手機之前先去摘他的口罩。」

「不行，大哥，這我沒辦法。」

「為什麼？」

「我在那裡確認過了，我試著碰觸經過的路人……但手直接穿過了路人的肩膀……而且對方還是看不到我。就按照大哥剛剛說的做吧。」

「好，只有這個辦法了。所以你總共要確認三件事，凶手的長相、黃色文件袋裡的東西，還有徐議員的死因。明白了嗎？」

「好。我會在凶手上車前先查看他的長相，在徐議員上車前查看文件袋裡的東西，最後再觀察徐議員是怎麼死在車上的。如果我還沒看清楚文件袋裡的東西就被凶手搶走，那我就動手……」

「不行，沒必要衝動。你不要因此受傷，以安全為優先，知道嗎？要記得這件事。」

「我會小心的，大哥。如果我表情開始扭曲，你馬上搖醒我就好了，所以不用太擔心。」

「好，知道了。到目前為止都做得很好，這次也會順利的，對吧？」

「當然。」

南巡警強顏歡笑掩飾內心的緊張。

「兄弟，來這裡幹嘛？」

「東民啊，你看好了，這裡妹都很正，人生就該及時行樂，我這個做兄弟的今晚會讓你好好見識見識的，期待一下吧。」

「這裡沒什麼特別的，你說很棒的地方就是這嗎？」

「哎喲，小子，不是啦！我說的不是這，是這棟大樓的頂樓。我今天只是來簡單找找樂子。那裡不是隨時都可以去的地方，再等等吧。先在這裡好好享受吧，兄弟，哈哈哈哈。快喝，乾杯乾杯。」

「好，知道了。」

「呿！這麼快就失望了？我答應過會帶你看看好東西！你吹過氣球嗎？」

「氣球？啊！沒有。」

「是嗎？最近正流行……今天要不要試試？」

「不了，我說過我不碰那些。給我酒就好。」

「哎，真無聊。你這樣去不了頂樓啦。那邊雖然說是社交派對，說穿了就是迷幻派對，非常地……哈哈哈哈！」

鄭珉宇原本想說什麼卻只是大笑帶過，接著說：

「反正就是那種地方，我這兄弟帶你來這是想幫你先預習，不然你去那裡撐不久的，懂嗎？」

鄭珉宇笑著拍了拍車東民的肩膀。

「漂亮的妹馬上就到，都安排好了，你只要負責享受就行了！」

鄭珉宇雙手比劃著讓人臉紅心跳的動作，臉上露出曖昧的怪笑，車東民張開手說：

「兄弟，我不玩那套，我說過我有女友。」

「吼喲，你這小子怎麼老是掃興⋯⋯。呼，我知道，我怎麼會不知道你有女友？又不是要做奇怪的事。那些妹妹不是這裡上班的小姐，是從客人裡挑出來的！大家是為了一起玩才交朋友的。你等一下從進來的女人裡面挑一個滿意的吧。我會用水槍好好迷昏她的，哈哈哈哈。」

「什麼？那是違法的⋯⋯一定要那樣做嗎？」

「怎樣？反正你晚上有女友暖床所以沒差？那沒有女友的人活該寂寞嗎？欠揍，哈哈哈。」

「不，我不是那個意思⋯⋯。你懂我的吧，兄弟。」

「我知道，我當然懂啊。該拿你這個模範生怎麼辦才好，不想輸欸。」

「說什麼啊？哈哈哈，真是的。」

「車東民，你叫我帶你去好地方都是瞎說的嗎？先在這裡練好底子，去那裡才不會被瞧不起。那邊可是很瘋的，只有瘋子才能承受得住。看看我。」

鄭珉宇像瘋子一樣瞪大了雙眼，只露出眼白，然後發出怪異的笑聲。

一名穿西裝的男人拿著一個黑盒子走了進來。

「大哥們好，你們要的東西我都帶來了。各位應該都清楚，這絕對不能帶到外面去。用完之後留在這裡就行了。那麼祝大家玩得愉快。」

「好，出去吧。」

穿西裝的男人看了一眼鄭珉宇，猶豫不決。

「喔！過來，拿去，這樣夠嗎？」

「哇，謝謝。忠誠！」

收到小費後的西裝男敬禮，快步走出包廂。

「兄弟，你小費給得太大方了。」

「嘿，兄弟，這裡就得給到那麼多之後才省事。這你拿去。」

鄭珉宇把黑色盒子推給車東民。

「這是你說的那個嗎？」

「Good。打開看看。」

車東民小心翼翼地打開盒子。

「這是基本款，在我說的那個地方還不算什麼。今晚就放開來玩吧，開放點嘛，懂？等一下和美女們盡情玩。就一個晚上就好，一夜情知道吧？」

「哇嗚，兄弟，一夜情嗎？OK. Let's party!」

車東民舉起雙臂像是跳舞般轉圈。

「好！你總算想通了，啊哈哈哈。」

「兄弟，那裡到底是什麼地方？說仔細一點。」

「那裡啊……」

這時候門突然打開，服務生拖著兩名女人進來。

「大哥們久等了，漂亮姊姊們來了。」

「喔！好，快來。一個坐這，另一個坐我兄弟旁邊。」

「好的。來，漂亮姊姊往那邊，更漂亮的姊姊來這邊，啊哈哈，祝各位玩得開心！」

「等等，這拿去。」

車東民從錢包裡拿出幾張五萬韓元紙鈔遞給服務生。

「喂！你哪有錢……」

「兄弟，這點錢我還有。在小姐們面前……」

「呀哈哈哈，也是。sorry，抱歉。」

「謝謝，請好好享受。」

服務生收下小費後欣然問候，走出包廂。

「我們先自我介紹吧？」

被服務生拉進來的兩名女性不敢開口。

「哎喲，不要緊張，你們又不是第一次和男人玩？大家都是高手，幹嘛這樣。」

「那個，我要先出去了。」

鄭珉宇皺眉，叫住正想離開的女人，說道：

「喂，小姐！幹嘛這樣？一來就想走，太傷心了吧。妳不認識我們對吧，我們不是壞人。我是民道電子行銷部本部長。這位是創投公司莫拉可的社長，賈伯斯知道嗎？他未來可是會成為韓國的史蒂夫・賈伯斯。今天只是想一起喝酒一起玩，所以別緊張，喝一杯吧？兄弟，你在幹嘛？快幫小姐倒酒。」

車東民急忙倒酒，遞給坐在身旁的女人。

「來，小姐，接下酒杯吧。沒事，妳不喜歡沒關係，喝一杯再走。」

「我們不過第一次見面，你話也太多了吧，已經醉了嗎？」

「喔，抱歉，我在英國生活太久……是不是有點失禮？哈哈。不然大家都輕鬆點，怎麼樣？」

「隨便你們吧，我要走了。」

「小姐，也讓我敬妳一杯吧。」

正站起來要離開的女人皺眉瞪了鄭珉宇，說道：

「哎，真是囉嗦。不好意思噢，但我是被硬拉進來的，我要先走了，你們好好玩。」

「喂喂，這麼快就要走？那一起進來的這位小姐怎麼辦？」

「她……跟我無關。我要走了。」

另一名坐在鄭珉宇旁邊的女人拿著酒杯說道：

「想走就讓她走吧，別管她，再幫我倒一杯吧。」

「話不是這樣說。好！這樣吧！妳要多少？一張？兩張？妳說說看啊。」

「什麼？」

想離開的女人惡狠狠瞪了鄭珉宇，坐在鄭珉宇旁邊的女人和她相反，勾住了鄭珉宇的手臂露出燦爛的笑容，說道：

「真的嗎？這位哥哥。」

「兄弟，別這樣。小姐，別生氣，喝杯酒再走。我很喜歡妳，好不好？」

車東民站起來抓住女人的手腕，不讓她離開。

「什麼啊？這麼快就看對眼了？兄弟，你喜歡小野馬啊？」

女人甩開車東民的手，瞪著鄭珉宇說：

「你說誰小野馬？」

「喔喔，sorry、sorry。妳喝一杯再走嘛。給妳，這杯酒當作賠罪吧。」

「死纏爛打……。好，只喝一杯。」

「雖然很可惜，但也沒辦法。好啊，就一杯。但是要喝我特製的炸彈酒，來！兄弟這杯給你，小姐也喝一杯。」

「快點給我。」

鄭珉宇眉開眼笑遞給她炸彈酒後，笑喊：

「來！敬我們的第一次也是最後一次見面的緣分！Cheers!」

「Cheers!」

「Cheers!」

原本要離開的女人看了鄭珉宇一眼，喝了酒後嘟噥：

「緣分？真可笑。」

「哇嗚，哎……真不錯，兄弟，這酒夠嗆喔。」

「是嗎？再來一杯？」

「我當然好。」

「好，兩位小姐要續杯嗎？很好喝吧？阿哈哈。」

「不了，我要走了。」

「哎喲，只喝一杯太無情了吧，再喝一杯，我這次真的不留妳了，好嗎？」

「呼……。好，那就再一杯。」

「OK！」

鄭珉宇把事先調好的炸彈酒放在她們的面前。

「來！乾了。」

「喔嗚，咳咳，可以了吧？我真的要……呃，怎麼回事？搞什麼？眼前……啊呃……。」

撲通！

女人正要起身離開時，突然搖搖晃直接癱坐在沙發。她閉著眼睛喃喃自語，而坐在鄭珉宇身旁的女人嘻嘻笑，身體搖擺著。

「兩位哥哥！你們在幹嘛？哇，炸彈酒真好喝，感覺好像要飛起來了真棒。還呆在那幹嘛，再來一杯啊，我還要喝！」

「喔齁，好，沒問題，再來一杯，哈哈。看到沒？兄弟。」

「怎麼回事？這酒摻了什麼嗎？」

「Good!」

「Really？這位小姐怎麼回事？」

「我哪知道啊，是酒量太差嗎？天啊，還是我放太多了。」

「小姐，醒醒，睡著了嗎？小姐。」

這時包廂的門打開，歌手ＺＩＣＯ的《Any song》音樂聲傳了進來。穿著粉紅色長洋裝的朴巡警冷不防衝了進來，後面跟著想擋下她的服務生。

「小姐！不是這間！」

「等一下，打擾了。我很快就出去。快進來吧。」

「就跟妳說不是這裡，小姐。兩位大哥，對不起。」

「你又帶妹來了嗎？嘿，很正喔？呀哈哈哈。」

「不是，我不是要……怎麼了？這兩位小姐怎麼這樣？」

朴巡警擺手正要否認，卻被失去意識和舉動異常的女人嚇到。

「小姐，我們出去吧，其他包廂也跟這裡一樣。大哥，很抱歉打擾你們。」

服務生抓住朴巡警的手想拉她走，朴巡警甩開他，大喊：

「放開我！你們對這些小姐做了什麼？」

第15話

例行練習

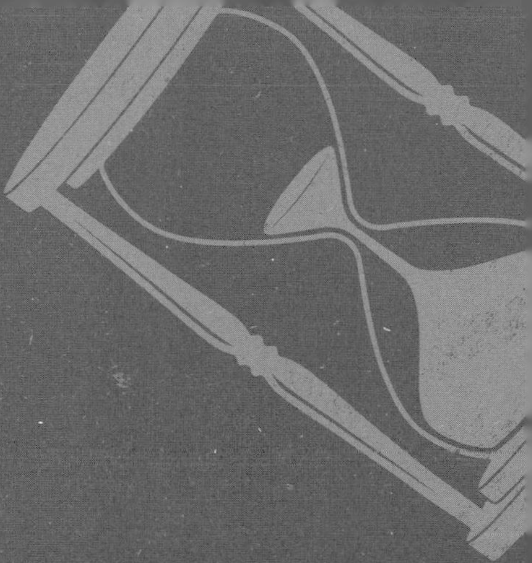

「開始！」

「一、二、三、四、五。現在！」

閔宇直組長用力搖晃我的肩膀試圖叫醒我。

「喔，大哥。」

「是我，看到了嗎？」

「沒有，太快了，我才剛拿出手機要看時間，結果就回來了。」

「為什麼？直接拿在手上比較快。」

「說的也是。我沒想到，只想著要看凶手的長相……。對不起。」

「不用道歉，這次再試試看吧。」

「好，我再試一次。」

我再次閉上眼睛進入超自然現象。凶手正站在車子前方左顧右盼，觀察四周，接著拿出了撬開車門的工具，我連忙跑到犯人面前。就是現在……

「開始！」

確認過手機顯示時間，正想趕快摘下凶手的口罩，可是……怎麼會！

凶手迅速抓住我的手，說道：

「搞什麼鬼？你從哪冒出來的？」

我大吃一驚頓時說不出話來。不過這傢伙是怎麼回事，看起來一點都沒被嚇到。

「你到底是誰？在這幹嘛？你是跟蹤我嗎？」

「你這傢伙！喔！怎麼會？跑去哪了？」

這時大哥搖晃我的肩膀，我又回到了現實。

「始甫，這次看到了嗎？」

「大哥，怎麼辦？我還是沒看到。那傢伙反應很靈敏，我還來不及摘下他的口罩，就先被他打掉手，而且他看到我一點都不驚訝。」

「真的嗎？啊……。現在怎麼辦？」

「我現在回去的話，他還會在嗎？現在這個時間，他應該已經進到車後座了。」

「是嗎？那麼你先查看黃色文件袋裡的東西，之後再看凶手的長相。」

「這樣沒問題嗎？」

「也沒別的辦法了。這次是十分鐘，十分鐘內要確認完。不過只要你的表情稍微不對勁，我就會立刻搖醒你，你要記得。」

「了解，十分鐘。那我再去看一次。」

我再次閉上眼睛，接著慢慢睜開眼。凶手果然已經蜷縮身體躲在車後座。

我經過凶手的身邊，走向徐議員父母的家。我打算等徐議員一走出大門，就搶走黃色文件袋逃跑，如此一來還能暫時遠離凶手，有時間先查看黃色文件袋裡的東西。

喔！大門開了。

「大哥，聽得到我說話嗎？」

「喔，聽得到。」

「徐議員出來了。計時十分鐘。」

「好，知道了，小心。」

我看見徐議員走出大門，看了一下手機上的時間，然後立刻搶走徐議員手上的黃色文件袋。

「喔！怎麼回事？」

就在我拿走黃色文件袋正要逃跑的那一刻。

「南始甫巡警？」

我整個人僵在原地，動不了。

「是吧？南始甫巡警。」

「妳認識我……不對，怎麼會認出……不……怎麼會……」

「你在這裡做什麼？為什麼要拿走文件袋？我被你嚇到了。」

「啊……。對不起，不過議員怎麼會馬上認出是我？」

「當然啊。三天前吧？你不是有和閔組長一起到我的辦公室嗎？你是南始甫巡警對吧？我應該沒有記錯啊……。」

「啊，啊哈哈哈。是我沒錯，妳被嚇到了吧？很抱歉。」

我第一次在超自然現象見到徐敏珠議員時，她並沒有認出我，但這次她馬上發現是我。這麼說來，過去發生的事在超自然現象中也會影響到現在……不對，影響到未來？

「哎喲，我真的被你嚇到了。不管怎樣，請把文件袋還給我吧？」

「那個……說來話長，我們換個地方聊吧。」

「真奇怪。你來這裡是為了文件袋嗎？還是你這段期間一直在監視我？」

「不，不是的，是巧合……」

「巧合？那更怪了，因為我正想聯絡組長講文件袋的事。」

「啊，是嗎？文件袋裡裝了什麼？」

「你問我？你們不是跟我說是恐嚇信嗎？」

「喔，對……對。我只是怕裡面還有別的東西，哈哈哈。」

議員還沒檢查過文件袋內容嗎？

「那先上車吧，到車上打開一起看。」

「不，不了。我們先邊走邊聊……」

「走去哪？什麼意思？你不是因為手上那個文件袋才來的嗎？」

我滿腦子想著要讓議員遠離車子，不小心說錯話。我尷尬地傻笑，徐議員疑惑道：

「南巡警，是組長派你來的嗎？難道……」

「當然是組長派我來的。」

「這樣啊，那你可以把文件還給我了嗎？」

「不行。先讓我確認，裡面說不定有奇怪的東西。」

「不了，給我吧！」

徐議員忽然拉扯我的手臂，飛快搶走我手裡的文件袋。

「啊！議員！」

「抱歉，但我信不過你。」

「議員，真的不是你想的那樣，是組長指示我來的，請不要誤會……。好吧，議員妳先確認，再告訴我裡頭裝著什麼。」

「那你在這裡等，我去車上……」

我下意識抓住徐議員的手臂，打斷了她的話：

「不可以，議員，車上……」

「你這是在做什麼？馬上放手，不然我要大叫了！」

徐議員提高音量，我連忙鬆開手，對她說：

「啊！對不起，我不是故意的……。請妳不要上車，在這裡看吧。」

「不行，我先去車上檢查裡面的東西，你留在這裡。」

「不可以，車裡……有個可疑的人正躲在妳的車上。」

「什麼意思？你要我相信這種話？」

「議員，我是說真的，請相信我，我只是……就是說，我好奇文件袋裡面的東西……」

徐議員沒聽我說完，逕自走向她的車。

「議員！不可以過去……」

「不要跟來，在那裡等我。」

「不可以，議員，請相信我。」

徐議員不相信我的話，還是走向了汽車。我應該要馬上抓住她，但卻只能眼睜睜地看著。

就在這時，後座的門開了，凶手跳下了車。

「議員！危險！」

電光石火之際，凶手用手臂勒住了徐議員的脖子並用刀抵著：

「把文件袋慢慢舉高！」

徐議員說不出話，緊閉雙眼。

「快點！在幹嘛？找死嗎？」

徐議員這時才睜開眼睛，用害怕的視線看著我。

「議員，把文件袋扔給我，快。」

「你說什麼？你和他是一夥的嗎？難不成組長……」

我正想走近徐議員，凶手大喊：

「不准動！不准再靠近。你只要再往前走一步，這女人就死定了。」

「議員，對不起，那個文件袋不能被搶走，真的很抱歉。」

我不理會凶手的警告，快速走向徐議員。

「南巡警，你瘋了嗎？不要過來！」

凶手強行奪走文件袋，用刀劃過徐議員的喉嚨。

「呃啊！啊呃……啊啊……。」

「議員！」

徐議員用手握住自己的脖子當場倒地。以後還有機會可以救她，現在重要的是要看清楚凶手的長相，還有查看文件袋裡的東西。

我用最快的速度衝了過去，撲倒轉過身要逃跑的凶手，他手裡的文件袋飛了出去，同時，針筒和藥瓶從犯人的口袋裡掉了出來，藥瓶當場摔碎。

啊！這個味道，跟我之前在車裡聞到的一樣。

我立刻起身向前想查看凶手的臉，就在我用手抓住他臉上的口罩要拉下來時，一個沉重的東西深深刺進了我的腹部。

「呃！可惡……。」

「該死，你到底是誰？」

凶手咒罵著，拔出插在我腹部的刀，接著一腳踹向我的腹部。

「喔呃！嗚呃……。」

我當場摔倒，頭撞在地上。那一瞬間，掉在地上的黃色文件袋進入視線。文件袋裡的東西有三分之一掉了出來，文件的上方有王冠模樣的標誌與一些英文，掉在文件旁的是印著民成大學標誌的隨身碟。

「黑暗……王國……。」

我的視線越來越模糊，為什麼大哥不叫醒我……。啊，腹部傳來一陣熱辣，痛覺和現實中感受到的一樣。鮮血汩汩地流出，儘管我想保持清醒，但眼皮還是越來越沉重。我會死在這裡嗎？

朴巡警察覺兩名女性狀態異常，認為應該儘快把她們帶出包廂，大聲問道：

「我問你們做了什麼？」

鄭珉宇指著朴巡警不客氣反問：

「小姐，妳哪位啊？竟敢在這裡撒野？服務生在幹嘛？還不快帶走！」

「喔，好的！對不起，真的很抱歉。小姐請出去，快點！」

服務生擋住朴巡警，試圖將她帶出包廂，朴巡警卻把他推到一邊：

「你讓開！你們給這兩位小姐吃了水槍嗎？」

「什麼？水槍？那是什麼？吵死了，快滾出去。哎，玩得正開心，哪來的瘋……」

「統統不准動，我要報警。敢動她們一根寒毛，絕不輕饒！」

服務生忐忑不安，不知如何是好，說道：

「小姐，幹嘛報警？別鬧了，出去吧！小姐妳這樣會闖禍的，真是的。」
「你也是共犯！知道嗎？」
「什麼？什麼共犯？小姐妳太囂張了吧，我們出去說，快走！」
「不要碰我，你敢惹我，我真的會叫警察，趁我還好聲好氣的時候，放這兩個小姐走。」
「搞什麼鬼啊？妳認識她們？」
「對，我認識，怎樣？看好了！我要打電話了！」
朴巡警拿出手機，看不下去的車東民出面說道：
「兄弟，讓她們走吧，搞成這什麼樣子，快被吵死，興致都沒了。」
「什麼？該死，玩得正開心……。」
朴巡警微笑道：
「兄弟，聽弟弟的話，要不然我會真的報警。」
「啊！操，知道了啦。可以啊，這麼想要就帶走，妳自己想辦法把她們弄走，該死，有夠不爽，快給我滾！」
「哎喲喂，嘴巴可真夠髒。給我讓開。」
朴巡警走過坐著的鄭珉宇和桌子之間，抓住東倒西歪的兩名女人。這時，車東民搖醒趴在桌上睡著的女人。
「喂！你在幹嘛？」

「兄弟，我送她們出去，你等我一下。」

「你？啊啊！我真是會氣死。隨便你啦，幹。」

朴巡警扶著像是喝醉一樣身體搖搖晃晃的女人，看了車東民一眼說：

「你看起來比你那個哥哥有救。謝了。」

「我只是討厭雜亂，想快點收拾。」

車東民吃力扶起叫不醒的女人。

「呃，真重。」

「小姐，妳再不醒來會出事的，他們可是壞人。在幹嘛？約瑟夫，快幫忙。」

別著約瑟夫名牌的服務生連忙跑過來，和朴巡警一起扶著女人走出去，車東民則是攙扶著一旁睡著的女人，跟在朴巡警後頭。他問道：

「妳開車來的？」

「幹嘛跟我裝熟？呃……重死了……。」

「因為妳看起來年紀很小，所以才問是不是開車來？」

「我哪有車？出去叫計程車吧。」

「那好吧。」

朴巡警和約瑟夫一人一邊扶著女人，那女人嘴裡喃喃自語，身子搖搖晃晃地走著。兩人好不容易才扶著她走到俱樂部大門的台階。車東民則是一把抱起另一名女人，跟在他們後頭。

「出了什麼事？」

保鑣在大門口攔下他們，約瑟夫急忙上前說明情況：

「啊！大哥，沒事。是客人喝得太醉了，請幫我們叫計程車。」

保鑣點點頭，拿出對講機說道：

「正門，聽到請回答。」

「這裡是正門。」

「叫輛計程車，客人要出去了，現在馬上。」

「是，大哥。」

「謝了。」

朴巡警稍微壓低頭，低調打了招呼，正要走出去時保鑣叫住了她。

「小姐，等等。」

保鑣正想要看清楚朴巡警的臉，車東民上前擠過朴巡警和保鑣之間，不耐煩地大聲抱怨：

「阿呃，重死了。快點出去吧。大叔，讓開！」

朴巡警將女人的手臂繞到自己脖子上，用女人的身體擋住自己的臉，緊貼在車東民身後往外走。

「啊，好的，請過吧。」

保鑣看到車東民皺著眉頭趕忙讓路。多虧了車東民，朴巡警順利走出俱樂部大門，計程車已經等在外頭。朴巡警讓兩名女人坐上計程車後座，自己則坐到副駕駛座。

「小姐們，慢走。啊！這是計程車錢。」

「不必了，沒關係。」

「是嗎？那慢走吧，再見。」

車東民關上副駕駛座的門，揮手道別。

「怪人一個。司機先生，請開到附近的派出所。」

「派出所？」

「是的，我是警察，麻煩了。」

「啊！是，沒問題。」

車東民目送計程車離去後，準備回到俱樂部，卻看見掉在地上的耳麥。

「這還能用的嗎？」

車東民把耳麥放進耳朵裡。

滋滋、滋滋。

「ＤＪ！妳在哪裡？」

「ＤＪ？是約瑟夫的嗎？」

「ＤＪ？滋滋滋。」

「這裡是俱樂部前面。」

羅警衛聽見耳機那端傳來的不是朴巡警，而是一名陌生男子的聲音，瞬間說不出話。

「我在俱樂部前面撿到的，你要過來拿，還是要我寄放在門口？」

「啊！我馬上過去，請等一下。」

「好，知道了，快點。」

我睜開了眼。啊……。肚子還在流血，我還沒回到現實嗎？這裡是哪裡？

咻，砰！哐！

茂密的樹林裡飛出的炸彈爆炸了，灰濛濛的煙霧四散。

咻，砰！哐！砰！

是戰爭嗎？還是電影片場？但眼前的景象並不陌生。是啊，沒錯，我夢見過這裡。那我現在是在夢中嗎？難不成……我死了？

「你還好嗎？你好像中槍了……。」

「槍？」

我檢查血是從哪裡流出來時，看見了子彈穿透的傷口。怎麼回事？我明明是被刀刺了……。

「沒時間發呆了，快起來。」

「你是誰？為什麼會這個模樣……。你到底是誰？」

在我面前的男人全身赤裸，我不好意思看著他。不過他很眼熟，我在夢裡見過他嗎？

「很抱歉讓你看到這個模樣，可是我有話要告訴你，所以不得不這樣，還請見諒。以後你就會知道原因了。更重要的是你務必要小心，不要隨便插手，現在可能還沒關係，但要是持續發生這種事，你的處境只會越來越危險。」

「什麼意思？」

「記住我說的，你就算在那裡也會有生命危險，要保護好自己……」

「什麼……啊！閃開！啊啊！」

這時一顆炸彈飛來，彷彿慢動作般落在我所在的地方。

咻，砰！哐！

「呃啊啊！」

轟然巨響之中，滿天飛揚的塵土使周遭變得一片黑暗，眼前赤裸的男子憑空消失。呃啊！炸彈碎片布滿我全身上下，鮮紅的血從傷痕裡流出。

「始甫！你還好吧？快睜開眼睛！」

「啊啊！」

我一睜開眼就看見大哥憂心忡忡的臉。怎麼回事？我回到現實了嗎？

「喔！始甫！終於醒來了，你回來了嗎？」

「大哥？這是哪裡？」

「什麼？這裡是徐議員父母家的前面。你說昏倒就昏倒，嚇死我了。」

「我昏倒了嗎？啊，對了，我的肚子……」

「你的肚子怎樣？」

剛才還在流淌的血不知去向，我的身上也沒有任何傷口，完好如初。

「呃！啊……呃。」

「怎麼了？肚子痛嗎？」

「不，不是的。」

沒有傷口，但我的肚子依然感覺得到疼痛。

「始甫，你怎麼了？」

我馬上掀開上衣查看，並沒有被刀刺的傷痕。那為什麼還會有感覺？我依然感覺得到在超自然現象中被刀刺中的痛感。

「你的肚子怎麼瘀青了？。」

「哪裡？啊！這個是……」

就像大哥說的，我的肚子上出現瘀青，但不是被刀刺傷，而是昨天被凶手踹的地方。那麼……即使沒有傷口，但照樣感受得到身體受到的衝擊？所以我現在才會感覺到被刀刺的痛嗎？如果有內傷……那我應該不會像現在這樣好端端的。

「南始甫！我在問現在情況怎麼樣？在超自然現象裡發生了什麼事？我剛看手錶，想確認你在裡面待了多久，你就突然皺眉倒下，我快被你嚇死。」

「真的嗎？我昏倒了？」

「對，昏倒了三分鐘左右吧？我原本想叫救護車。」

「幸好沒叫。我居然昏倒了……好久沒這樣了。」

「所以到底是為什麼？太讓人擔心了……。」

「大哥擔心我嗎？啊哈哈……呃嗚。」

看到大哥愁眉苦臉，我不自覺地笑出聲，卻牽動肚子傳來陣陣刺痛。

「笑什麼笑？我怎麼可能不擔心？就到此為止吧。還有快點說，到底發生了什麼事？」

「這個……我不知道該從哪裡說起才好……。」

我向大哥轉述徐敏珠議員在超自然現象中認出我，還有我和凶手搶文件袋時被刀刺傷的事。

「雖然沒看見凶手長怎樣，但被刀刺傷的瞬間我有努力試著想確認，黃色文件袋裡裝了隨身碟和某些文件……。文件上方有王冠圖案，旁邊還大大寫著『黑暗王國』的英文。」

「什麼？黑暗王國？你確定是黑暗王國？」

大哥突然左右張望。

「大哥，怎麼了？」

大哥壓低聲音再次確認：

「沒事。你確定沒看錯？是黑暗王國？」

「你為什麼要這麼小聲？怎麼了？黑暗王國是什麼？」

我也不自覺地跟著壓低聲音。

「等等，你說還有一個隨身碟？確定嗎？除此之外還有什麼？」

「我只看到這些，我確定那是個隨身碟。啊！對了，隨身碟上面有大學校徽，好像是民成大學？對，沒錯，上面的英文寫的是『民成大學』。」

「民成大學？民成……啊！是那個民成大學嗎？」

大哥這次突然提高了音量。

「哎呀，嚇死人了，又怎麼了？大哥知道什麼嗎？」

「對，等等……。」

「還有凶手的肩膀上有王冠圖案的刺青，和文件上的圖案很像，所以凶手就是黑暗王國？這跟案子有什麼關係嗎？」

「你剛剛說什麼？凶手肩膀上有刺青？」

「對啊，你知道那是什麼嗎？」

「……。」

大哥若有所思地看著我。

「大哥，說句話吧。」

「什麼？喔，好，等等……我回想一下。」

十個月前

見完呂南九之後，崔刑警去找埋伏中的組員，而我則是走向停車場，打算返回警察廳。

當時，我感覺到有個可疑的傢伙跟在我身後，直覺他是在跟蹤我，因此我沒有直接走到停車的地方，故意在巷弄之間繞行，確認對方是否繼續跟著。那個人穿著黑外套，壓低了帽子，以致我看不清他的臉。我刻意保持不急不徐的速度，方便對方能一直跟著我。接著我藏身巷子一角，守株待兔。

我聽見匆促奔跑的皮鞋聲，應該是對方以為突然跟丟所以心急。當他轉過拐角時，我趁機絆倒他。

「你是誰？為什麼跟蹤我？」

對方摔倒後沒有馬上起身，坐在地面上瞪著我看，接著才慢慢起身。

「喔？怎麼回事，竟然不逃跑？」

「……。」

「不說話嗎？好，那就吃我的拳頭吧。」

我朝他臉上飛快揮出一拳，他瞬間低頭躲開。

「竟然躲？為什麼不反擊？你只是想跟蹤我嗎？不是要攻擊我？」

「……。」

「嘖，你這傢伙，死都不肯開口啊。」

就在這時，手機鈴聲響起。

「等一下，臭小子，給我等著。」

是崔刑警打來的，而對方依然一言不發地看著我。

「喂？怎麼了？」

「你在哪裡？我看車子還在，你還沒走？」

「嗯，我有點忙，有客人來了。」

「客人？你跟人約在這裡？」

「總之有點事。想知道的話就過來，在附近而已，98號前面。先這樣。」

一直到我掛斷電話，那個人都只是在原地看著我。

「喂，你搞什麼？居然不逃跑，你到底什麼來頭？」

我慢慢走向他，飛快揮出右拳擊中那人的臉部，他揮舞著從口袋裡掏出的刀，我及時躲過，但外套沒能倖免於難。

「嗚哇，看來你不是只打算跟蹤我，還帶了刀啊。」

「……。」

「好，放馬過來啊，來啊。」

他用絢爛的指法轉動刀子走過來，佯裝拿刀刺向我，實則施出一記掃堂腿，然而我的視線都集中在他手上的刀，來不及避開他腿部的攻擊，直接屈膝跪在了他面前。嘖，丟臉死了。

他隨即一腳踹向我的臉，雖然我用雙臂擋下，卻被衝擊力逼得向後倒。唉，又丟臉了。

「這樣不行耶。」

我立刻起身，拍去衣服上的灰塵，衝向他身邊側踢他，他大吃一驚用雙臂擋住我的攻擊，卻也倒退了幾步。我看準時機，抬高的腳重重落在他的頭上，他跪倒在地，頭扭向一側。

「小子，怎樣？這就是我的實力，總算挽回面子了。哈哈哈。」

他轉過頭冷笑一聲。

「喂，很好，讓我們好好比一場吧。」

他再次旋轉刀子站起身來迅速衝向我，我側身閃躲，右手抓住他拿著刀的手腕彎折，左拳不偏不倚打中他的肋下。

「嗚呃！」

刀子落地，他呻吟癱倒在地，他的右袖被我扯開，露出了肩膀，有著南始甫看過的王冠圖案刺青。但那是什麼……不，當時我完全沒聯想到，也沒放在心上。

我正想拿出後口袋的手銬將他上銬時，他從口袋裡拿出了什麼，潑到我的臉上，我的視線瞬間變得模糊，等我恢復視力時，只感到天搖地動，建築物和整個世界都在搖晃，而有人在遠方叫我：

「閔系長！你在哪裡？」

「我……這裡……。」

撲通！

我跌坐在地，他撿起掉落的刀打算走向我，不過當他看見崔刑警後就逃之夭夭。

「啊！系長！喂！你怎麼了？」

崔刑警驚慌失措跑了過來，讓我躺在他的膝蓋上，不斷地喊我的名字，試圖搖醒我。

「所以呢？那是什麼？毒氣？不會吧……」

「我也不知道，好像是麻醉劑，讓人瞬間失去意識……。總之，幸好崔刑警及時趕到，我才沒有中那傢伙的招。」

「他和我看到殺死徐議員的凶手是同一個人嗎？」

「不確定，也許吧。我後來做了那傢伙的模擬畫像想找出是誰，卻沒找到任何可能是他的前科犯。不過那傢伙肯定與黑暗王國有關。」

「所以說，這和呂南九的死也有關嗎？」

「如果那個圖案和黑暗王國有關的話，那麼就也和李敏智案脫不了關係。」

「啊，大哥，黑暗王國是什麼？」

「那個啊……」

「快來人幫忙！」

「什麼事？」

「出來看就知道了。」

朴刑警跑進派出所向警察求援，警察急忙跑出來，把在計程車上睡得不省人事的兩名女人揹下車。

「吳巡警，出了什麼事？」

「警長，她們都喝醉了，是那位小姐帶她們過來的。」

「為什麼帶她們來這裡？」

朴巡警吃力地扶著把全身重量壓在她身上的女人，說道：

「可以先幫我嗎？」

「喔，好的。喔嗚！先把她放在沙發上吧。」

李警長從旁幫忙朴巡警攙扶那名女子。

「謝謝。」

「發生了什麼事？」

朴巡警緩了口氣，看著李警長說道：

「呼！總算得救了。忠誠，警長好，我是廣域搜查隊巡警朴旼熙。」

「廣域搜查隊？廣域搜查隊來這裡做什麼？這兩位小姐又是怎麼回事？」

「我認為她們疑似喝了加了水槍的酒，需要緊急抽血。」

「水槍？妳是說毒品？」

「是的，她們好像不是自願喝的，是被在一起的男人下的藥，必須趕緊採集血液樣本，請幫忙。」

李警長擋在朴巡警面前問道：

「妳從哪裡過來的？」

「牛津俱樂部。雖然我也想當場抓人，但我認為最重要的是抽血，所以才帶她們到這裡。」

「好的，等一下，毒品案……」

李警長突然翻出口袋裡的手機，走向辦公室。

「警長！你要去哪裡？」

李警長對朴刑警的叫喚充耳不聞，直接走進辦公室。朴巡警無可奈何，向其他警察求援，說道：

「你是吳巡警？」

「啊，我是。」

「吳巡警，能幫忙抽血嗎？」

「什麼？啊……等、等一下，我去問李警長。」

吳巡警結結巴巴地往後退了一步，跑進李警長在的辦公室。

這時候，原先睡著的一名女人醒來，向朴巡警搭話：

「這是哪裡？怎麼回事？我為什麼在這裡？」

「妳還好嗎？清醒了嗎？」

「喔！這個女人是……。」

「對，她和妳一起在包廂。上計程車之前她還很好，一進來就睡死了。她只是睡著了，不用擔心。」

「計程車？」

她彷彿失去記憶般說道。

「妳的頭還好嗎？應該很痛吧。」

「是有點暈。我喝了很多酒嗎？不會吧……。」

「妳本來就喝不多嗎？」

「不是的。不過炸彈酒比較烈……。但是，我怎麼會這裡？」

「需要請妳配合抽血。」

「抽血？為什麼？」

「要等查過才知道妳被下的是安眠藥還是水槍，俱樂部包廂裡的那些男人應該是有動手腳。」

「水槍？那是什麼？」

「是一種新型毒品，最近在俱樂部裡……」

「毒品？啊，妳是……哪位？」

女人被毒品兩個字嚇到，開始上下打量朴刑警。

「啊，我是刑警。我執行臥底調查時碰巧看見，才帶妳們過來這裡。」

「原來如此……謝謝，真的太謝謝妳了。」

「不會，我只是做我該做的事。還要請妳配合抽血。」

「好，我會的。」

朴巡警在口袋裡找不到原本隨身攜帶的耳麥，她打開包包，拿出手機。手機顯示著好幾通未接來電，似乎是因為調到靜音模式才沒注意到，她回撥了最後一個未接電話的號碼。

「喂！朴刑警，妳在哪？」

「喔喔！羅警查，我的耳麥掉了，也忘記自己手機轉成靜音了，抱歉。出了點狀況。」

「什麼狀況？妳現在在哪？還在俱樂部嗎？」

「不，我在派出所，有事需要處理，請你過來一趟。」

「派出所？為什麼？妳跟俱樂部保、保什麼……哎，妳跟那些傢伙打架了？」

「不是的，俱樂部裡發生了一些事，等你到了我再解釋。請馬上過來，好嗎？」

「哎，妳應該早點打來啊，害人擔心欸。是哪裡的派出所？」

「俱樂部附近的……啊！是三井1派出所。」

「好，等我一下，我馬上到。」

「好的。」

朴巡警掛斷後看向派出所辦公室，走過去提高音量呼喊：

「吳巡警！警長！你們在做什麼？動作快，時間過太久就驗不出來了，請快點出來！」

在朴巡警的催促聲中，李警長走出辦公室。

「喔，來了。」

「警長，抽血……」

「那個，所長現在外出值勤，他聽到是毒品案，說會親自回來確認。」

「可是……」

「我們也是第一次遇到這種情況。那間俱樂部至今沒惹過麻煩，連別的地方常有的暴力事件都沒發生過。有沒有可能不是毒品，只是喝醉了？女人的酒量本來就比較差。」

「不，不像是喝醉。你有看到正在睡的那位小姐嗎？她從俱樂部來這裡的路上行為相當反常。抽血後仔細查就可以……」

「是的，我知道。所以我說等所長親自過來後再決定。妳要是很忙就先走吧，我們會處理。」

「所長什麼時候會回來？現在嗎？」

「什麼？喔，很快就會回來了。」

李警長尷尬地笑著，迴避朴巡警的視線。

「那我在這裡等吧，我的前輩也會過來。」

「前輩？啊……。我看妳好像很忙，不如先回去吧。等所長來了，我們會儘快處理的。」

「不，沒關係，我就在這等前輩過來，你忙你的，不用管我。」

「是嗎？好的，那妳坐那邊等吧。」

李警長說完，便匆匆離開派出所。

南巡警與閔警正一同坐上車，前往江南警署戶外停車場，想確認之前在那看到的屍體幻影的死因。

「大哥，所以你認為徐敏珠議員的死，和李弼錫議員之後那些接二連三的命案有關嗎？」

「對，雖然我不清楚黑暗王國的來歷，但我想應該是由政界與公務員高層組成的祕密組織。始甫，你說文件上印有黑暗王國的字眼與王冠圖案，我想那可能就是組織的成員名單，或是傳聞中社交派對的參加者名單。」

「大哥覺得我看到的文件是黑暗王國的名單？」

「我看過的文件上方也有印黑暗王國的字樣，但不是名單。如果你看到的那份文件真的是名單……那就證明了黑暗王國這個組織確實存在。那麼，這個名為黑暗王國的組織以社交派對的名義，舉辦將毒品、賣淫當作娛樂的下流聚會，甚至為了掩蓋事實，不惜殺徐議員滅口。其他命案也絕對和他們有關。要是我們能弄到名單，就可能幫助我們揭開黑暗王國的真面目。」

「那個肩膀上有王冠刺青的人，應該是那個組織的一員？」

「應該是，既然刺青與文件上的圖案一樣，那麼他很有可能是黑暗王國的人。這件事絕對不能讓外面的人知道，你要小心，知道嗎？始甫，記住絕對不能對外透露黑暗王國這個名字。」

「我知道了，所以黃色文件袋裡的文件和隨身碟就是關鍵線索，對吧？」

「還需要確認，不過八九不離十。隨身碟上印有民成大學的校徽……我想應該也和李敏智案有關。呂南九說的影片可能就在裡面吧？即使沒有，也應該和黑暗王國有關。」

「真是一群垃圾……。無論如何，我們都一定要拿到黃色文件袋，救徐敏珠議員。」

「沒錯，一定要。始甫，謝謝你，幸好有你在，事情變得比較簡單。」

「不，不要這麼說，我只是盡我的本分。希望事情能按計畫進行，不要有任何變數。大哥，雖然你很清楚，但我還是得再次叮嚀你。請答應我絕對不要插手，好嗎？」

「什麼意思？我插手什麼？」

「就像崔友哲刑警不該知道徐敏珠議員的死一樣……其實大哥也不該知道的。是我考慮欠周，我告訴大哥之後……有點後悔。」

「別擔心，我不會做你想的那種事。我知道你在擔心什麼，我沒有那麼莽撞，你才是……」

「我知道，你不用說我也曉得你很關心我，但現在時間剩不多了吧？」

「是啊。始甫，你沒事嗎？今天這樣會不會太勉強，你的肚子還痛嗎？」

南巡警拍拍肚子答道：

「我沒事，比剛才好很多。」

「你不要每次都裝沒事，痛就說痛，累就說累，沒關係的。至少要對我坦白，知道嗎？」

「好，我會的。啊啊！呃！」

南巡警突然抱著肚子哀號，閔警正看出他在裝模作樣，一拳打了他的頭。

「不要亂開玩笑，臭小子。」

「哎，也不配合一下，我的演技果然很爛？」

「對啊，你從哪裡學來這麼差的演技？不要再開這種難笑的玩笑，再這樣我真的會教訓你，知道嗎？臭小子，真是的。」

閔警正大笑著，再次作勢要打南巡警的頭。

「終於到了。大哥，走吧。」

「是啊，動作快。」

南巡警迅速下車，抓著肚子跑向先前看見屍體幻影的地方，晚一步下車的閔警正看著他的背影，露出心滿意足的笑容。

「是誰？羅警衛。」

羅警衛一放下無線電羅警查就著急地詢問。

「不知道，好像是路人撿到了……。崔警衛，現在怎麼辦？」

「還能怎麼辦？先趕緊去俱樂部門口。」

「好。」

羅警查把頭探到前座中間，皺著眉說：

「她會不會被俱樂部的人抓住了？然後引我們過去……」

「會嗎？雖然不確定，不過聽起來不像。羅警衛覺得呢？」

聽了崔警衛的話，羅警衛把車停在巷子旁說：

「對，沒錯，就像崔刑警說的，他說他在俱樂部前撿到的，聽起來只是一般人。」

「到了，就在這裡。」

「好，我們下車，羅警衛留在這裡觀察情況，一有問題就請求支援。」

「又留我下來？我也要去……」

「各司其職吧，就算你有武術段位，這種事也該交給重案刑警處理，不是嗎？」

「就是說啊，羅警衛，實務和理論天差地遠，現場很危險，要是事情鬧大了，就麻煩你請求支援。」

「什麼？連羅警查都這樣……知道了，你們去吧，我會注意情況的。」

「不要失望，以後還有機會，對吧？哈哈。」

崔警衛和羅警查下了車，走向俱樂部前一名轉著耳麥的男人。

「就是那個人。」

這時，羅警查感覺到口袋裡傳來震動，拿出手機查看。

「崔刑警，是朴刑警打來的。」

「是嗎？快接。」

「好，那我先……。喂！朴刑警，妳在哪？」

羅警查和朴巡警通電話時，崔警衛走到正在轉動耳麥的男人身旁。羅警查揮手示意要崔警查停步，但沒用。

「那個，你好。」

「有什麼事……啊，這個？是你的嗎？」

「你是在哪裡撿到的？」

「在那前面，可是這真的是你的？」

聽到對方無禮的語氣，崔刑警瞪了他一眼，壓抑著怒火說道：

「嗯……。是的，沒錯，請還給我。」

「真奇怪，你不像在俱樂部工作的人……你是警察嗎？」

「不是，那你……等等，我們是不是在哪裡見過面？」

「我？我哪時候見過你？」

「哎，真是的，你講話口氣怎麼這麼沒禮貌。」

「那你也可以對我沒禮貌啊，我要回去了，拿去。」

男人將耳麥扔向崔警衛，接著說：

「警察居然把這種東西搞丟，對了，既然我幫忙找到，應該要先謝謝我吧？」

崔刑警忍住冷笑，勉為其難地說：

「哎，謝謝你，但是……。好吧，謝謝你幫忙找到。」

「對了，所以那位小姐是警察？」

「小姐？你說誰？」

這時羅警查走向崔警衛問：

「大哥，怎麼回事？」

「這個大塊頭又是誰？不是警察，所以是黑道？」

「什麼？黑道？這小子……」

「羅警查，算了，既然找到東西就走吧。」

「再見。」

男人嘲笑著對他們揮手後，走向俱樂部門口。

「搞什麼！那傢伙……」

羅警查想抓住男人，崔警衛伸手攔阻他：

「算了啦，朴刑警人呢？」

「她在三井1派出所，好像出了什麼事，要去了才知道。」

「好，那快走吧。」

崔警衛走向車子，突然又回頭看了看俱樂部門口，喃喃說道：

「我是在哪裡見過那傢伙……？感覺很眼熟……。」

「你說誰？剛才那個人？」

「什麼？嗯，對啊。」

「難不成是通緝犯？」

「哎喲，有通緝犯會明知我們是警察還自己跑來嗎？不是啦。」

「他知道我們是警察？那他還說我是黑道……可惡。」

羅警查氣呼呼地瞪著俱樂部門口。

「你不覺得他很眼熟嗎？」

「我嗎？我和長得好看的傢伙合不來。」

「是這樣嗎？所以你覺得他長得好看？」

「啊……。我哪有這樣講？」

羅警查搔著頭彆扭地笑了，崔警衛上車的同時說道：

「羅警衛，用導航搜尋一下三井1派出所，我們現在過去。」

「為什麼要去那裡？」

「朴刑警在那。」

「是嗎？我知道那個派出所在哪裡，直接出發吧。為什麼她會在那裡？」

「不曉得，去了才知道。」

俱樂部舞池正中央，華麗的燈光與輕快的音樂淹沒了人們的視覺與聽覺，車東民好不容易擠出跳舞的人群，走進包廂外的走廊。當他回頭看向舞池時，與從前方走出來的人擦撞到手臂。

「啊！喔，抱歉。」

「……。」

「你也有撞到人，不是應該道歉嗎？嗯？」

對方戴著毛帽，不知道是因為音樂聲太大沒聽見，還是真的不把車東民的話當回事，逕自向前走。

車東民用手搓揉著被撞到的手臂，走向包廂，可是包廂裡空無一人，整理得乾乾淨淨，車東民一度懷疑是不是自己走錯，重新走到門外確認以後，又回到包廂裡面。車東民打給鄭珉宇，然而一直到電話鈴聲自動切斷也沒人接。於是他打算離開俱樂部，再次往舞池中央的方向走去。

就在這時，鄭珉宇從前方迎面走來，身旁並肩走著一名戴毛帽的男人。

「喔，兄弟！你還沒走？」

「喂！這裡很吵，進去再說。」

鄭珉宇搭上車東民的肩膀，朝包廂的方向走去，而戴毛帽的男子尾隨在後，三人走進包廂。

「你搞什麼？我以為你和那幾個妹去哪玩了。」

鄭珉宇好像覺得自己說的話很有趣，發出一陣怪笑。

「我沒有，你這話什麼意思？」

「開玩笑，開玩笑的啦，那你怎麼現在才回來。」

「我撿到東西，在等失主，所以花了比較久時間。」

「哎你這小子，對每個人都那麼親切。那些女人呢？就這樣送走了？」

「嗯，搭計程車走了。」

「是嗎？可惡，剛才玩得多開心……。好久沒這樣玩了，操，那個臭女人到底哪來的，越想越生氣，幹……啊！哈哈哈，抱歉啊，東民，幹……我沒注意就罵髒話了。太順口了，哈哈哈哈哈。」

「你旁邊這位是誰？不介紹嗎？」

「啊！對，我記性真差。他是這個俱樂部社長的兒子，也是我大學的學弟。你說你是什麼系的？醫學院？心理學？喂！說話啊，操……啊，好啦，你自我介紹一下吧。」

「啊……。好，我是學西洋歷史……學長是爸……不，是俱樂部……」

「沒關係，大家都是自己人。東民，我爸可是這裡的常客，不對，不是這裡，他是在上面。」

鄭珉宇用食指比了比天空，翻白眼露出詭異的笑容。

「幸會，我是車東民，請問怎麼稱呼？」

「名字？對耶，你叫什麼名字？嘿嘿，體諒一下我記性不好，啊哈哈哈哈。」

「我叫朱明根。」

「朱明根？明根，很高興認識你。不過你不熱嗎？這種天氣還戴毛帽？」

「喔……這個啊……」

「小子，幹嘛問這個？人家有自己的原因，哈哈。」

「喔，是這樣嗎？抱歉。你看起來好像還很年輕……」

「喔……。對，我二十八歲。」

「是嗎？那我們同年。」

「那太剛好了。喂，你們倆交個朋友吧。」

「好啊，交個朋友，說話放輕鬆點吧。」

「好，我知道了。」

鄭珉宇用渙散的眼神看著朱明根問道：

「明根，你爸最近還把你往死裡打嗎？」

「什麼？你爸？」

車東民吃驚看著他，朱明根急忙擺手道：

「啊，沒有了，他現在不會了。爸爸說要帶我去那裡……懂吧？幾天後，在ＳＫＹ……」
朱明根看了一眼天花板，鄭珉宇嚇了一跳，用手指著上方插嘴：
「什麼？ＳＫＹ？你要去？難道……。」
朱明根害羞笑了笑，謹慎地說：
「對，爸爸說他會參加，要我一起去。」
「真的假的？你？啊不是，我的意思是……哎，你也知道吧？那裡可不是一般的地方。」
「兄弟，你們在說什麼？」
「喂，我不是說要帶你去好地方嗎？幾天後那裡……不對啊，你為什麼會去？真是，去你媽……啊，抱歉，靠……不說髒話就一直打結，該死。我就直說了，體諒我一下，嘿嘿。真是亂七八糟。可惡，喂！你為什麼要去那裡？你爸他到底，操，到底幫你擦了多少屁股……該死，就算是那樣……」
車東民打斷鄭珉宇，驚訝說道：
「兄弟！你怎麼回事？這樣講太過分了。不管怎麼樣……不應該罵別人父母。」
「操，那是因為你不知道他爸是怎樣的傢伙……不，是怎樣的人。該死。你自己說？不是嗎？你覺得適合嗎？那裡的成員是怎樣的等級？憑你……不，你爸憑什麼去那裡？那是什麼場合！越想越氣欸，哇靠，這下酒都醒了，幹！」
朱明根只是沉默低著頭。
「兄弟，夠了！朋友，我敬你一杯代替他道歉。你不要介意，他喝多了。」

「喂，那小子不會喝啦。不會喝酒，也不會抽菸，是個廢物。這種傢伙，啊，他有一件事做得很好。很會嗑藥。你最近還嗑嗎？」

車東民抑制不住怒氣，提高嗓門道：

「你到底在幹嘛？那到底是什麼地方，你有需要這樣瞧不起人？」

「喂，你才懂個屁？我會這樣講，就是因為他不過是個遜咖，幹，我喊你一聲兄弟，你還真當我們是家人？我和你的地位差多了好嗎？操，你搞清楚狀況沒？要發神經找你爸去。」

「兄弟？」

鄭珉宇聲音越來越大，緊皺著眉怒目瞪視，高聲叫囂：

「給我閉嘴！幹。你敢再這樣，我絕不會放過你，知道嗎？操，虧我對你這麼好，幹。所以我才不想對人好，稍微客氣一點，就忘記自己是哪根蔥，以為自己和我可以平起平坐，幹，想趁機往上爬，去死！我酒興都沒了。」

鄭珉宇扔掉手裡的酒杯，站起身。

「兄弟！幹嘛這樣？你要走了嗎？抱歉，是我反應太大了。」

「喂！算了啦，我沒心情喝了。你們這麼合得來自己去喝，酒錢我付啦，幹。這些蹭飯的傢伙，你們一輩子就是吃軟飯的料，爛貨！」

鄭珉宇從皮夾拿出一整捆鈔票，撒向空中，說道：

「我給你們一個忠告，要怪就怪你們爸媽，不用怨恨我這種說實話的人。臭小子！不然你們就好好挖，看哪裡能挖出金銀財寶，幹，我呸！骯髒的垃圾。」

他朝地上吐了一口口水，用力拉開門走出去。

「始甫，是這裡嗎？喔！這輛白色的車……」

「怎麼了？你認得這輛車？」

「當然認得，這是署長的車。」

「署長？是署長的公務車嗎？」

「不是，是他私人的車，他處理私事的時候會開這輛。沒時間了，快看一下吧。」

「好。」

我立刻閉上眼睛，集中精神，然後慢慢地睜開眼。

白色車輛上沒有出現屍體幻影，是因為時間還沒到嗎？那屍體究竟從哪裡掉下來的？上面……大概是從頂樓掉下來的。那麼頂樓上是不是正在發生什麼事？我得去看一下。

「始甫，聽得見我說話嗎？」

「有，聽得到。」

「那就好，看到什麼沒？」

「好像還沒到案發時間，我什麼都沒看到。屍體好像是從頂樓掉下來的，我要去上面看看。大哥，現在幾點？」

「現在嗎？等等。兩點三十八分。」

「是嗎？剩沒幾分鐘了，等一下。」

我從警局的主樓正門跑進去，跑向電梯按了上樓的按鈕。不知道出了什麼事，電梯遲遲不下來，距離案發時間沒剩多久了，我沒辦法再等，於是又跑向樓梯。

必須立刻衝到八樓，我本來爬到三樓就會喘不過氣，但不知為何這次一點都不喘。是因為在超自然現象裡，所以不會有喘不過氣的問題嗎？我不敢停下腳步，一路跑到了五樓。

不過在上樓梯的時候，總覺得哪裡不對勁。其他樓層的牆上都有標示樓層數。為什麼只有五樓什麼都沒寫，只有一片空蕩蕩的白牆……。

啪！

「呃阿！呃……。」

「始甫，怎麼了？你沒事吧？聽得見我說話嗎？」

「啊……大哥。」

「咦？眼睛睜開了？怎麼回事？你剛才尖叫了，沒事吧？」

「不，突然……這是怎麼回事？」

「什麼東西？有誰出現了嗎？」

「沒有，突然出現一面白牆，我撞了上去。」

閔警正大吃一驚：

「牆？突然出現牆？」

「我不確定是不是牆……該說路被擋住了嗎？沒錯，我被一個像是牆的東西擋住了。」

「這又是什麼意思？」

「哎喲，我也不知道。我正在爬樓梯，爬到五樓就被擋住了。好像有什麼規則……。呼，實在太多困難了，每次都會出狀況。」

不斷反覆遇到這種情形，我不禁覺得很荒謬又無力，不自覺地笑了出來。

「你還笑得出來？」

「哈哈……啊，現在幾點了？」

「兩點四十三分。」

「是嗎？差不多就是這時候……我再進去看看。」

我深呼吸後閉眼，就在那時。

砰！

「呃！」

第16話

高貴的選擇

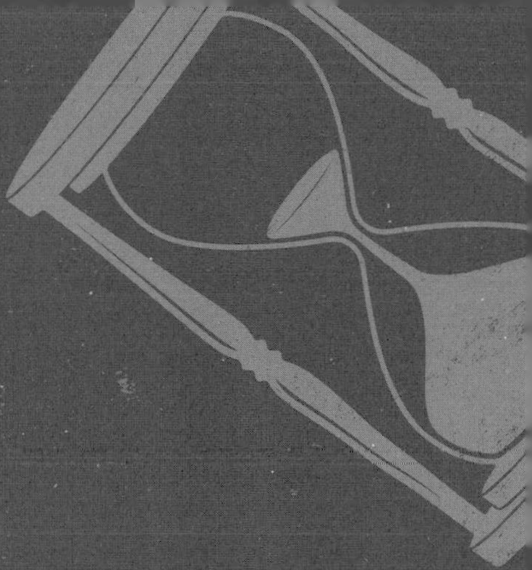

深夜的街道上，南順奶奶解酒湯店的招牌亮起，店裡的燈也接二連三地打開。看起來是要從凌晨開始做開店準備。

這時候，解酒湯店外頭傳來聲音，打破了夜晚的寂靜。那是一個女人的聲音，夾雜著呼吸與啜泣聲。女人哭著從斜坡上跑下來，急迫地連鞋都來不及穿上，她直接跑進了解酒湯店。

「我們還沒開門……天哪！怎麼會這樣？」

南順奶奶的媳婦柔莉滿臉淚水，抱住春川阿姨。

「春川阿姨，媽在哪？嗚嗚，嗚嗚……。」

「她還沒來店裡，說凌晨要先去市場，怎麼了？妳的衣服是怎麼回事？鞋子去哪了，怎麼打赤腳？發生什麼事了嗎？」

柔莉害怕地指著門口，不斷哭泣。

「別光哭，告訴我究竟是什麼事……」

這時候，有人大力推門進入。

吱嘎、砰！

「哎呀！嚇死我了。」

「賤女人，妳想逃去哪裡？以為逃跑我就抓不到妳嗎？」

「天啊？怎麼回事？你不是大老闆嗎？怎麼了？到底發生什麼事？為什麼這樣？」

「春川阿姨，救救我，好可怕，嗚嗚……。」

「大老闆，有事慢慢說，不要這樣，大老闆。」
「阿姨，讓開！不然妳也會受傷。少管別人的家務事，滾！今天我要把這個賤女人……」
大兒子用腳踹開面前的桌椅，春川阿姨和柔莉面對粗暴的大兒子，只能害怕地抱頭縮著身體。
「啊啊！」
哐啷哐！咚！咚！咚！
桌椅上的餐具被摔得稀巴爛。
「不要這樣，大老闆，這樣下去會出事的。」
「還不給我讓開？」
大兒子碰到什麼就摔什麼：
「阿姨，趁我還對妳客氣快讓開！氣死我了，啊啊！操，讓開！」
大兒子控制不住怒氣，把解酒湯店裡鬧得一片混亂。

出外巡邏的巡警帶著醉漢回到派出所，接著警察帶著聚眾鬧事的青少年回來，同時大聲訓斥著。原先冷清的派出所熱鬧了起來。
「吳巡警，所長什麼時候回來？」

「喔……。請等等，前輩……」

「吳巡警，你在幹嘛？還不去打掃警車，裡面……嘔，不是開玩笑的，快去清乾淨。」

「啊！是，徐警查。朴巡警請妳等一下。」

「嘔、嘔噁、嘔。」

徐警查讓醉漢倒在沙發上，自己去拿水的時候，本來安靜坐著的醉漢開始嘔吐。

「吼，真是夠了，金巡警，這裡！這裡也有。」

「好的，我馬上處理。」

金巡警正忙著處理派出所門口的醉漢嘔吐物，一聽見呼喊立刻跑進來。在他身後一起進來的警察走向朴巡警，問道：

「有什麼事？」

「忠誠！我是廣域搜查隊巡警朴旼熙。」

「妳好，我是林基成警衛，有什麼事嗎？」

「我懷疑牛津俱樂部有男性客人讓在場的女性喝摻了水槍的酒，所以帶來這裡抽血……所長說會過來確認，我正在等他。」

「牛津俱樂部？毒品……妳確定？」

「啊……。需要經過檢測才能確定……」

「如果是水槍，血液檢測可能也測不出來……有物證嗎？」

「物證？沒有，我當時急著出來……」

「哎，那就不能證明了，是多久前喝的水槍？」

「不確定準確的時間，但離開俱樂部之後……大概過了四十分鐘。」

「是嗎？那為什麼要抽血？」

「什麼意思？儘快抽血才能檢測確定……」

「人體吸收之後，血液含有的水槍在三十分鐘內會達到最高濃度，接著就會被排出體外。所以現在抽血也沒用了，不如叫醒她去驗尿。」

朴巡警困惑問：

「啊……是這樣嗎？」

「妳連這個都不知道，還這麼衝動要求驗血？搞什麼？這不是毒品搜查嗎？」

「不，我是在調查另一起案件時偶然發現被害人，我知道水槍很快就會被排出體外，所以才帶過來想儘快抽血。」

就在這時，本來一直竊竊私語的兩個年輕人突然吵起來，互飆髒話。

「是嗎？喂！那邊的同學給我安靜！」

林警衛伸出手，朝年輕人走了過去：

「同學，你們的爸媽馬上就來了，最好乖一點，喝酒喝到大半夜的，到了警局還想鬧事！唉，真是的，當這裡是喝酒的地方嗎？給我安靜，聽到沒！」

這時候，在派出所外的李警長走了進來，對朴巡警說道：

「朴巡警，怎麼辦？所長突然有事，不能馬上過來，要我送到江南警署緝毒組，我已經聯絡了，他們馬上會過來，所以妳可以先離開了。」

林警衛也走了過來附和道：

「是啊，朴巡警，有緝毒組處理就夠了，交給我們吧。要是我早點回來就能更快處理了，李警長不熟悉毒品相關案件的處理方式，還請妳體諒。李警長，你怎麼這樣辦事？起碼要先聯絡我。」

「對不起，警衛。」

「不會，是我疏忽了。早知道這樣，我就應該直接帶去警署，是我給你們添麻煩了。」

「哎呀不是啦，是我們的問題。緝毒組說會過來，他們會妥善處理的，不用擔心，先回去吧。李警長還不去做事，發什麼呆？」

「喔，是的，朴巡警，請來這裡幫我寫份報告書。」

「對，寫完就可以走了。」

這時候，派出所的門打開，羅相南警查走了進來：

「打擾了，這裡……喔！朴刑警。」

「你來啦？」

「怎麼跑來派出所？」

「羅刑警，我晚點再解釋。李警長，這位是首爾警察廳刑事科羅相南警查。」

「忠誠，我……」

李警長敬禮完正想介紹自己，不過羅警查連看都不看他一眼，繼續對著朴巡警說道：

「行禮就免了。闖禍了？」

「什麼闖禍？才沒有。」

「是嗎？那就好，走吧。」

「等一下，我要先寫完報告書。」

「幹嘛寫報告？是什麼事？崔刑警和羅警衛還在車上等……」

在一旁尷尬站著的李警長插嘴說道：

「哎呀，沒關係，朴巡警請先走吧。我再請那邊的小姐幫忙寫就好了，可以吧？林警衛。」

「喔，也可以啊。反正之後緝毒組會處理。朴巡警留下聯絡方式就可以走了，就這樣吧。」

「那就麻煩你們移交了。」

朴巡警把自己的聯絡方式寫在李警長遞來的文件上。

「好，別擔心，慢走。」

「等等。」

朴巡警走向在家屬等候室裡的女人，說道：

「是不是還很不舒服？等一下警察署的緝毒組會過來，他們會幫妳。可能會有有點麻煩，還是請妳務必配合。我先離開了。」

「好的，我會的，謝謝。」

「羅刑警，走吧。」

朴巡警和羅警查前腳剛踏出派出所，李警長就拿出手機撥給某個號碼。在一旁觀察著他們的林警衛也拿起電話，不動聲色地按下通話鍵。

南順奶奶解酒湯店悄無聲息，天花板上的幾個日光燈被打破，室內一片漆黑，椅子傾倒在地，桌子翻倒或側倒，餐具、杯子等物品散落一地。走進餐廳的南順奶奶瞬間停下腳步。

「怎麼了？為什麼不開燈？哎呀！怎麼會這樣？發生什麼事啦？春川！春川不在嗎？」

「呃……呃，奶奶，我在這。」

「天吶！妳在這做什麼？怎麼變這樣？」

春川阿姨扶著腰，坐在傾倒的桌子後方，說道：

「奶奶，怎麼辦。呃呃……。剛剛妳大兒子來過。」

「什麼？老大？他怎麼會來，妳有沒有怎樣？有受傷嗎？」

「腰扭了一下……比起這個，妳家媳婦要出事了，奶奶。」

「什麼意思？媳婦怎麼了？」

「大兒子拉走她，這些全都是他做的。」

「什麼？哥帶走大嫂？」

一片黑暗之中，不知何時來到的小兒子聽見兩人的對話。

「哎喲，嚇死我了！你什麼時候來的。」

「阿姨，哥什麼時候來的？知道他帶大嫂去哪嗎？」

「我也不知道，他們剛走沒多久，你快去找一找，你大嫂有危險。」

奶奶連忙揮手阻止：

「不行！你去找他也會有危險。他現在在發神經，叫警察吧？」

「警察來之前就出事的話怎麼辦？我先出去找，媽，妳打電話報警。」

小兒子面如土色，慌張地跑出去。

「妳要不要去看醫生？哎喲，這到底是怎麼回事，春川啊，真的是抱歉，沒事鬧這一齣，哎喲，這下該怎麼辦啊，哎呀，嗚嗚……。」

南順奶奶跌坐在地，手拍打著地面絕望地哭泣。

「奶奶，我沒事，妳別哭，先趕緊報警。」

「嗚嗚，嗚嗚……是啊，請警察趕緊找找，電話……」

南順奶奶用袖子擦了擦眼淚，爬起來走到櫃檯。

一輛車開過大方派出所後，轉入路邊攤所在的巷弄，又開過了路邊攤停在一個偏僻角落。閔宇直警正與南始甫巡警下了車。

「大哥，我自己過去就好了，你先回去吧。」

「沒關係，我陪你去。你看起來身體很不舒服，是不是太逞強了？你不是說沒問題嗎？有必要又過來確認一次？」

「雖然沒問題，但還是親自看一下比較放心。總覺得哪裡不對勁。」

「你身體這樣可以嗎？你肚子都瘀青……被刀刺傷……不，總之，你不是瘀青了嗎？能走嗎？」

「我沒事，只是有點刺痛，但不妨礙走路。反正我繼續堅持自己去，大哥還是會跟來，那不如大哥充當我的保鑣吧，哈哈。」

「哦？保鑣？做白工嗎？」

「哎呀，請資深刑警當保鑣怎麼能不付酬勞。我會帶你去最便宜又最美味的餐廳。」

「什麼？便宜的餐廳？喂，算了，我不想當保鑣，當大哥就好。」

閔警正笑著揮了揮手，南巡警也露出惡作劇的笑容，說道：

「嘿嘿，當大哥也很好。從這邊過去馬上就到，走過去路上順便查看一下附近。」

「好，走吧。」

南巡警帶頭，閔警正墊後，兩人走進當初看見柔莉屍體幻影的窄巷，停下腳步。

「這裡嗎？什麼都沒有。」

「就是說啊。」

南巡警拿出手機看時間，是當初看見屍體幻影的時段，可是現在卻看不見柔莉。

「案發時間是正確的嗎？」

「對，我是在這個時段看見屍體，等等。」

南巡警閉上眼睛，回想當初看到的超自然現象，但這次沒出現屍體幻影。

「看不到屍體幻影，不對，也沒有出現超自然現象。」

「是嗎？那不就是她有活下來的意思？」

「是這樣子嗎？但我老是覺得不太對勁。」

「幹嘛這樣？是心理作用吧？一定是你今天看了這麼多超自然現象太累了。回去休息吧，這樣心情才能放鬆下來。睡一覺起來再去找那個媳婦就行了。別心急，走吧。」

南巡警被閔警正的話說服，點點頭說：

「好吧，那我們去喝碗解酒湯再走吧。」

「解酒湯？好啊，正好我也有點餓。」

「走吧，我開車。」

「你可以嗎？要去哪家？」

「南順奶奶解酒湯店。」

「啊……好，走吧。你這傢伙真是沒事找事，固執講不聽。」

閔警正嘴上發著牢騷，但看著南巡警露出滿足的微笑。

「還不都是因為大哥。」

「因為我？為什麼？」

「在最喜歡沒事找事，累死自己的大哥身邊，我還能學到什麼呢？哈哈。」

「你說什麼？哎呀，對對對，都怪我，真是對不起，可以了嗎？」

閔警正曲起手指關節想敲南巡警的頭，南巡警連忙躲開笑著跑向車子，這時候他突然感到腹部一陣劇痛，低頭抱著肚子，但他怕閔警正發現異狀會擔心，趕緊回頭對他哈哈笑。

一到了解酒湯店，我趕緊下車，大哥去停車待會才會過來。解酒湯店裡面燈是暗著的，我以為還沒開門，小心翼翼地走進去說道：

「奶奶，今天沒開店……啊！怎麼會這樣？奶奶？奶奶妳在嗎？」

「這裡……。」

「啊！阿姨！妳還好嗎？」

我看見春川阿姨倒在亂七八糟的餐廳裡內側，立刻跑了過去。大哥聽見我激動的呼喊聲也立刻跑進店裡，說道：

「始甫，怎麼了？沒事吧？你在哪裡？」

「大哥，我在這裡。餐廳的阿姨也在這裡。」

「是警察先生嗎？」

「奶奶！」

南順奶奶從廚房走出來，哭著抓住我：

「哎喲，警察先生。嗚嗚……。怎麼辦？我家媳婦……嗚嗚……。哎喲，這下該怎麼辦？」

「奶奶，先冷靜下來，跟我說發生了什麼事。」

「我來說吧，你知道奶奶的大兒子吧？他來店裡把這鬧得一團亂，他媳婦不想跟他走，但被他硬拖著不知道去哪裡了。總覺得會出事，怎麼辦才好？剛才他弟弟已經去找他們了。」

「小兒子嗎？知道他們去哪嗎？」

「不知道，說不定回家了，你快去攔住他，我怕媳婦會出事，趕緊去找他們。」

「奶奶妳先別擔心，我去找找看。大哥，我們快一起去找他們。」

「好，走吧。」

我們匆忙跑出解酒湯店，一走出店門，天空開始滴落雨點。

不好的預感。我第一次看見柔莉屍體幻影時，她的衣服和頭髮都沒有濕，那天並沒有下雨……。看來事情變複雜了。

「始甫，你還在想什麼？該往哪邊走？是不是要先回你看見屍體幻影的地方？」

「不，如果是那裡，剛才我在應該就看得到才對。不是在同一個地方。以防萬一，我們先去奶奶家看看，她的屍體狀態像是被打之後逃跑。」

「那快走吧。雨變大了，看來一時半刻不會停。」

「好，奶奶家就在附近，用跑的吧。」

我們冒著傾盆大雨跑向奶奶家的方向，沿路都是斜坡，我不停地跑，呼吸變得粗重。大哥速度漸漸慢下來，離我越來越遠。

當我氣喘吁吁跑到奶奶家時，周圍十分安靜，除了雨聲沒有聽見其他聲響。他們沒回家嗎？還是事情已經發生了，他們才離開這裡？

我走近微微打開的大門，走向一樓的玄關，正好大兒子腳步蹣跚地走出來，然而……他的臉、上衣和手上沾滿紅色血跡，難道已經來不及了？

大兒子走出來看著我，但眼神渙散，失魂落魄地像是沒看到我。然後，他笑了出來，不，是哭……他用不知是哭還是笑的表情朝我走過來。

「那個，先生，發生了什麼事？你到底怎麼了！」

「……。」

「先生，等一下。」

大兒子沒有回答我的問題，直接經過我想走出大門，我抓住他的手臂，再次喊道：

「先生！」

「你不是說我會死嗎？不是嗎？我會死，對吧？對不對？嗚嗚，啊啊！呃啊啊！啊啊嗚嗚……。」

大兒子呆望著我，突然一屁股坐在地上大吵大鬧，哭了起來。這時，閔警正推開大門走進來：

「怎麼了？始甫，沒事嗎？他為什麼這樣？」

「他就是奶奶的大兒子。」

「所以……太晚了嗎？」

「也許吧……。大哥，他就交給你了。」

「什麼意思？你要一個人進去？」

「我怕他做了什麼事。」

「不，我進去，你留在這裡。」

「大哥，讓我去吧，我想自己進去確認。」

「你確定可以嗎？」

「對。」

「好，我知道了。你趕緊進去看看，我先叫救護車。」

我謹慎地走向前打開門。從客廳到玄關一路上都是大兒子沾著血的紅色足跡，裡頭傳來人的哭聲，我聽到趕緊跑進客廳。

「這……怎麼會這樣！」

三十分鐘前

砰！

大兒子一腳踹開大門走進來，一隻手抓著柔莉的手腕。柔莉臉頰通紅，鼻梁上血跡斑斑，她蜷縮著身體看著自己的丈夫。

「乖乖聽話跟我走就不會挨揍了！欠揍的女人！我不在很開心嗎？說啊！我問妳是不是很開心啊？那小子在哪裡？說啊，和大嫂搞在一起，連自己大哥都不要了是嗎？他在哪裡？」

「我不知道，不要這樣。Please don't hit me. Help me please. Help please.」

「該死……我說過不要發神經說英文！幹，呃啊！」

啪！

「呃啊！嗚嗚嗚。Please.」

「還說，賤女人！」

啪啪！

「啊！嗚嗚，對不起，老公，對不起，我下次不會了，原諒我好嗎？對不起……對不起。」

「那小子在哪裡？混帳傢伙，把哥哥關起來自己和大嫂亂搞？我今天要把那傢伙……不，我要把你們這兩個混帳都殺了，我再一起去死！」

大兒子揪住柔莉的頭髮拖進客廳。柔莉尖叫，敵不過他的力氣被拖著走。

「吵死了，賤女人！妳再叫，我就真的殺了妳！聽懂沒？」

柔莉抽泣著，不斷地點頭。大兒子坐到客廳沙發上，又突然起身，再次揪住柔莉的頭髮，拖著她走向廚房。柔莉驚叫了一聲，隨即用手摀住嘴。

大兒子打開冰箱翻找：

「幹，搞什麼？怎麼都沒酒？王八蛋，每天喝酒很開心吧？在這過得跟天堂一樣對吧？自己的老公只能每天吃像垃圾一樣的東西。喝得很爽吧？怎樣？自己喝酒很開心是不是？啊？可惡……啊啊！啊啊！氣死我了！」

哐啷！

大兒子找不到酒開始鬼吼鬼叫，扔出手裡的杯子。他翻找著廚房的櫥櫃，嘴裡一邊叨念著自己愛喝的威士忌：

「百齡罈……百齡罈……！幹，藏到哪裡去了？喂，妳把我的三十年百齡罈被藏去哪了？我問妳放在哪裡？馬上拿出來！」

大兒子無情揮打柔莉的頭。啪！

「呃啊！」

「還不拿出來？我問妳放在哪裡？聾了嗎？賤女人！」

「知道了，知道了，等一下……。」

柔莉忍住淚水站起，打開下方櫥櫃拿出盒裝的三十年百齡罈。

「欸，操，竟然在這裡。算妳有良心還留下了這個。」

大兒子打開百齡罈倒入啤酒杯。他喝完一整杯後又倒滿，柔莉見狀從冰箱拿出肉乾，放在他面前。

「賤女人，妳以為這樣我就會原諒妳嗎？幹……哈！好久沒聞到威士忌的味道了！哈哈哈哈。肉乾！百齡罈果然還是要配肉乾，妳要來一杯嗎？一個人喝太無聊了，來！這給妳。」

「我沒辦法喝，我不會喝酒。」

「賤女人，不想和我喝嗎？明明和那小子喝得很開心不是嗎？該死，不喝就算了，我自己喝！」

大兒子貪婪地笑著，又倒了滿滿一杯酒一飲而盡。他感覺開始醉了，眼神逐漸迷濛，接著突然靠近柔莉，一把摟住她：

「老婆，妳很寂寞吧？我也好寂寞，呵呵。真好，好久沒抱老婆了，妳最近好嗎？哇，妳好漂亮。」

柔莉啜泣著回抱大兒子。大兒子摟著她，搓揉她的胸。這時候，傳來大門打開的聲音，小兒子穿著鞋慌張跑進來。柔莉聽見有人進來，反射性地稍微推開大兒子，失去擁抱的他眼神瞬間變得殺氣騰騰。

「哥！大嫂，妳還好嗎？」

「哇，原來你們真的有一腿，哈哈哈，我原先還不敢確定……這兩個狗男女把我關起來……。」

「哥，你怎麼會在這裡？為什麼跑去餐廳鬧事？」

「該死，少在那邊給我明知故問！」

大兒子抓起威士忌酒瓶往嘴裡灌。

「哥，那個酒很烈，喝慢點，好嗎？」

「給我閉嘴，臭小子！我喝我的酒，關你什麼事？少發神經，閉上你的嘴！」

「哥，別這樣，為什麼突然……」

「少給我廢話。喂！都是因為你，不是說每天都會來看我？那為什麼沒來？說啊？你這段時間跟我老婆幹了什麼好事？很爽嗎？這賤女人不肯和我喝酒，每天陪你喝，開心嗎？操！虧你還是我弟！」

「哥，你在說什麼……大嫂不是不會喝酒嗎？你明明知道，為什麼還這樣？還有，對不起，我應該在探視時間去看你，臨時有事所以沒去成，相信我？好嗎？是真的，哥。」

失去理性的大兒子看著弟弟，瘋癲笑道：

「你要我相信這種屁話？去你的，你去問路邊的狗，我能不能相信你們這兩個不要臉的傢伙？我看起來很蠢嗎？你們這對狗男女。」

「哥，對不起。沒去看你真的很抱歉，但我說的都是真的。雖然晚到了一點，過了探視時間，但我還是有送你喜歡的香瓜過去。」

「香瓜？阿哈哈哈，想用香瓜擺平我嗎？我什麼都不需要！還有那個臭巡警！是你花錢買通的嗎？說我會死？看清楚，我死了嗎？竟然要我？你花了多少錢請的？演技很好嘛，是演員嗎？幹！我一定是瘋了才相信你，呃啊啊！」

大兒子開始大吼大叫。

「哥，不是的，那個人真的是巡警，他叫南始甫，如果不相信我們可以直接去警察局問，好嗎？」

「什麼？警察局？你又把我當白痴啊，想把我帶去警察局，讓我被關進精神病院嗎？喂！臭小子！我要殺了你。」

哐啷！

大兒子將手中的啤酒杯扔向小兒子，扔偏的杯子撞上了牆掉下來但沒有碎。

「喂，還敢躲？哈哈哈。」

大兒子又拿起酒瓶灌進嘴裡。

「哥，你那樣喝真的會出事，會因為喝酒死掉的。」

「混蛋！你以為我現在還會相信你嗎？小子，給我過來，我絕不會饒你。」

大兒子搖搖晃晃撲向小兒子，貌似醉意發作，整個人向前撲倒，小兒子連忙跑過去扶著他說：

「哥，這樣下去真的會出事，你先冷靜睡一覺，我們明天再說好嗎？等你酒醒了再說。」

「這小子把我當酒鬼啊？喂！我沒有醉，臭小子！」

大兒子又把酒瓶塞到嘴裡，咕嚕咕嚕地灌酒，不知不覺瓶子全空了，他順手將酒瓶扔到地上，大吼：

「喂！再拿酒過來，聽到沒？肉乾在哪裡？還不拿來？」

柔莉被丈夫的咆哮聲嚇到，連忙拿肉乾過去。

「哥，我已經扔光家裡的酒，你是從那裡找到……大嫂，是妳藏起來的嗎？」

「對不起，小叔。老公喜歡的酒，對不起。」

「少囉嗦，嗝！呃……快把酒拿來，賤女人！」

「大嫂，不可以！」

柔莉正打算從剛才拿出百齡罈的櫥櫃裡拿出另一瓶酒。

「喂！閉嘴聽不懂嗎？滾遠一點！」

柔莉要把酒拿給大兒子，大兒子一把扯過柔莉的手腕，讓她坐在自己膝蓋上，從身後抱住開始撫摸她的胸部。

「老公，不要這樣，不要，不好意思。」

「哥，不要這樣。知道了，我……不行，拜託不要再喝酒了，哥！」

小兒子別過頭試圖安撫大哥，但再也無法忍受他越發踰矩的行為，於是大聲喝斥。

「我就知道你會這樣，幹，露出真面目了吧。好，想要就來拿去啊，過來啊，你過來摸看看啊？就像我不在的時候一樣，賤人！」

「哥，不是那樣的，很抱歉對你大吼，但是你喝醉了，不要這樣對大嫂。大嫂也不喜歡這樣。等你酒醒了……好嗎？哥。」

「啊哈，還要教我怎麼跟我老婆恩愛啊？你們是那樣子做的嗎？啊哈，原來你們都不喝酒直接上，很開心吧？」

「真的不是你想的那樣，相信我。我要怎麼做，你才願意相信？你說，我全部照辦。好嗎？」

「是嗎？那就睜大眼睛看清楚。」

大兒子移開搓揉柔莉胸部的手，開始解開她上衣的扣子，說道：

「看清楚，看了沒有反應的話，我就相信你！」

「老公，不要這樣。不要在小叔面前這樣。我不喜歡，不喜歡。」

柔莉緊握住大兒子的手，卻被他反手一揮賞了耳光。

啪！

「啊啊！」

啪！

「我叫妳別動，賤女人。」

「哥！你說話太過分了！拜託不要這樣！不要動手打人，有話好好說！」

小兒子跑向柔莉擋在她面前。

「你看看？我就知道是這樣。好，你乾脆就殺了我，兩個人好好過日子！來啊！東西在哪裡？」

大兒子搖搖晃晃起身，走進廚房拿出菜刀，踉蹌著走向小兒子。大兒子跪在小兒子面前，把手上的菜刀插在地上。

「來！現在機會來了，殺了我吧，你們就能快活了，來啊？怎樣？老婆，開心嗎？不只你們兩個，大家都能解脫了。來！快動手！」

大兒子張開雙臂，挺起胸膛。

「哥，等你明天酒醒了再說好嗎？這都是誤會，我說過了，不是你想的那樣。」

柔莉怯生生地從小兒子背後探頭說：

「老公……對啊，不是的，我們沒有那樣。」

「吵死了！現在是好機會，不是我死，就是你們死。來！我數到十。一、二。」

「哥，拜託，不要這樣！」

「三、四、五……」

小兒子拔出插著的菜刀。

「好，很好，快動手！」

「哥，我會按照你希望的做。我實在是太累了，對不起。」

「混蛋，終於露出真面目了吧，我就知道是這樣，原來啊！看來那個臭巡警說的是真的。很好！死在弟弟手上也好。你這賤人！一輩子當逃亡的殺人犯吧，臭小子！」

大兒子歇斯底里地瞪著小兒子，又閉上眼睛大笑。

「我知道了，哥，對不起，媽就拜託你了。不要再對大嫂發脾氣，大嫂很愛你……。哥……呃！對不起……嗚呃！」

「小叔！」

「什麼！喂！臭小子！你為什麼要這樣？我叫你殺我！是殺我！呃啊啊！」

「小叔……小叔……啊啊，啊啊！不可以，不要！」

菜刀插進了小兒子的腹部中央，是他自己下的手。大兒子看見小兒子兩手緊握深入腹部的菜刀，急忙跑到弟弟身邊抱住倒下的他。

「南基！喂，臭小子！你這樣是要我怎麼辦啊？啊啊！」

「哥……哥……對不起。我是真心的。哥對我……就像父親……又像朋友……。尊敬哥，是真的……所以……拜託你一定……要幸福地活著……呃呃……。」

「南基！南基！南基啊……。嗚嗚嗚……對不起，是我發瘋，不應該變成這樣的，原諒我……啊啊！啊啊啊！」

「老公……。嗚嗚嗚嗚，小叔……啊啊……。」

大兒子與柔莉抱著小兒子放聲痛哭。

急救人員將暈倒的柔莉抬上救護車送往醫院。大兒子被晚一些到來的警察逮捕，法醫組也趕到開始鑑定案發現場。

閔警正安慰坐在半地下室階梯上流淚的南巡警。

「始甫，沒事的。」

「大哥，都是我的錯。」

「這不是你的錯，你也不願意事情變成這樣。」

「大哥，我沒臉見奶奶，是我毀了這個家，嗚嗚……。」

南巡警無力地低頭抽泣。

「不是這樣的，不是你的錯。這是意外，沒人有辦法阻止。你沒有做錯什麼，知道嗎？不要自責。他們家的二兒子是為了大哥和大嫂才選擇自殺，所以……這不是你的錯。就算你有特殊能力，也不代表你能阻止所有事，像這樣自我犧牲的結果也不是你的責任。你要想開一點，始甫。」

「大哥……嗚嗚……。」

「這樣下去不行，起來，你回家去。天都要亮了，你先喝點水，這樣下去你會虛脫的。該拿你這傢伙怎麼辦？哎，真是放不下心。」

南巡警只是低頭啜泣。

「始甫，不可能每次都有好結果。你這麼難受，我可看不下去。你回去睡一覺，醒來就會好一點的，嗯？以後不要再使用能力了，我怕你顧著幫別人，幫到自己出事。別這樣，起來，回家去。」

閔警正伸手摟住南巡警的肩膀，想撐著他站起來，但南巡警全身無力，閔警正只好扶著他走出大門。

大門前，南順奶奶摀著嘴哭泣，南巡警一看見南順奶奶，好不容易忍住的淚水再度潰堤，他走向南順奶奶彎腰道歉，請求原諒：

「奶……奶奶……。嗚嗚，嗚嗚……對不起，奶奶……。」

南順奶奶緊抿雙唇沒發出哭聲，只是緊抓著胸口，用手帕擦拭著不停流下的淚水。

週日做完禮拜的人們陸續走出教堂，牧師站在教會門口向信徒打招呼。

「阿們。」

「兄弟姊妹們，回家路上小心。神祝福你們有美好的一週。」

「謝謝牧師，阿們。」

「阿們。」

「喔！你怎麼在這？」

「兄弟。」

車東民在教會前的庭院等著鄭珉宇。

「你也上教會？英國不是信天主教嗎？」

「兄弟，我沒信教。」

「那你幹嘛……是在等我？」

「對，昨天發生那種事，我得來找你心裡才能好過一些。」

「你怎麼知道我上這間教會？你偷偷調查我？」

「哈哈哈，你不記得了？也是，當時有點醉了。」

「什麼意思？」

「在這裡方便說嗎？」

「什麼……等等，我們去那邊講。」

這時，一位路過的信徒向鄭珉宇打招呼：

「鄭本部長，你好，這麼快就要走了？」

「喔，對，辛苦了。」

鄭珉宇看都不看那名信徒，匆忙地把車東民拉到角落。

「兄弟，人家和你打招呼，你怎麼說『辛苦了』？」

兩人走到教會戶外停車場的角落，鄭珉宇確認四下無人才開口：

「少囉嗦，這裡沒人，說吧。」

「你上次派對上喝醉時說的……。」

「該死……我到底說了什麼？」

「喔，你把這裡的教徒罵慘了，說索聖教會的人都很愛錢，不是為了信上帝，是想做生意才來的。罵得超難聽，照你的說法就是……嗯哼。操，一群乞丐出沒多少錢就吵著要我買這個、買那個。瘋子，幹。廢物才會到這個神聖的地方拉生意，混帳傢伙，連十一奉獻都不知道交不交得出來。交那點錢就想賺回本？從骨子裡就是不折不扣的乞丐。該死，還不是因為我爸的關係才忍著，幹……。」
「喂！夠了，夠了，別學了。臭小子，還原度可真高，哈哈哈哈。原來你這麼會罵人？講得很順嘛，這段時間都在騙我嗎？」
「我沒有騙你。和你混在一起快一年，我可是學到了一卡車的髒話。昨天很抱歉，不會有下次了，是我反應過度了，你說對吧？」
「該死，喂！你這樣道歉我反而不好意思了。那天……是我喝太多了吧？唉，酒就是冤家，懂吧？喝了酒就會發神經。體諒一下吧，兄弟！啊！教會的事也是些醉話，你就忘了吧，知道吧？」
「就這樣？哎，操，害我怕得要挫賽，哈哈哈。」
「你說什麼？挫賽？操？哈哈哈，很好，很好，你現在終於像我兄弟了。真開心，今天去好地方玩玩吧，怎樣？」
鄭珉宇發出怪異的笑聲，搭上車東民肩膀。
「今天也要嗎？」
「喂！要化解昨天沒玩到的鬱悶，跟我來就對了，包準讚。」
「真是受不了你。」
「囉嗦，臭小子，閉上嘴跟我來，哈哈。」

我在黑暗中睜開了眼，還是晚上嗎？我睡了多久？怎麼伸手不見五指？我往身旁摸索著手機，拿起來看了看時間……怎麼會？手機時間怎麼又開始失常了？時間飛快跳動，是我在超自然現象中會看到的樣子……。那現在這裡是……不，怎麼可能，我還在作夢嗎？

砰！砰！

「給我開門！」

咦？是誰？

「南始甫巡警！我知道你在裡面！馬上開門，不然我要撞進去了！」

是解酒湯店大兒子的聲音？這裡到底是哪……。

「等一下！電燈開關在哪裡？」

哐哐哐！砰！

大門突然在我面前倒下，一道亮光閃得我眼花，我好不容易睜開眼看前方，滿身是血的小兒子和大兒子站在我眼前。

「呃！怎麼回事？」

「你害我們家破人亡，還在這裡安心大睡？」

「不，那是……」

「南巡警，這是怎麼回事？死的人不是我哥，而是我嗎？」

「不是，先生，不是那樣的，那是……」

朝著我走來的小兒子身後突然竄出一名穿軍裝的男人。

「啊！泰燮……」

「喂！你害死了我媽！搞什麼鬼？你憑什麼害死我媽？你有什麼資格？」

「不是的，對不起，事情不是那樣的。」

泰燮的母親不知道從哪裡冒出來，抓住我的手臂苦苦哀求：

「年輕人，你不是說可以活下去嗎？你不要只救我兒子，也救救我吧。我還不想死啊，年輕人。」

「阿姨……呃……請不要這樣。對不起，我也沒辦法，對不起，我對不起你們……」

大兒子衝上來吼叫：

「我要殺了你！你代替我去死吧，王八蛋！」

「拜託救救我，你能救我的對吧？」

小兒子抱住我的腿哀求，泰燮則是抓住我的衣領大吼：

「馬上救活我媽，混蛋！」

「年輕人，救救我，我兒子再沒多久就退伍了，讓我看他考上公務員再死，好嗎？救救我吧。」

「請不要這樣，拜託？對不起，不要這樣。」

我一邊後退一邊揮手想離開，這時候他們全身開始湧出了鮮血，伸長手臂瞬間撲向了我。

我急忙躲開想要逃跑。在一片漆黑裡，我沿著發著光的路漫無目的地跑著，跑向發出白光的出口。如果這是夢，多希望能快點醒來。

我一走到發出光芒的出口，一條流過綠色森林的小溪出現了。在我環顧四周時有東西絆倒了我。

「呃！什麼？」

地上躺著穿軍服的人，他們的臉都被子彈擊中……呃呃！是被槍殺的士兵。

我感到陣陣反胃。這裡是哪裡？他們身上的不是現代的軍服，好像在電影裡……啊！對了。他們的軍服和爺爺照片裡穿的一樣，是參加越戰的士兵穿的。我為什麼會在這？這裡沒有活人嗎？

啊，是啊，這是夢。我正心想著只要醒來就好了。突然間周圍暗了下來，已經是晚上了嗎？

「你不能待在這裡，快跟我來。」

「是誰？聲音從哪裡傳來的……？」

一名軍人不知何時走到我身後，對著我說話。

「我在這。越共很快就會過來，要趕緊離開這裡，動作快。」

「你看得到我？」

「什麼意思？這裡除了你之外還有誰？只有我們兩個活下來了，不趕快躲起來的話，會被越共抓去當俘虜。快點。」

「可是……那個……」

「沒時間了，他們一會兒就會闖進來。」

「……爺爺？」

「什麼？」

「你不是爺爺嗎？我是南始甫。啊！你知道南鐘植嗎？」

「南鐘植？那是我兒子的名字。」

「沒錯，我是南鐘植的兒子南始甫，爺爺。」

「你可能認錯人了，只是剛好同名而已吧。我兒子才九歲，他哪來的兒子？沒時間了，邊走邊說吧。你這樣慢慢走會被抓的。」

「我一直有在跑……。」

喔，好奇怪。我的雙腿不聽使喚，跑不起來，只有爺爺在跑……而我卻在原地踏步。

「可是，你怎麼會一個人在這裡？」

「只有我活下來，所有人都戰死了。我想救他們……不，我以為我能救他們……。」

「這不是你能控制的，不要太自責了。」

「不是的，我早知道同袍們會死，所以阻止他們不要來……。」

「什麼？你早就知道了？」

「是啊，你不相信對吧？我在這個地方親眼看見戰友們死了，不，應該說我看見他們的屍體。你肯定覺得我是瘋子。」

「不，我沒有。請繼續說。」

「……聽完我說的話沒有嘲笑的人，你還是第一個。我可以提前看到約半個月後會死去的人的屍體。半個月前，我在這裡看見同袍們的屍體，還在他們的眼裡看見越共。我能從屍體的眼睛裡看見屍體為什麼會死的線索……能看見類似線索的東西，你相信嗎？」

「我相信，因為我也是。」

「什麼？你也看得見屍體？那你也會去美國嗎？」

「什麼意思？」

「喔，不是嗎？我一個月前做了腦波檢查，才知道自己的大腦構造跟別人不一樣，美國的醫師知道我的能力，想把我帶到美國研究，說會給很多錢，怎樣都好過待在戰場上吧？」

「你說什麼……」

「趴下！越共來……喔，不是，是美軍。幸好我方的軍隊先來了。嘿！Come on. Please help me.」

幾名美軍跑到我們身邊，用聽不懂的英語說話，突然一左一右拉著爺爺的手臂帶走了他。我撲向美軍想阻止，雙手卻撲空什麼也抓不住。

「你在幹嘛？也要帶那個人走啊，嘿！嘿！」

爺爺指著我，但美軍只是看了我一眼，毫無反應。美軍似乎不是為了保護韓國軍人才帶走爺爺，更像是要帶走俘虜。

「爺爺！爺爺！」

我聲嘶力竭地呼喊，但我越喊，爺爺就離我越遠。為了抓住爺爺，我用盡全力向前狂奔，卻依舊只能站在原地不動，接著我向前摔倒，跌進了小溪。

叮咚！叮咚！

「南始甫！是我。你還沒起床嗎？」

叮咚！叮咚！

「是我啊，閔宇直大哥。我是閔組長，臭小子！快開門！」

我猛然睜開眼，滿身大汗。果然是場夢。

叮咚！叮咚！

「南始甫，開門！」

「啊，大哥！我現在開門！」

徐議員死亡D－1，連續殺人案D－11

「敏珠，現在才出門？」

「啊？你怎麼在這？」

「我在等妳。」

「等我？也不先聯絡我，有什麼事嗎？你又不知道我什麼時候會出門，幹嘛不先打電話。」

「妳每天都這個時間出門不是嗎？還是老樣子。上車再說吧。」

「你沒開車來？那去國會的路上要放你在地鐵站下車嗎？」

「不用，也沒多遠，直接去國會吧。」

「好吧，有什麼事？」

嗶！

「先上車。」

崔警衛一坐上副駕駛座，徐議員就問：

「現在可以說了吧，怎麼了？」

「妳今天也會去妳爸媽家嗎？」

「為什麼忽然問這個？是因為連續殺人案嗎？」

「不是。只是想問一下。」

「今天不會，常去也是會累。不過我收到了一封信，今天會過去拿。怎麼了？有什麼事嗎？」

「妳什麼時候要過去？」

「幹嘛？你要約我嗎？哈哈。還不確定，有空就去……。我去的時候打給你嗎？你要一起去？」

「好，我去找妳。妳要過去的時候一定要告訴我，知道嗎？算了，我和妳一起過去吧。妳出發前聯絡我，知道嗎？」

徐議員疑惑道：

「欸？我是在開玩笑耶？……真的不告訴我為什麼？有人在跟蹤我嗎？閔組長和你都很反常。」

「組長也說過差不多的話嗎？」

「嗯，他還來了我辦公室……什麼啊！真的是蔡議員嗎？是嗎？」

「不是，還不知道是誰，只是擔心……敏珠！開車看前面！紅燈！」

徐議員看著崔警衛說話，這才看到行人穿越道前的號誌燈轉紅，急忙踩煞車。

「喂，徐敏珠！看來更該小心的是出車禍！」

崔警衛皺眉，提高了音量，徐議員卻好像很高興地說道：

「的確。抱歉，讓你擔心還這麼照顧我。哇，有刑警朋友真好。」

看見笑得天真的徐議員，崔警衛也忍不住跟著笑出來。

「是啊，很棒吧，妳就當成是跟刑警交朋友的好處吧。」

「知道了，啊！崔友哲，你看那個電子螢幕。」

「哪裡？」

「前面，那棟大樓的大型螢幕正在播的新聞。」

崔警衛看見新聞畫面，急忙說道：

「敏珠，抱歉，路邊停一下。」

「等一下，等紅燈……」

「不，抱歉。」

崔警衛從後照鏡查看確認沒有車子開過來後，立刻下了車。

「咦？友哲！」

「敏珠，我先走了。一定要打給我，知道嗎？」

「喔，好。小心車。」

徐議員看著逐漸走遠的崔警衛，喃喃自語：

「他到底在驚訝什麼？」

叮鈴鈴、叮鈴鈴、叮鈴鈴。

「特別搜查本部羅……」

「羅刑警？」

「我是。崔刑警，怎麼了？你會晚回來嗎？」

「組長不在嗎？」

「組長？他還沒來。」

「羅刑警，你還不知道嗎？」

「知道什麼？」

「還問什麼？新聞報導說抓到凶手了！」

「哪個凶手？啊，殺趙檢察官的嗎？」

「什麼意思？有人知道趙檢察官是他殺的嗎？」

「啊……不是這個嗎？」

「不是。現在新聞在播抓到連續殺人犯了，你上網搜尋看看，現在。」

「啊？連續殺人犯？」

「對，組長還沒聯絡嗎？」

「還沒。會不會是南巡警……？」

「先這樣，我要掛電話了。」

嘟、嘟。

「掛斷了？搞什麼？抓到凶手了？」

羅警查急忙用手機搜尋新聞，與此同時，另一部電話響起，頓時四面八方鈴聲大作。

「什麼啊？怎麼突然吵成這樣？」

羅警查拿起最近的話筒：

「喂？這裡是特別搜查……」

「我是韓瑞律檢察官。」

「檢察官好，我是警查羅相南。」

「好，組長在嗎……？」

「他不接電話，是吧？」

「啊，原來他不在那裡啊。羅警查也看到了？」

「我剛才聽崔刑警說了，他也正在找組長。檢察官，究竟是怎麼 回事？」

「你好，羅刑……」

朴巡警走進指揮室，正想問候羅警查，看見他在通電話便停了下來。羅警查指了指響個不停的電話，用手勢示意朴巡警去接，朴巡警點了點頭，快步走向電話。

「現在連續殺人犯在那裡。」

「這裡嗎？是誰抓到的？是南巡警逮捕的嗎？啊，所以組長才……」

「不是，據說是江南警署重案一組抓到的，正在審訊中……。總之我知道了，先這樣。」

嘟嘟嘟。

「哎，又來了……。」

羅警查放回話筒，看向朴巡警。

「是，好的。等他來了我會馬上請他聯絡你。好的，忠誠。」

「誰？」

「本部長打來的，他說如果聯絡上組長，請他立刻到警察廳。」

「是嗎？現在到底是……？」

「你知道發生了什麼事嗎？」

「聽了不要嚇到，聽說連續殺人犯落網了，而且是這裡的重案一組抓到的。」

「什麼？真的嗎？」

「是啊，哎，心情怎麼突然很差。」

「怎麼會這樣？為什麼？那就代表所有的預測都錯了……不可能啊，是怎麼抓到的？」

「我不知道。要問嗎？可是現在應該都很忙……。」

「還是聯絡不上組長，對吧？」

「是啊，不知道組長在哪，也不知道他在做什麼……。」

第17話

難以釋懷的結局

江南警察署刑事科審訊室，重案一組的張警衛與閔警正爭執不休。

「閔系長，這樣是行不通的。」

「為什麼？這起案子是我們負責的，我要把犯人轉到負責的組，為什麼不行？」

「我們組長正在審訊他，請你先到指揮室等。」

「什麼？誰准他審訊的？讓我進去看看。」

「不行，組長交代過誰都不可以進去。不管什麼原因，你到別人的工作場所這樣鬧，不好吧？」

「什麼？誰鬧？喂，張警衛……是誰先沒品不講道理的？好，等一下專家會來，讓專家處理，這樣可以了吧？」

「閔系長，你幹嘛這樣？我不是說不行了嗎？而且這其實是由署長親自指揮，他很快就會過來，所以你可以先離開了。署長來的話，大家都不太好看，你說是不是？」

「署長親自……哎，該死，這到底……靠。」

閔警正感到不耐煩，腳步重重地踩在地上。這時候，都敏警監走進刑事科辦公室，看了看四周。

「有什麼事？」

「啊，閔宇直組長打給我……」

閔警正舉起手呼喊都警監。

「啊！都警監。這裡，在這裡。」

「是，組長。人在哪裡？」

「在這裡的審訊室……。」

「那我進去看看。」

張警衛攔住打算進入審訊室的都警監。

「抱歉……你不能進去。」

「為什麼不行？我是科學搜查隊的犯罪行為分析組長，負責這起案件的犯罪側寫。我必須進去……」

「不可以，現在有其他的側寫師正在審訊，你不能進去。」

「什麼？」

都警監茫然地看著閔警正。閔警正也吃驚地問張警衛：

「有其他側寫師在？是誰？」

「閔系長，我不能跟你說。請回本部等候，結果出來會再通知你。」

「這像話嗎？換成是你會願意嗎？不行了，讓開，我要進去。」

「組長你不能這樣，喂！在幹嘛，快擋住！」

閔警正一把推開擋路的張警衛，想進入審訊室，這時所有重案組的組員都過來攔阻。

「喂！真的要這麼狠？給我讓開！讓開！」

警察署長洪斗基走進雞飛狗跳的刑事科，用拳頭打辦公桌，高聲大喊。

砰！

「你們在搞什麼？」

霎時間，所有的目光都聚集在聲音來源，張警衛看到洪署長，連忙行禮道：

「忠誠！署長你來了！」

閔警正這才轉身看見洪署長。

「閔系長？怎麼回事……喔齁，閔組長，你怎麼可以這樣？哪怕是你負責的案件，也不能要賴帶走重案組刑警費了九牛二虎之力才抓到的犯人，不是嗎？」

「署長，我明白了，那麼請讓我進審訊室。如果我不能進去，那也請讓都警監進去確認是不是真的連續殺人犯……」

洪署長勃然大怒，打斷閔警正的話：

「閔系長！你這話是什麼意思？確認是不是真的？意思是他們抓到的是冒牌貨嗎？早上新聞都報了，怎麼會是假的？你這人真是……。閔系長！你們感謝辛苦的重案組同事抓到犯人都來不及了，居然還想添亂？這是身為資深刑警該做的嗎？沒想到你是這種人，我太失望了。」

這次輪到都警監上前回應：

「不是那樣的，署長。這與我們的犯人側寫實在是相差太……」

「你是誰？」

「啊！對不起。我是科學搜查隊犯罪行為分析組長，警監都敏。」

「好，我知道了。你先把閔組長帶回本部。」

「我不是要說這個。署長，至少讓我進去……」

這時，閔組長抓住都警監的手臂，不讓他繼續說下去。

「是，很抱歉，署長。是我思慮欠周，都警監我們走吧。」

「組長？」

「好，快回去吧。安心交給同事處理，等結果出來再說。」

閔警正看向都警監，稍微瞇起眼，搖了搖頭。

「啊……好的。」

拉長的光線透過窗簾照入黑暗的房間，白色床單上放著棉被與枕頭，被窩裡躺著一男一女。雜亂的髮絲之間夾雜著白髮的中年男子露出胸膛，女人則是長髮披肩躺在床上，僅露出雪白的肩膀與背部。

男人聽見外頭有聲響，起身坐起，看了眼旁邊的女人。他離開床，穿上掛在衣架上的長袍，在門外等候的管家聽到聲音，輕輕地敲門：

「社長，您起床了？」

「嗯。」

「我放好洗澡水，吳室長也來了，正在客廳等著。」

「好，我洗完澡就出去，你先備車，吳室長的車也準備好。」

「是，我知道了。」

躺在床上的女人懶洋洋地伸了懶腰問道：

「呵啊。親愛的，現在幾點？」

「醒了啊？怎麼不繼續睡？卡放在桌上，妳自己拿走。下週見。」

「什麼？你要走了嗎？不要啦，親愛的過來，過來嘛。」

「呵呵，妳今天是怎麼了？在這裡吃完早餐再走，我再聯絡妳，知道嗎？」

男人頭也不回地走進浴室。

「哼！不知道啦！」

女人鬧脾氣地把棉被蒙住頭，洗完澡出來的男人穿著浴袍走向客廳。

「社長早安。」

「嗯，七星。坐，繼續喝茶。」

「是。」

「今天早上有什麼新聞？」

朱社長坐進沙發，打開放在桌上的報紙。

「……。」

「喔齁，還真快耶。哈哈，真是的，今天股價又跌了。這個國家的經濟該怎麼辦……嘖嘖。不過幸好還有好消息。連續殺人犯落網了。」

朱社長放下報紙，仰天大笑。

「是的，社長。」

「太好了，讓七星你費心了吧。」

「不會，只是一點小事。」

「是啊，不愧是我們七星。哈哈哈。」

「謝謝社長，我會好好表現的。爸爸，真的很感謝您。」

朱社長的兒子露出燦爛的笑容，連連低頭致謝。然而當他一轉身離開，臉上的笑容立刻消失變得面無表情。

「七星，快說是怎麼回事。」

「社長是什麼意思……？」

「不要讓我說第二次。給我老實說，你以為我什麼都不知道嗎？看我兒子的那張蠢臉，你以為我會沒發現嗎？」

「社長……那個……」

「說，發生什麼事了？有這麼難開口……」

「……。」

「難道……啊哈哈哈！哈哈哈！真的嗎？那個蠢貨居然敢殺人？」

「……。」

七星低頭不答。

「幾個人？」

「三個人。社長。」

「為什麼？原因是什麼？」

「我也不清楚具體原因……可能是厭惡女性。」

「厭惡女性？啊，因為他媽，是嗎？」

「詳細情形我也不確定，但好像是這樣沒錯。我偶然得知，他好像非常怨恨過世的夫人。」

「是嗎？啊哈哈，阿哈哈哈哈！」

吳室長茫然地看著朱社長。他原先以為朱社長會暴跳如雷，沒想到他卻只是放聲大笑。

「七星啊，我以為那小子是個膽小的孬種……原來還有意外的一面啊？還以為他是個弱雞呢，真是太好了，很好。」

和七星呆掉的表情相比，朱社長臉上洋溢著歡喜。他接著說道：

「太好了，這樣更好，起碼不是個混吃等死的傢伙。哈哈。」

「啊……是的，社長。」

「不過，你應該曉得吧？大事當前，事事都得小心。」

「是的，我會好好說服他。」

「說服？那是之後才要做的，不是嗎？七星。」

「啊！是的，我知道了。社長。」

「嗯，好好善後，有聽懂吧？」

「請放心。」

崔警衛跑進指揮室，著急地喊著閔警正：

「組長，組長！喔！檢察官？」

「你來了啊？組長在樓下刑事科。」

崔警衛急忙又要離開指揮室，但安警衛叫住了他：

「崔刑警！先別過去。那邊氣氛不好。」

「什麼？你怎麼知道？」

「我和警監巡視完A點，一起吃早餐時聽說了。組長有打給警監。」

「是嗎？那都警監現在也和組長在一起？」

「對，所以檢察官也在這裡等。」

「哇，到底是怎麼回事……」

「詳細情況要等組長回來才知道。今天凌晨夜間巡邏組偶然目睹案發現場，好險被害女性平安無事。然後是由江南警署的重案組刑警逮捕了逃跑的犯人。」

聽了檢察官的說明，崔警衛激動地說：

「什麼？那為什麼沒有聯絡我們？」

「對啊，讓人覺得不太對勁。」

「沒錯。都敏警監也很驚訝。既不是發生在預測的地點，凶手作案時間也比預期的提早太多了。」

聽了安警衛的話，崔警衛點了點頭問道：

「怎麼沒看到羅刑警？」

「啊，他和朴旼熙刑警一起去案發現場。檢察官讓他們去現場查看，也去見一下被害女性。」

「要在案發現場被破壞之前查看好，萬一……我只是說萬一。」

「為什麼媒體這麼快就報出去了？而且非常肯定抓到的就是連續殺人犯？不是還在調查嗎？」

「這也要等組長回來才知道。感覺事情會變得很棘手，真擔心。」

這時，指揮室的門打開，閔警正激動地辯論著走了進來：

「我有說錯嗎？都警監？這像話嗎？喔，檢察官……。」

「組長，你們回來啦？兩位沒能休息，真是辛苦了。」

崔警衛立刻走向閔警正，問道：

「組長，到底是怎麼回事？」

「我也不知道。事情怎麼會變成這樣，唉！」

都警監把手放在崔警衛肩膀上說道：

「崔警衛，晚點再說，組長現在狀態不太好。」

「啊……。好。」

指揮室瞬間陷入一片沉默，大家都看向閉著眼沉思的閔警正。正在看網路新聞的安警衛壓低聲音呼喚崔警衛。

「怎樣？」

「你看這則新聞。耳機在這。」

「記者目前所在位置是江南警署主樓前。今日凌晨五點左右，在江南一帶犯下三起命案的嫌犯已經落網，正在接受刑事科重案一組的審訊。等調查結果出爐，江南警署將會在記者會上說明案發經過與嫌犯調查結果。這次的連續殺人案是惡意犯罪，凶手每隔一個月就會在江南一帶挑選二十幾歲的年輕女性，痛下殺手，其手法相當凶殘。仇女犯罪是嚴重的社會問題，廣受社會各界注目，至今為止，本案由隸屬於警察廳的特別搜查本部負責。然而，由於調查速度緩慢而屢屢受到輿論指責；再加上部分刑警的踰矩行徑，非法調查一般民眾而引發爭議。現在正值檢警調查權調整問題的敏感時期，因此再次引發輿論熱議。」

「鬼扯什麼啊？哇，現在的記者是怎麼報新聞的？媒體什麼時候關心過這起案子了。每天都只會報導一些政治新聞，不是《選舉法》修法，就是檢警調查權那些事。案件從發生到現在，有哪個媒體好好報導過了？」

「冷靜點。媒體又不是第一次這樣。而且我們又不能公開調查內容。」

「就是說啊。哎……這媒體太過分了。」

「那個，崔刑警，請你也看一下這個。」

「剛才收到最新消息。據悉，警方已經結束對江南連續殺人案嫌犯的調查，馬上會在新聞發布室說明調查結果。讓我們立刻連線發布室的記者。鏡頭交給發布室記者。」

「組長、檢察官，現在要公布調查結果了。」

「啊？這麼快？」

「你說什麼？」

「安刑警，開電視。」

「是。」

安刑警找到遙控器，打開位在窗邊的電視。

「接下來，由江南警察署署長親自報告這段期間發生的江南連續殺人案。」

「什麼？署長要親自報告？」

「崔刑警，先不要講話。」

「各位尊敬的國民大家好，我是江南警察署署長洪斗基。這次的連續殺人案造成大眾的憂心，我感到非常抱歉。此前由隸屬警察廳的特別搜查本部負責調查此案；然而，調查進度不如預期，使得各位國民長時間生活在不安與恐懼之下，警方更因此備受指責。我在此致上最深的歉意。另外，關於幾天前媒體報導，警方對一般民眾的非法調查，我要在此重申：那僅是部分刑警調查過當所導致的脫序行徑。今後，我們將更徹底地管束內部，避免再發生類似事件。我再次向各位國民致歉。此次的連續殺人案……」

「這……這到底是在幹嘛？」

安刑警指著電視，覺得荒謬至極，崔警衛則用力拍打桌面，痛罵道：

「該死！太過分了吧？不管怎麼樣，怎麼能出賣自己的同事……。哈，要是我們什麼都不做一定會被壓著打。看來結案之後還有得瞧！」

一直沉默看著新聞的閔警正聽到崔警衛這番話，開口說道：

「問題不是出在這裡，崔刑警。」

「什麼？那是……」

「組長，你在想什麼？」

「都警監，現在不該繼續乾等，必須直接調查嫌犯了，否則……」

「已決定起訴嫌犯A某。A某坦承了自己所有的罪行，同時警方也已找到相關證物，將不再進行深入調查。今日會移交首爾中央地方檢查廳。報告到此結束，謝謝。」

「什麼？這麼快就要移交檢方？組長！」

崔警衛猛然起身看著閔警正，閔警正則是望向韓檢察官，問道：

「檢察官，妳有聽說些什麼嗎？」

「沒有。我也很錯愕。這麼快就移送檢察……我是第一次遇到這種情況，事情進展得這麼快，總覺得哪裡不對勁。」

「我也覺得。在嫌犯被移送檢察廳之前，我們一定要把他帶過來。要是交到檢方手上，我們就完全不能插手了，到時候也無計可施，只靠檢察官一人之力會很難處理。」

「沒錯。我們該怎麼做才好？就算現在……」

這時，指揮室的門猛然打開，有人用粗曠凶狠的聲音對著閔警正大叫：

「喂！閔系長！」

踢開指揮室大門衝進來的，是特別搜查本部的本部長徐道慶總警。他個子矮小，卻有著不協調的寬肩、炯炯有神的雙眼在稜角分明的臉上顯得特別大。徐總警一進門就大聲呼喚要找閔警正。

組員們同時起立，對他行舉手禮：

「忠誠！」

「你！你這傢伙。」

「科長好。」

徐總警立刻走向閔警正，在閔警正身旁的韓檢察官用眼神向徐總警打了聲招呼：

「啊！韓檢察官，好久不見。不過今天可不是開心問候的日子。」

原以為會畏縮的閔警正這時卻抬頭挺胸，抱怨似地提高了嗓門：

「科長，你怎麼會現在才過來？」

「什麼？喂，閔宇直，沒人通知你嗎？我不是叫你馬上來見我？」

「我知道。」

「你知道？那你在這裡幹嘛？你是哪來的膽子敢無視上級的命令！」

「科長，現場情況緊急，我身為組長怎麼能離開？不是嗎？別說這個了，你打算怎麼辦？」

「什麼怎麼辦？你問我？」

「科長，不要只會吼，想點辦法。」

徐總警指著閔警正，暴跳如雷：

「喂，閔宇直！我能不吼嗎？你們這群傢伙到底在做什麼？說啊！不是要我相信你？說下禮拜就能解決？你要我等，好啊我就等了，結果這是怎麼回事？說啊？苦是我們在吞，結果被踢到一邊！」

「哪一邊？」

「喂！閔宇直！你還有心情開玩笑？」

「開玩笑又怎樣？現在的情形就是一場鬧劇。」

「什麼？鬧劇？」

「科長聽不懂嗎？你明明早就知道了。」

「我知道什麼！」

「如果科長不知道，那就是你怠忽職守，要不就是你無能。」

「你這傢伙，說夠了沒？再說啊！喂！把指揮室的門關上，把所有人都叫過來集合！還搞不清楚現在的狀況嗎？馬上關門！發什麼呆？我叫你關門！」

「是！科長。」

看著如此緊張的狀況，安警衛趕忙衝去關門。本來大吼大叫的徐道慶總警看了看門口，確定門關上了之後坐了下來。

「閔系長說得沒錯。」

組員們頓時之間一頭霧水。

「就像閔組長說的，我都知情。」

「所以科長是故意發脾氣的嗎？」

「對。不過閔系長怎麼連大氣都不喘一下？我還以為這次可以騙到……。」

徐總警失望地笑了笑。韓檢察官一臉疑惑問道：

「科長，你在說什麼？現在不是開玩笑的時候。」

「是嗎？哈哈。」

徐總警一臉滿意地看著韓檢察官，接著說道：

「我自有原因，韓檢察官。」

「我就知道。科長，你的表情太明顯了，演技退步了喔，是不是因為一直坐辦公室的關係？以後記得多來現場觀摩，不然乾脆別演了。」

「什麼？你有發現嗎？哎呀，怪不得你還跟我頂嘴。哈哈，真是的。」

本來還在看大家臉色的安警衛開口問閔警正：

「那個……組長，從哪裡開始是演的呢？」

「什麼從哪裡開始？」

「安刑警，科長一踏進來就開始演了。」

「真的嗎？崔刑警你也知道？」

崔警衛默默點了點頭，徐總警輪流看著韓檢察官和都警監說道：

「韓檢察官、都警監，嚇到了吧？抱歉。這裡耳目眾多，我也是迫於無奈。」

「所以科長才用腳踹開門啊？」

「是的，韓檢察官。別站著，大家都坐下吧。我們坐下談。」

所有人原本因為徐總監下令集合都緊張地站著，這下氣氛瞬間改變。

除了閔警正和崔警衛之外，大家都一臉茫然地坐下。

韓檢察官坐下後說道：

「現在可以開始說了吧，科長。」

「是的。突然出現了變數。就像各位懷疑的一樣，被逮捕的嫌犯很可能不是連續殺人案的真凶。我聽說洪署長親自來找閔組長後，就時時關注他的一舉一動。還有調查一般民眾的那件事也是。」

崔警衛突然插嘴：

「所以這都是洪斗基署長策劃的？」

「我不能百分之百肯定。」

閔警正再次向徐總監確認：

「所以，不是洪署長做的？」

「也不是，我還不能確定。洪署長是直接收到連續殺人犯的舉報。」

「舉報？」

「沒錯，是舉報。」

一天前

整夜的暴雨在太陽升起後逐漸恢復平靜，一直到太陽高掛雨勢才完全停歇。豔陽高照，萬里無雲卻有著雨後的微涼。

一大早就有許多市民來到漢江，不少人沿著漢江邊慢跑，車東民是其中之一。他沿著漢江跑著，接近一輛停在橋下的車，迅雷不及掩耳地坐進車後座。沒多久，從樓梯上小心翼翼走下來的閔警正到了車旁，上了副駕駛座。

「好，人都到齊了，開始吧。」

徐總警說完後，又馬上補了一句：

「喔，不對，禹錫你先說。」

「是。」

車東民的本名為車禹錫，車東民是他執行臥底調查時用的假名。

「禹錫，你好像說對了，廳長完全不知情。先前不敢肯定他是不是裝的，試探之後看來他似乎是真的不知道。」

「那會是誰？署長一個人做的嗎？」

「不，好像不是。可能和警察廳高層或是檢察機關的高層有關，還需要再觀察。」

「你的意思是要我繼續等嗎？」

「現在只能這樣。檢方不讓我們動作，還能怎麼辦？我們申請不到拘捕令。只有等到檢警調查權法案通過，警察才能向上面申請拘留。」

閔警正稍微皺起眉頭說道：

「為什麼又扯到那裡了？大哥，我不懂政治……但應該要自己想辦法才對，想想在沒有拘捕令的情況下還可以做什麼。」

「你有什麼打算？」

「我哪會有什麼辦法。只能等著瞧吧。」

「喂，這樣講很可怕欸。」

「哪裡可怕？是你自己說沒辦法……。禹錫，換你報告吧。」

「啊，這傢伙真是的！唉……。」

徐總警長把頭轉回前方嘆一口氣，後座的車東民看著他小心翼翼地說：

「我可以繼續報告嗎？」

「說吧。」

「昨天我和鄭珉宇本部長去了俱樂部，在那遇見了俱樂部社長的兒子……。」

「俱樂部？叫什麼名字？」

「牛津。」

「牛津？江南那家？」

「是的，沒錯。」

閔警正驚訝地追問，徐總警對他的反應感到意外，問道：

「宇直，你幹嘛這樣問？」

「大哥，那是我們昨天臥底調查的地方。」

「什麼？真的嗎？」

「對。那你知道俱樂部社長兒子叫什麼名字嗎？」

「名字？他說他叫朱明根。」

「什麼？朱明根？你確定？」

閔警正漲紅臉，看著車警衛再次確認。

「確定，為什麼要這麼驚訝？」

「搞什麼？朱社長的兒子不是也叫朱明根嗎？」

「沒錯。禹錫，你確定沒記錯？」

「是的，我確定他叫朱明根。」

「李建成果然只是掛名而已。聲稱人在美國的兒子卻出現在首爾？」

「你認識朱明根？發生了什麼事？」

「禹錫，朱明根是連續殺人案的嫌犯之一，我們正在調查他的下落，先前聽說他在美國。」
「是嗎？但是他人在首爾。」
「這樣就多一個理由了。禹錫，你繼續說。」
「是。我昨天有機會和朱明根短暫交談。」

「不好意思，我代替他道歉。兄弟今天好像喝多了。」
「沒關係。請問你不去看看他嗎？」
「不了，去找他事情只會鬧得更大，不要管比較好。」
「啊……。」
「還有，既然我們同年，講話就別那麼客套了。」
「啊……。好的。」
「那裡到底是什麼地方，兄弟為什麼要大驚小怪。」
「那個……沒事，你不用知道。」
對於車東民的問題，他猶豫片刻後決定不正面回答。
「為什麼？不能提嗎？沒關係，我和兄弟說好幾天後會去。SKY……」

「真的嗎？你也要去ＳＫＹ俱樂部？」

「嗯，怎麼了？幹嘛那麼驚訝。」

「沒有，因為那裡……不是誰都可以去的地方……。」

「那到底是什麼樣的地方？」

「你連這個都不知道？那你怎麼可以去？你和鄭學長是什麼關係？是親弟弟嗎？不，應該不是，他沒有弟弟。啊！是表弟？」

「喔，那個……」

「這樣啊，原來如此。」

「來，我敬你一杯，相遇就是一種緣分。」

「不了，我真的不會喝酒。」

「是嗎？那我自己喝吧。」

車東民倒著酒，不動聲色地問：

「ＳＫＹ俱樂部是在幹嘛的？」

「嗯……。」

他迴避車東民的視線，似乎有點為難。

「怎麼了？所以你也不知道啊？難怪兄弟會說你和我是同等級的人。好吧，沒關係。反正我再問他就行了。」

「那裡……是政商名流聚集的地方，就算是警察總長、警察廳長這種身分的人也不能輕易進去，至少要到國會議員或法務部部長等級才進得去。」

「哇，真的嗎？」

「是啊。鄭學長說要帶你去的地方，大概是只有他們子女參加的派對。我下次也會去。嘿嘿。」

他看了車東民一眼，害羞地笑著。

「為什麼是下次？你這次不去嗎？」

「不是我不去，是去不了，必須得到成員的同意才行。我爸說這次會帶我去參加他們的聚會。」

「成員？」

「對。成員資格是從家族傳承下來的，只有成員的子女可以參加聚會。我爸這次好像也要加入他們了，所以會帶我去參加那個聚會。」

「哇喔，所以你爸是國會議員？」

「不是。」

「嗯？那是政府高官？是前任總理還是部長嗎？」

「不是的，我爸……。不是只有政客才能加入成員，裡頭也有商界人士。我爸是企業家。」

「喔，這樣啊，企業負責人？」

「對！沒錯。」

「嗯……那聚會是在上面舉行嗎？」

車東民指了指天花板。

「嗯，他們在這裡聚會已經有五年的時間了。這五年，我爸下了很多工夫，免費提供他們飯店所有的設施，好像就是因為這樣才得到成員的認可。」

「原來如此。要加入成員還需要什麼條件？」

「我也不清楚。據我所知，從前幾代開始，成員之間就會聯姻。」

「類似策略婚姻嗎？那你也會和其中一位成員的女兒結婚？」

「那個……還不知道。」

朱明根搔著額頭，不好意思地說道。

「你知道成員有哪些人嗎？」

「不知道。鄭前輩性格驕傲，所以到處炫耀，可是其他成員都不會透露，只有成員之間知道彼此身分。我聽說這就是那個聚會的規則。」

車東民笑著說：

「哇，不過你知道的也很多了。我們下次聚會上見。」

「喔，好。」

「不過那個聚會叫什麼？我是指名稱。就叫做聚會？連登山社團都會取名了……。」

「那個好像也是祕密，我不清楚。我偶然聽說……」

「理事！」

車警衛繼續說明：

「那時候剛好有人到包廂找朱明根，所以我沒聽到。」

「什麼啊？為什麼偏偏這時候出現？唉……。」

閔警正惋惜地大大嘆了口氣。

「我們要找的社交派對就是那個聚會吧？」

「有可能。你先去和鄭本部長和好吧。那個人很單純應該不難，不過有可能會記仇，先想好策略。」

「是，科長。」

閔警正默不作聲，摸著鼻子陷入沉思。

「倘若那裡是社交派對成員們的聚會地點，那朱必相與江南警署署長不都牽涉其中了嗎？難不成檢察總長也……」

「別說了！車警衛，空口無憑，找出確切證據之前不能妄下定論。在沒有物證的情況下攻擊會被反撲的，怎麼死的都不知道，明白嗎？」

「什麼？啊，是的。」

「你在想什麼，有聽到嗎？」

「沒有。我是在整理禹錫講的……。我明白了。」

「朱明根真的是連續殺人犯嗎？他個子矮小，體型瘦弱，不太像是……。聽他說話，感覺個性內向又很膽小。」

「是嗎？那很接近都警監預測的凶手外型和性格。」

閔警正從口袋拿出筆記本，說道：

「看看這個圖案。」

「王冠？」

「D和K？很像什麼的縮寫？」

「沒錯。」

閔警正沒來由地就拿出圖案給他們看，也沒多做說明，徐總警沒好氣地說：

「幹嘛突然問這個？」

「我還不確定，但這像是社交派對的標誌。」

「標誌？」

徐總警瞪大眼，來回看著筆記本和閔警正。

「那麼，D和K……」

「黑暗王國（Dark Kingdom）。」

「黑暗王國？你認為那個聚會的名稱是黑暗王國？」

「物證呢？」

「還沒找到物證，但我親眼看見了。」

「真的嗎？你確定？」

「是的。你還記得一年前李弼錫議員的性侵案，還有被害人的男友吧？我去見他之後，發現有人跟蹤我。雖然我沒有抓到他，但有剛好看見了那個人肩膀上的刺青。」

「就是這個王冠圖案？」

「對，還有……你知道南始甫巡警吧？」

「知道啊，怎麼了？」

「南巡警也看過有這種刺青的人。」

「是同一個人嗎？」

「不確定。只是那個人的刺青圖案也在肩膀上。」

「所以你認為那個組織成員的肩膀上會有王冠圖案的刺青？」

「是的。也許只有行動人員的肩膀上有記號，又或許只要是黑暗王國的成員都有刺青。我們有必要查清楚。也查一下鄭珉宇那傢伙吧。」

「我沒看得很仔細，不過他的肩膀上好像沒刺青。以防萬一，我會再確認他全身上下有沒有。」

「記得也確認參加聚會的人。」

「是。」

徐總警看著閔警正，不以為然地問：

「你不可能只用一個肩膀上的刺青就認為與聚會有關，還有其他根據吧？」

「我在蔡利敦議員收賄案時拿到的證據資料中，有一份寫著『黑暗王國』的文件。」

「什麼？你怎麼現在才說？」

「那時候我也不知道那份文件是什麼意思，也沒見過標誌，只是直覺告訴我事情不單純，被外界知道可能會有危險，所以我才先押著。」

徐總警瞇眼看著閔警正，說道：

「結論就是你不相信我們，是嗎？」

「唉，怎麼又這樣說？我沒有不信，而是想保護大家，你們要是知道了搞不好會有危險……」

「那現在呢？」

「現在真相已經逐漸浮現，即使冒險，我們也要嘗試從正面突破。」

「好，那份文件在你手上嗎？」

「當時所有文件都交給了檢方。」

「那不就是沒有？」

「還有別的，大哥。我在調查其他案件時，看見一份畫有標誌，還寫著黑暗王國的文件。」

「文件在你那？」

「不，還沒拿到，但很快就能看到了。」

「什麼？還沒拿到？那就儘快拿過來。」

「是，大哥。」

「如果像車警衛說的，朱必相很快就會成為黑暗王國的成員……。要是處理得好就能一網打盡。兒子是連續殺人犯，父親是祕密組織的成員？」

「首先要找到他是連續殺人犯的證據，沒想到朱明根就在江南，明天馬上……」

閔警正瞥了徐總警一眼，欲言又止。

「馬上幹嘛？宇直，你不要又給我闖禍，然後要我幫忙收拾爛攤子。先掌握好狀況，不要又在我背後捅刀，我的背快沒位子了，聽到沒？」

「反正你背這麼寬……沒事，那個……對不起，大哥。」

閔警正放棄補救自己的爛笑話，趕忙低頭道歉。徐總警瞪了他一眼，又用拳頭敲著自己的額頭，嘆口氣說道：

「唉，我的壽命都被你氣短了！哎，為什麼我要找上這傢伙，唉……。」

「所以大哥不要每次都把棘手的案子推給我……」

「什麼？你說我？喂，說話說清楚。每次把一些奇奇怪怪案件帶回來的人都是你。」

閔警正對著眉頭緊皺的徐總警開玩笑說道：

「我還以為大哥喜歡麻煩的案子……好啦，我知道了。」

「車警衛，你看清楚，這種前輩是最壞的榜樣，知道嗎？」

「真的嗎？兩位這樣感情很好，是我的理想目標。」

「車警衛，你瘋了嗎？你沒別人可以當榜樣嗎？居然是他。」

「是啊，我的確不太適合，應該找科長……也不行。」

「什麼！」

徐總警舉起手作勢要打他，但閔警正不理會大笑著說：

「大哥，我是在說笑，你明明知道我的榜樣就是你啊，哈哈。」

「一下損我，一下捧我，你真是……算了。車警衛，你和鄭珉宇那小子打好關係，一定要參加聚會。到了裡頭記得找一找黑暗王國的王冠刺青。我們必須確認兩者是否有關聯。」

「是，我明白。」

「至於閔系長……」

「哎，大哥。就叫我宇直吧。還有禹錫也是，比叫他車警衛更有人情味，不是嗎？」

「唉，和你扯東扯西，最後累的都是我……。宇直，儘快整理好臥底調查的結果再跟我報告。要是能在俱樂部找到疑似物證的東西，我就重新申請搜查令，如果還是行不通，你就直接進去把物證拿到手，聽懂了嗎？」

「真的嗎？這可是大哥同意的？」

「對，在那之前，我會先取得廳長的同意……不，你說馬上會有物證到手對吧？你先拿過來，那樣就不需要申請搜查令了，直接衝進去就好。我們分頭進行吧。」

「禹錫，你先走，我還有話要跟科長說。」

「好的，那我先走了。」

車警衛下車，融入慢跑的人群之中。

「是誰舉報的？是和牛津俱樂部有關的人嗎？」

「這我就不清楚了。」

韓檢察官看著閔警正，問道：

「組長，什麼牛津俱樂部？」

「據說有人在那裡看到朱明根。」

崔警衛大吃一驚，看著閔警正。

「朱明根？羅警查和朴刑警沒提過這件事。」

「嗯，是我從線人那裡聽到的。」

「意思是朱明根現在人在首爾？而且在江南？」

「組長，你確定朱明根是連續殺人犯嗎？」

崔警衛和韓檢察官輪流提出疑問。

「不，檢察官，我不是百分之百確定，但他是目前最有可能的嫌疑人，只可惜我們晚了一步。」

「為什麼晚了一步？現在被抓的那個人就是朱明根？」

「不是的，崔警衛。」

「不清楚那個人的身分，但不是朱明根。」

都警監附和徐總警的話：

「科長說的沒錯。如果朱明根才是真凶，那現在被刑事科抓來的就不會是他。」

「警監也知道這件事？」

「我不知道。我只是覺得這次被逮補的人和連續殺人犯的犯罪方式截然不同，犯罪地點也和我的預想相差很遠。要是現在被抓的是朱明根，那麼他就不可能是真凶。」

「都警監說得沒錯。我叫線人提供朱明根的模擬畫像，他說會傳訊息過來，到時我們比對一下。很快就會知道了。」

徐總警從口袋拿出手機，查看有沒有收到訊息：

「已經收到了。來，朱明根長這樣。」

都警監看了朱明根的模擬畫像後，詫異地看著徐總警說：

「啊！這個人就是朱明根嗎？」

「怎麼了？」

安警衛看了都警監遞來的手機畫面，一臉驚訝地指著整理案情的白板：

「天啊！是那個……」

安警衛指的地方貼著連續殺人犯的模擬畫像。

「怎麼了?安刑警。難道……跟模擬畫像長得一樣?」

「完全一樣。」

「什麼?真的嗎?讓我瞧瞧。」

崔警衛匆忙拿走安警衛手裡的手機，看著模擬畫像疑惑地說道：

「這和朱明根國、高中的畢業照完全不一樣。他真的是朱明根?」

「崔刑警，這是線人親眼見到朱明根後製作出來畫像，人長大後會有很大的變化，有可能和學生時期的照片長得不一樣。但兩個版本的模擬畫像的相似程度，的確會讓人懷疑他就是殺人犯，不是嗎?」

「那我們可以認定朱明根是真凶了吧?」

「檢察官，模擬畫像不能成為殺人犯的證據。」

「都警監說得沒錯，模擬畫像不能成為證據，不過至少能讓我們心裡大致有個底，可以繼續進行接下來的動作，而且現在也有了繼續進行的理由。」

閔警正意味深長地說。韓檢察官看著他問道：

「組長，你有其他計畫嗎?理由又是什麼?」

「這只是推測，不過看來有人想掩飾朱明根的罪行，而那些人就在警方之中，對吧?科長。」

「閔系長說得對，我們必須趕緊行動。」

漆黑的客廳桌上有幾個東倒西歪的空啤酒罐，一瓶被打開的二十一年皇家禮炮傾倒著，酒流了出來。地面上也有幾個啤酒罐與切好的水果。

沙發上躺著一名穿著襯衫的男人，襯衫解開了幾顆鈕扣。男人翻來覆去，不知是喝酒睡著了，還是睡不著。

叩！叩！叩！

「您好，客房服務。」

「……。」

叩叩！叩叩！

「先生，您叫的客房服務。」

飯店員工見房裡沒有回應，於是按門鈴。

嗶哩哩！嗶哩哩！

在沙發上翻來翻去的男人猛然起身，揉眼走向大門。

「搞什麼？睡覺吵什麼吵？」

男人從貓眼看了看外面，打開了房門。

「您好，客房服務。」

「我有點嗎？」
「是的，1102號房點的。」
「什麼？這間是1102號嗎？算了，沒差，正好我餓了，進來吧。」
「打擾您了，要放在哪裡呢？」
「放那邊。」
飯店員工推著餐車進入，看見亂七八糟的客廳，小心翼翼地詢問：
「那個……要請客房清潔人員過來嗎？」
「咦！什麼啊？怎麼這麼亂。算了，不用了，你把吃的放好就可以走了。」
「那我幫您整理一下這裡，再放好餐點。」
「隨便收一下就好，快出去！」
男人發神經似地大聲叫嚷。
「好的，先生。」
飯店員工快手快腳收拾了桌面，把餐點放上去之後說道：
「請慢用。」
飯店員工一走出房間，男人就狼吞虎嚥吃起桌上的飯菜。這時，一名穿著浴袍的男人擦拭著短髮走出浴室：
「喂！你怎麼可以吃？」

「你點的？」

「不然呢？你又沒點，不是我會是誰？」

「是嗎？抱歉。」

他笑嘻嘻地打馬虎眼，但手上的動作沒停下來。

「喂！你還笑？不要吃了！」

「嘿嘿，一起吃啊。還有很多，過來坐。」

「不要！混蛋，我要再點一次。你要吃自己吃，可惡。」

「嘻嘻嘻。」

「在開心什麼？」

「當然開心。爸爸終於肯定我了，還給我這間飯店房間。」

「給你房間？笨蛋，他是要把你關在這裡。而且哪有什麼肯定？你就這麼喜歡討好他啊，你是被騙了啊，傻瓜。」

「我難得心情這麼好，不要掃興！」

原本嬉皮笑臉的他瞬間皺起眉頭，不高興地瞪著穿浴袍的男人。

「哇，好久沒看見這個眼神了。很好，就用這個眼神瞪你爸，不要老是拿來瞪我。」

「少囉嗦！」

「哎，沒東西吃，只能喝酒了。」

「喂！少喝點。你不是喝到凌晨嗎？不要再喝了。」

「別管我，不能嗑藥，起碼要喝點酒，不然我會發瘋。」

「又在發神經了，到底想怎樣？」

「不要老是在我面前嬉皮笑臉，我現在很敏感的。」

洗完澡出來的男人坐在沙發上，拿起飯店員工擺得整整齊齊的酒瓶就往嘴裡灌。

「喂，要喝就倒杯子裡喝，髒死了。」

他拿著酒瓶，雙手抱住雙腿開始顫抖，眼皮也抖個不停，眼珠不自主左右晃動，看起來很不安。

「你還好嗎？要不要打一針？拜託七星哥拿來吧？」

「這是你該說的話嗎？你不是要我戒掉？」

「你看看你根本快要發瘋了。我怕你又被帶去精神病院才說的。你想被送走嗎？」

「真的會嗎？哎呀，不會吧？會嗎？哎我快不行了，快救救我，好嗎？你和七星哥好好說一下，他現在怕自己先被爸爸殺了，都不聽我的話。他可能真的想殺了我吧？」

「是嗎？那你就不要再殺女人了。爸現在認可我了，還會帶我去參加ＳＫＹ俱樂部。」

「喂！我再說一次，你被騙了，你在那邊只是個傀儡。他是要利用你去攀關係。」

「不要說了！才不是。你收手吧。要是被爸知道，他不會放過你。」

「我為什麼要收手？要把惡靈從爸爸身邊趕走，這樣爸爸和我才能活下去。惡靈也不會放過你的吧？爸爸被惡靈抓去當奴隸了。」

「才不是。他是想給我們機會，爸希望我們能完成他沒實現的夢想。是真的。」

「你瘋了！你真的發瘋了。爸爸的夢想？他的夢想是成為瘋子的奴隸嗎？如果那是他的夢想，那我絕對不會停手。我要把爸爸從惡靈手中救回來，還有你也是。」

「瘋的人是你！每天嗑藥嗑得腦袋不清楚的是你，你還不知道嗎？」

「是嗎？好啊，走著瞧，看看到底是誰瘋？我一定會從惡靈手中救出爸爸，到時候爸爸會認可我，會愛我勝過於愛你。」

「拜託你清醒吧，不要再殺人了！」

「我不要！這不是單純的殺人，是儀式你懂不懂？」

「什麼？儀式？真搞笑。你這個瘋狂殺人魔。」

他突然瞪大眼睛，冰冷的眼神盯著穿浴袍的男人，然而穿浴袍的男人叫嚷：

「閉嘴！消失在我面前吧，我要累死了，在這邊找我麻煩，神經病！給我馬上滾！」

「不用你說，我也要走了。我很睏，我要去睡覺。」

「討人厭的傢伙。」

穿著浴袍的男人咬牙切齒地瞪著他，坐在沙發上的他扣上襯衫的鈕扣，起身回房。穿浴袍的男人不停顫抖，緊盯著回房的他，不斷地拿起酒瓶猛灌。

這時有人敲門。

叩！叩！叩！

「理事，我是七星。」

第18話

先發制人

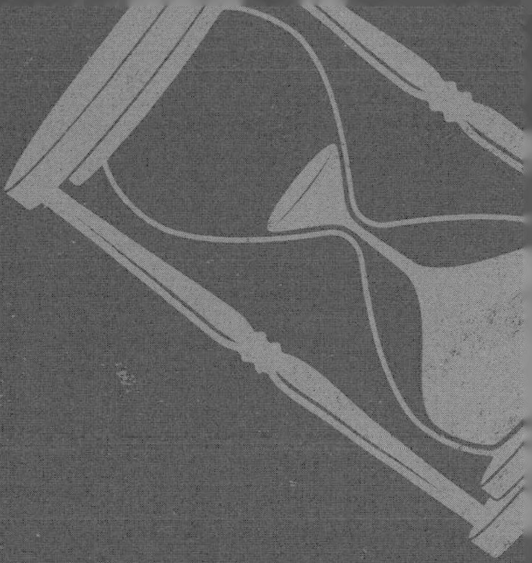

夕陽消失在西方地平線上，布滿整個天空的火紅雲彩也迅速消失，夜幕不知不覺間降臨。走在人行道上的南巡警望著天空大嘆了一口氣，突然開始奔跑。

南巡警的身後是一間醫院。他跑了一陣子後停下腳步，手撐著膝蓋大口喘氣。接著從褲子口袋裡掏出手機，放到耳邊說道：

「喂？大哥。」

「你在哪？還在家裡嗎？」

「不，我在外面。剛才參加了告別式。」

「啊，好。她們還好嗎？」

「連話都說不出來。我去的時候……」

南巡警走進醫院地下一樓的殯儀館靈堂，奶奶與柔莉坐在喪主的位置。柔莉哭泣著，不斷用上衣拭淚，南順奶奶則低著頭，一動也不動地坐著。南巡警上完香，走回來向她們鞠躬，柔莉這時候才發現他，輕輕搖了搖南順奶奶的肩膀，指著南巡警。南順奶奶一看到南巡警便哭了出來。

南巡警向奶奶和柔莉鞠躬。淚流不止的奶奶坐在地上回禮，接著頭靠到地上啜泣。南巡警摟住奶奶的肩膀，哽咽說道：

「奶奶對不起，都是我不好。」

「哎喲，不是的，警察先生，嗚嗚嗚嗚……。」

「對不起，我不知道該說些什麼……。」

「沒關係，沒關係，嗚嗚……。」

柔莉在一旁看著奶奶啜泣，忍不住也跟著哭了出來。南巡警安慰著柔莉與奶奶的時候，陸續有其他客人進來弔唁，於是他去了接待室。但只稍作停留便離開。

「明天出殯嗎？」

「對。」

「嗯，你還好嗎？心情有比較平復了嗎？去靈堂之後應該更難受吧？」

「不會，去一趟是對的。沒什麼事吧？」

「當然有啊。等你來了再說。你現在要過來了嗎？」

「我想呼吸一下新鮮空氣再去。」

「好。要不你在家裡多休息，凌晨再過來，反正大家都去現場了。」

「這麼快？不是還有時間……」

「不是因為徐議員的事，是連續殺人案的嫌犯。」

「真的嗎？掌握到嫌犯的行蹤了嗎？那我也得快點過去吧？」

「不用，你不在場也沒關係。細節晚點見面再說。可能會非常辛苦，再拜託你了，我也會儘快過去。已經有先通知安刑警了。」

「安刑警也知道？」

「沒有，他不知道，我只有交代他協助你。」

「好。不用擔心，這次絕對不會出差錯。」

「始甫，不要老是想一個人扛下所有責任，你身邊還有我們，知道嗎？」

「當然，謝謝。」

「不需要道謝。無論如何，一切拜託你了。」

「大哥你也小心安全。」

「始甫，加油！你可不是普通的傢伙，對吧？打起精神來，好嗎？」

「是，大哥。」

吳七星室長站在飯店套房門口。

「喔！是七星哥？」

「是的，請開門。」

門打了開來，吳室長走進房內，說道：

「還在睡？」

他和剛進飯店的時候穿著一樣的衣服。

「什麼？不……不是的，我只是又把衣服穿起來了。怎麼了嗎？」

「客房服務送來了吧？喔，已經吃了。」

「什麼？是七星哥點的嗎？」

「不然是誰？」

他微微撇開頭，喃喃自語：

「混蛋，說是自己點的……」

「什麼？你說什麼？」

「啊，沒有。幸好哥幫我點了，我吃得很飽，你是來看有沒有送餐嗎？」

「不是。我來通知你社長的指示。」

「是什麼？定好日期了嗎？什麼時候？爸爸說過去那之前要先學習社交禮儀，對吧？要去哪裡學？」

他難掩興奮地頻頻發問。

「那個，理事。」

「什麼？啊，抱歉，你說，你說。我戒了之後，該怎麼說？哈哈哈，是戒斷現象嗎？唉，都快發瘋了，精神很不穩定，焦慮又很不安，身體還會抖個不停。雖然去日本洗乾淨了還是這樣，怎麼辦？在聚會上發作的話會失禮。七星哥，不能讓我吸到那時候嗎？」

「不可能。別擔心，去到那裡之後就能解決這個問題。兩個星期後，你先去美國待著。」

「什麼？去美國？為什麼？啊哈，這次聚會辦在美國嗎？」

「不是，你參加完聚會後要馬上出國，在那之前，我會準備好你的簽證和護照。聚會是五天後，也就是週六舉行。你記得先了解一下社交禮儀，會幫你安排老師。」

「是女老師嗎？」

「不是。要改成女老師嗎？」

「不要。我不要女人，拜託請男人，好嗎？」

「知道了，那我走了。」

正當吳室長轉身要走出房間，他急忙上前抓住吳室長的手臂：

「你還沒跟我說為什麼要去美國？為什麼？去美國要幹嘛？」

「等到美國之後再告訴你。」

「去幾天而已吧？」

「你去了就知道。」

「不行！七星哥你明知道我在這裡還有事要做。」

「他已經知道了，到此為止吧。」

「他知道……？誰？」

「……。」

「難道……爸爸？」

「是的。」

他瞪大眼睛，氣急敗壞地搖晃著吳室長的手臂問道：

「真的嗎？爸爸說什麼？不，不會吧，他要在美國殺了我嗎？他要殺了我，對吧？」

「不是的。為什麼要殺你？是想保護你。」

「保護我？放屁！」

他甩掉吳室長的手臂，飆出髒話。

「理事。」

「啊！怎麼可能！爸爸要保護我，這合理嗎？那個每次都想揍死我的人？我不相信。一定是要在美國殺了我，對吧？七星哥，你救救我，好嗎？嗯？」

他再次抓住吳室長的手臂，苦苦哀求。

「不是那樣的。社長是為了保護理事，所以……」

牛津俱樂部前，等著入場的人潮大排長龍，從某處傳來了警笛聲，聲音越來越近，幾輛警車停在牛津俱樂部大門口。

警察管控想進入牛津俱樂部的人潮，並壓制在大門口守衛的保鑣，幾輛閃爍著警燈的普通車輛陸續駛來。隨後，特殊搜查本部刑警與穿著科學搜查隊制服的鑑識組進入牛津俱樂部。

同時，警察正在俱樂部周圍拉起封鎖線，進入俱樂部大門的通道上有幾名擋住去路的保鑣，其中一名保鑣走向前，問道：

「有什麼事？」

崔友哲警衛走向前，出示警察證，說道：

「首爾地方警察廳刑事科，我們接到報案說你們俱樂部裡有人在販毒和吸毒。」

「有搜查令嗎？」

「我們接獲報案就來現場調查，因為證據有被湮滅之虞，嫌犯可能趁機逃跑，緊急出動所以沒有搜查令。請讓開。」

「不行，沒有搜查令不能進去。喂！擋住他們！」

崔友哲警衛和羅相南警查在前頭與保鑣們對峙，羅警查試圖從保鑣中間擠過去，崔警衛也合力想推開人牆進入俱樂部。羅永錫警衛和其他刑警見狀也加入。

同一時間，在韓瑞律檢察官的指揮之下，都敏警監與朴旼熙刑警配合行動，以緊急逮捕連續殺人犯為由，強行打開上鎖的大門，突襲搜索嫌疑人位於論峴路的住宅。韓檢察官與科學搜查隊一塊進入屋內。一干人走過院子，來到了屋子正門。幾名人員留在庭院搜索，剩下的人進到屋內，然而裡頭空無一人，收拾得乾乾淨淨。都警監和科學調搜查隊隊員取出鑑識裝備，分頭走進不同的房間尋找證據，並進行鑑識。

警方搜遍屋子各個角落，卻沒找到像是沾有被害人血跡的衣物這類的證據或凶器。

與此同時，在崔警衛的指揮下，特搜部刑警們在俱樂部的每個包廂搜索毒品，就連俱樂部的廚房和辦公室也被翻遍，同樣沒找到任何證據。

羅相南警查與羅永錫警衛經由逃生梯，來到了地下停車場。羅警衛拿出卡片鑰匙，一下就打開了上鎖的門。

「羅警衛，你哪來的鑰匙？」

「這是萬用鑰匙。我聽說這裡是卡片式門鎖就帶來了。快進去吧。」

「好，要找車牌號碼 124-MA-8852的 Grandeur，對吧？」

「對。」

打開門後羅警查一馬當先跑了進去，尋找可疑車輛。羅警衛與前線刑警尾隨。雖說是停車場，但裡面沒有停任何車，只有一個像是作為倉庫使用的臨時建築物。羅警查與羅警衛放緩腳步走近，輕輕地轉動了建築物的門把。

「喔！開了。」

「開了？」

「對，我先進去，跟在我後面。」

「好，小心。」

羅警查從口袋拿出小型手電筒，小心翼翼地照亮前方的路走了進去。建築物裡一片漆黑。

「羅警查，先找電燈開關。」

「有，我正在找。喔，在這裡。」

建築物瞬間亮起，只見地上有一把鉗子，除此之外沒有任何東西。進到建築物裡的羅警衛單膝跪地，細心檢查地板。

「你在做什麼？什麼東西都沒有，出去吧。」

「等一下，這裡有痕跡。」

「什麼？」

「看這裡。這裡和地板的顏色有落差，地面看起來很乾淨。從大小來看，疑似堆放過類似大箱子或貨櫃之類的東西。」

「貨櫃？這裡嗎？貨櫃要怎麼從這裡移出去？而且是怎麼放進來的……？」

羅警衛一言不發走到隔牆，留意觀察牆下的地面，然後朝羅警查招手：

「你看這裡，這裡有被拖行的痕跡。」

「喔！真的欸。」

「是吧？還有大型車庫門，是足以讓貨櫃進出的大小。」

羅警衛指向大型車庫門。

「車庫門？的確。但這和貨櫃有什麼關係？」

「你看清楚。這裡的牆面似乎掛過工具之類的，有看見牆面的陰影嗎？因為原先掛了東西，這塊才會都沒有積灰塵，非常乾淨。」

「你說得對。」

「不覺得有油漆或亮漆的味道嗎？周遭還有機油痕跡，好像剛搬走沒多久，而且收拾得很倉促。」

「對方知道我們會來，所以急著處理掉嗎？」

「不無可能。」

「為什麼？啊！因為這裡有我們在找的車？」

「如果有的話，車子十之八九就在貨櫃裡。」

「這表示他們已經都清掉了，我們來太晚了……不過有貨櫃從這裡出去，應該會被發現吧？」

「是啊，我們的人一直在監視這個停車場，沒接過報告說有異狀，也有可能是偽裝後才撤走。我們得趕緊查看監視器，再去其他樓層找線索。」

羅警查拿起手機撥通電話：

「崔刑警，我是羅刑警。」

「喔，說吧。」

「我們在這裡發現疑似貨櫃的可疑痕跡。」

「貨櫃？然後呢？」

「好像緊急被搬走了，不過我們沒有接過貨櫃離開這裡的報告，我們懷疑貨櫃搬走之前有先經過偽裝，需要查看監視器。」

「好，我會派人去拿監視器畫面。」

「俱樂部裡有收獲嗎？」

「沒有，很乾淨。整理得很徹底，還有刺鼻的消毒水味。」

「真的嗎？崔刑警，這太奇怪了……。」

「是啊，等搜完再說。以防萬一，把其他樓層都搜一遍。」

「是。」

羅警查看著羅警衛說：

「聽見了吧？不覺得很奇怪嗎？」

「對啊，這裡也是，到底為什麼？」

「會不會內部……」

「羅警查！」

「不覺得有可能嗎？對方知道我們要突襲，所以先發制人。」

「我也覺得是那樣……。但還是不要輕易斷言是從內部洩漏的。」

這時候，都警監打給羅警衛。

「是，警監。」

「你們那邊怎樣？有找到什麼嗎？」

「沒有，還沒有找到。地下停車場有貨櫃的痕跡，我們想再繼續搜。」

「是嗎？貨櫃……。看來有什麼隱情。」

「我們也是這樣想。警監那邊怎麼樣？」

「這裡也一無所獲，清得乾乾淨淨，沒留下任何痕跡。」

「連那裡也是啊？」

「對，我們這邊打算收隊了，你們有新發現的話立刻通知我。」

「好的，我知道了。」

羅警查不安地看著羅警衛問道：

「羅警衛，怎麼樣？難道……」

「嗯，沒錯。論峴路的房子也很乾淨。」

「他真的早就知道我們會來？」

「我們先上去看監視器影片吧。」

一名臉色蒼白的削瘦男人走進江南警署主樓的大門，他是李敏智的父親李德福。大廳警衛上前問道：

「老人家，有什麼事嗎？」

「不好意思，我來見崔友哲刑警。」

「崔友哲刑警……啊，您是說特別搜查本部崔友哲警衛吧？不好意思，他現在外出辦案。您沒有先和他約好吧？」

「啊……。是的，我今天剛從中國上海飛回來，剛放下行李就來這裡……。」

「您沒有崔警衛的聯絡方式嗎？」

「我有，那我聯絡他吧。那個……可以跟我說他的辦公室在哪裡嗎？」

「您不能進去，要在那邊的大廳等。」

「啊，好的，我知道了，謝謝。」

李德福拿出折疊式手機聯絡崔警衛，可是崔警衛沒接電話。他闔上手機，放回口袋裡。就在這時，兩名男人從正門走進來，四處張望，警衛正要走向他們的時候，李德福急忙開口：

「不好意思，警察先生，他們是和我一起的。」

李德福舉起手，用中文呼喊他們：

「過來！過來！」

李德福和他們一起走向電梯，這時路過的警察趕忙叫住他們，問道：

「老人家，你們要去哪？」

「啊，我要去抽根菸……。」

「吸菸室嗎？從這裡出去再繞到後面，或是去民眾服務中心大樓的五樓戶外陽台，那裡可以抽。」

「啊啊，好的。哎喲，謝謝你。請問民眾服務中心在哪裡？」

「那條走廊可以通過去，你從那裡走就會看到了。這幾位是誰？」

「哎呀，他們跟我一起來的，都是中國人，這次順道來旅行。」

「喔，好，我知道了。您請吧。」

李德福和兩名中國人沿著通往民眾服務中心的走廊離去。

晚上九點零五分，閔警正、安警衛與科學搜查隊隊員一行人來到了朱必相的住處。安警衛按下大門的門鈴。

「請問哪位？」

「我們是首爾地方警察廳廣域搜查隊，方便開門嗎？」

「有什麼事嗎？」

「先讓我們進去再說。」
「抱歉，請改天再來。」
「如果不開門，我們會強制進入。」
「什麼？你真的是警察？」
「是的，我們會以緊急逮捕的名義強制進入。」
「不，等一下。我知道了，請等等。」
沒過多久大門開了。
「組長，可以進去了。」
「進去吧。」
閔警正帶著一票警察進入，院子裡有幾名人高馬大的警衛，從大門裡跑出來一名男人，問道：
「有什麼事嗎？你們有拘捕令嗎？」
「剛才說過了，這是緊急逮捕，所以不需要拘捕令。我們聽說朱明根回國了，他人在哪裡？」
「什麼意思？少爺在美國，為什麼會來這裡找他？」
「那我們可以進去確認嗎？」
「不行。憑什麼要緊急逮捕我們家少爺？」
朱必相聽見外頭的騷動，打開了大門，問道：
「朴管家，什麼事？」

「社長，那個……」

「朱明根現在是連續殺人案的嫌疑人，基於嫌疑人有湮滅證據及逃跑的疑慮，我們將立即執行緊急逮捕，請你配合。」

安警衛說完就要進屋，朴管家上前攔阻道：

「不能這樣，警察怎麼可以擅闖民宅？」

「請讓開，如果不合作，我們會以妨礙公務罪現行犯逮捕。」

站在安警衛身後的閔警正走向前，對朱必相說道：

「請問是朱必相先生嗎？」

「我是。」

「我們要強制執行，你們阻止也只是多加一條罪名，請讓開吧。」

警察正打算進入屋內，一干警衛擋住了他們。

「朴管家，讓開吧。」

「什麼？社長？」

「沒關係，我們應該要協助公務繁忙的警察先生，快進去搜吧。」

「謝謝你的配合。」

「但這太荒謬了，我兒子人在美國，他怎麼會是連續殺人犯……？」

「朱社長不知道嗎？據我們得到的消息，他還去了你開的俱樂部。」

「哈哈哈，是嗎？警察比我這個當父親的更清楚我兒子的行蹤。刑警先生，聽清楚了，我這人不是什麼善類，你們如果搞錯了，可要有付出代價的覺悟。在等什麼？快進去找吧。」

朱必相抬頭大笑，戲謔地看著閔警正。

「發什麼呆，進去把嫌犯找出來！」

「是！組長。」

安警衛與其他警察進入屋內尋找朱明根，科學搜查隊則是搜查有沒有需要鑑定的殺人凶器或沾有受害者血跡的衣物。

「刑警先生，怎麼稱呼？你知道我的名字，我也應該知道你的吧？互相認識一下啊？」

「認識？好啊，我是閔宇直。」

「閔宇直？你好像是組長對吧。我會記得你的，閔宇直組長。」

「好啊。看起來我們還會有緣再相見。」

「有緣？嗯，如果這算緣分的話，那我們確實會很有緣。啊哈哈哈。」

「大家好……」

南巡警打招呼進入指揮室後發現沒有人在。他坐下來拿出手機查看新聞報導，滑了一陣子手機後站起來，不斷地走來走去。他看了一眼時鐘。時間是晚上十點三十三分。

南巡警再次坐回座位上，打電話給某人，對方似乎沒接，他又放下了手機。這時，指揮室的門打開，朴巡警和都警監走了進來。

「啊！南巡警。」

「現在才回來啊，朴刑警。都警監你好。」

都警監走向南巡警，拍拍他的肩膀說：

「南巡警，你還好嗎？聽說你不太舒服？」

「現在沒事了，狀況怎麼樣了？」

朴巡警一臉遺憾地說：

「撲了個空，南巡警，我們沒抓到連續殺人犯。你知道論峴路那棟房子吧？我們原本打算緊急逮捕回國的屋主兒子。」

「所以那個人是最有可能的嫌犯？」

「是的，他長得和都警監的模擬畫像一模一樣。你要看嗎？」

「真的嗎？」

「你看，這是朱必相兒子的畫像，這是警監預測的模擬畫像。你比較看看。」

南巡警輪流看了朴巡警遞來的手機裡的照片，還有貼在白板上的模擬畫像。

「哇，真的一模一樣，警監太厲害了。」

「問題是我們沒抓到嫌疑人。我們用的是緊急逮捕的名義，檢方那邊應該已經有接到消息，署長大概也聽說了。」

「那又怎樣？一看這兩張畫像，就知道他鐵定是殺人犯，有什麼問題嗎？」

「南巡警，連續殺人犯已經在今天凌晨落網了。」

「落網了？那剛才說的緊急逮捕是？」

「被抓到的人不是朱必相的兒子……。是完全意想不到的人，那個人卻自己跳出來自首，聲稱自己是連續殺人犯。」

「這是真的嗎？那個人是真凶嗎？那為什麼……」

「不。那個人不是真凶，所以我們才想緊急逮捕朱必相的兒子朱明根。」

「朱明根……那為什麼逮捕到的人會承認自己是殺人犯？」

「不清楚，我沒有親自調查過他。」

「他是被這裡的刑事科刑警抓到的，但刑事科沒有把人交給我們，自行調查後就移交給檢方，署長甚至親自開了記者會。」

「所以才想用緊急逮捕的方式抓真凶……不對，雖然還不確定，但你們想先逮捕朱明根，再查明真凶究竟是誰，對嗎？」

「的確是這樣打算，但是……」

「緊急逮捕？科長，要是出了差錯，搜查本部可能會因此被解散。」

「檢察官，我們必須承受這程度的風險。」

韓檢察官不解地看著閔警正問：

「組長，這是什麼意思？組長也同意了嗎？」

「同意？韓檢察官，這可是閔系長提議的。」

「是的，檢察官，這是我提議的。我們今天會正式下達緊急逮捕的指令。」

「今天嗎？你們打算怎麼做？」

「我們會以緊急逮捕的名義搜查朱明根的住處，找出證據並且逮捕朱明根。同一時間，我們的人也會進入牛津俱樂部搜查。」

「我同意，組長，必須儘早行動。」

「怎麼連崔警衛都贊成？要是抓不到人怎麼辦？不，就算真的是朱明根，如果沒找到證據，到時事情一發不可收拾，光是解散搜查總部也解決不了。組長，這樣是不是太心急了，請再仔細考慮。」

「檢察官說得沒錯，如果我們沒能逮捕他，又找不到證據，會造成很嚴重的後果。我們已經預想到了可能的狀況，反正特殊搜查本部早晚都會解散。」

「即使是這樣，還是太勉強了。嫌犯還沒被移送到檢方那，先帶過來調查的話……」

「韓檢察官，那不太可能。我剛才見完署長回來，他的態度還是很強硬，說嫌犯有精神分裂症，需要靜養。署長看起來沒有要把他交給我們的意思，有可能會直接送去精神病院。」

「精神分裂症？」

「是的，他們好像已經下了結論，認為他是精神分裂症引起的仇女犯罪。」

「真的嗎？天啊。」

崔警衛詢問閔警正：

「朱必相一定有介入吧？組長。」

「應該吧？而幫忙他的人是江南署署長。」

「閔系長，現在還不能斷定江南署署長有提供協助，署長究竟知不知情也需要再進一步調查。而且除了這件事……」

「科長。」

徐總警正打算說什麼時，閔警正趕緊打斷他的話。

「怎麼了？啊，沒事，我扯遠了。先按閔系長說的進行吧。」

「我在這不方便講嗎，組長？」

「沒有啊，都警監別多想。哪有不方便，不是的，目前狀況都還不確定，對吧？科長。」

「對啊，抱歉，都警監，是我搞錯了。很快就會知道了，不要放在心上。」

安警衛察覺氣氛變得尷尬，連忙插話：

「那我們什麼時候開始行動？」
「喔，安警衛，那個……」
閔警正欲言又止，看向徐總監。徐總監跟他對到眼之後又轉向韓檢察官，開口說道：
「這需要韓檢察官的幫忙。」
「科長，廳長批准了嗎？」
「韓檢察官，我們是自己決定進行的，這也是為什麼閔組長已經做好解散本部的心理準備。」
「不過，這樣還是太……」
「檢察官，我們打算在俱樂部的營業時間進去，在那之前，會提交事由說明書給管轄法院的法官。若能順利逮捕朱明根，要請妳馬上準備申請拘捕令。」
「這沒問題，但是……」
韓檢察官看見閔警正充滿決心的強烈眼神，沒辦法再出言反對。
「好吧，那你打算怎麼做？」
「首先崔刑警與羅刑警會負責牛津俱樂部……」

「要是本部解散了會怎樣？不是說逮捕到的不是真凶嗎？那案件調查……」

「我也很擔心這件事，萬一這次沒抓到，有可能會就此結案。」

「結案？下禮拜就能知道誰是凶手了……為什麼這麼硬來……。」

都警監點頭，同意南巡警的話，回答道：

「你說的沒錯，但目前沒有其他辦法。即使我們不動作還是一樣會結案，特搜部也會解散。」

「如果直接結案會變怎樣？我們就袖手旁觀嗎？」

「不會的，組長不會毫無計畫就魯莽行事，不是嗎？南巡警。」

「也是。無論如何，希望能順利抓到朱明根。朴巡警，能再讓我看一下他的模擬畫像嗎？」

「這裡。」

「嗯……。這畫像裡的眼神和警監的模擬畫像有些不一樣，而且朱明根的畫像我老覺得眼熟，好像在哪裡看過。會是誰？」

「是嗎？」

「好像見過……」

南巡警歪著頭，突然瞪大了眼：

「啊！想起來了。是那輛肇事逃逸的車……哎？不會吧……。」

「肇事逃逸？是你上次說撞到奶奶的……不對，是差點撞到奶奶的車嗎？」

「對。哇，朴刑警，妳記性真好，居然還記得？」

朴刑警低下頭，不好意思地露出微笑。

「你們在說什麼？」

「喔，是這樣的……」

南巡警描述自己如何救差點被車撞的南順奶奶。

「查過那輛車的車牌號碼了嗎？」

「查過了，是輛贓車，車牌號碼是271-RA-3124，我記得真清楚，哈哈。」

「271-RA-3124？」

都警監錯愕地看著南巡警，南巡警不知所措地問他：

「怎麼了嗎？」

「是黑色Grandeur嗎？」

「對，警監怎麼知道？」

「那輛車在命案發生當天有被監視器拍到，是我們正在找的可疑車輛。」

「真的嗎？」

「南巡警，你有看見駕駛的臉嗎？」

「有。看起來大概是五十多歲，眼睛和這幅朱明根的模擬畫像……」

「不對，那個人應該是朱必相。」

「所以凶手是朱必相？」

「他有不在場證明。案發當天開車的會不會是朱明根？」

「那凶手肯定就是朱明根。」

「不對，南巡警。光憑這一點，還不能斷定朱明根就是凶手。」

「沒錯，所以我們應該先將朱明根帶來審訊。他那天沒有不在場證明的話，狀況就對我們有利。要是還能找到凶器或是被害人血跡之類的物證就更好了。凶嫌車上肯定留有血跡，搜查時間拖得越久，事情會越難辦。」

「這樣的話……」

「閔系長！」

指揮室的門突然打開，江南警署洪署長大聲喊著閔警正，身後跟著一票刑警。

「忠誠！署長你來了。」

朴巡警跑到門邊向洪署長敬禮，南巡警與都警監也起身敬禮。

「忠誠！」

「閔系長人在哪裡？」

「什麼？啊……。」

朴巡警遲疑，不知道該不該說，洪署長提高嗓門吼道：

「沒聽見我說話嗎？我問他在哪裡？」

朴巡警手足無措，都警監走向前，回答道：

「閔宇直組長去現場了，有什麼事嗎？」

「明知故問，韓檢察官有在這嗎？」

「沒有，韓瑞律檢察官應該在首爾地方檢察廳。」

「是嗎？聽說你們沒有申請就去搜朱社長的家？是誰下的指示？」

「那不是搜查，是徐道慶總警下令要緊急逮捕。」

「徐科長，那傢伙……是真的嗎？我要親自問閔系長，叫他立刻回來！」

「署長，特搜部隸屬於警察廳，徐道慶總警下令指揮有什麼問題嗎？現在越權的人是署長。」

金警監從尾隨洪署長進來的刑警們之間走了出來，迎上都警監說道：

「你當署長面在說什麼？越權？竟然對長官無禮……」

「怎樣叫做無禮？我們不過是行使正當的權限，有什麼問題需要這樣咄咄逼人？你們現在的行為不是更加無禮嗎？」

「什麼？你現在對署長……」

「金組長！不要插嘴。你是都敏警監吧？」

「署長還記得我，真是榮幸。」

「你在諷刺我？」

「不，只是署長記得區區一個警監的名字，讓我很驚訝。」

「好啊，美國回來的就是愛頂嘴。連續殺人犯已經被逮捕了，你們卻說要抓真兇，擅闖民宅，這樣對嗎？有人向江南警署報案，我來處理算是越權嗎？」

「我們不是擅闖……」

洪署長提高音量打斷都警監，急促地說道：

「在江南警署的管轄區域！警察擅自闖入無辜民眾的家，製造混亂。還沒完，又在沒有搜查令的情況下闖進別人的營業場所，妨礙營業，人家都報警了，我這也是越權嗎？」

「那裡不是無辜民眾的家，而是連續殺人案的嫌犯住所。還有我們是為了確保證據沒被破壞，才不得不進去俱樂部的。署長，等調查結果出來再判斷吧。」

「你說什麼？嫌犯……」

這時候，門外突然有人插話：

「署長，都警監說得沒錯。」

閔警正撥開擋在指揮室前的江南警署刑警，穿過空隙走了出來。

「南巡警，你來了？身體還好吧？」

「是的，我……」

南巡警瞄了一眼洪署長。

「閔系長，你解釋一下這是怎麼回事。」

「我嗎？署長。這是徐科長的命令，你有問題就去警察廳找科長談。至於原因，都敏警監剛才都已經解釋完了。」

洪署長表情扭曲怒吼：

「搞什麼！你現在是覺得自己沒錯嗎？有這種事應當向我報告，不是嗎？」

「報告嗎？啊，是，對不起。」

閔警正低頭彎腰道歉，說道：

「署長，由於是緊急逮捕，為求迅速所以來不及報告。需要我現在報告嗎？」

「啊？你是在耍我嗎？你當我是來這裡開玩笑嗎？」

閔警正向前一步面對洪署長，毅然決然地說道：

「署長覺得我還有閒情逸致開玩笑嗎？我已經說明了這是緊急逮捕。兇嫌有逃亡與湮滅證據之虞，情況緊迫，不得不緊急出動。這是什麼狀況署長應該也清楚吧？」

「什麼？兇嫌？你是在說誰？朱社長的兒子？你忘了今天凌晨殺人犯已經落網了嗎？啊？」

「我忘了？我怎麼可能會忘？所以說，你們早該把逮捕到的殺人犯交給我們，就不會發生現在這種情況。我必須親眼看到、親自調查。我無法確定你們逮捕的那個人到底是不是殺人犯，為了確保抓到真兇才會執行緊急逮捕。只要立刻把殺人犯交給我們，我們會確實調查他究竟是不是真兇。」

洪署長一副惋惜似地拍掌，說道：

「啊哈！怎麼辦？剛才他被送去精神病院了，接下來會在醫院接受檢方調查，我們就等檢方的調查結果出來吧。還有，既然兇手已經抓到了，特搜部是不是該解散了？」

「我們還沒抓到兇手。」

在門外看著一切的安刑警穿過刑警，走向前說道。

「你又是誰？」

「我是警衛安敏浩。」

「警衛？一個小警衛竟敢打斷我說話？現在……」

金組長看不下去，插嘴：

「安警衛，你退下。你有什麼資格插嘴？太沒規矩了。」

「不對吧，現在是誰先沒規矩的，金警監？」

安警衛一頂撞金警監，在人群中的刑事科張警衛也忍不住開口喝斥：

「喂！安敏浩，對組長說話是這種語氣嗎？你這傢伙別太超過！」

「對啊，沒錯。但是張警衛你也差不到哪裡去吧？大家同事一場，這樣做不會太過分了嗎！好歹也勸勸你們警監：『署長這樣做不行，就算是忠言逆耳，也要阻止他』，啊？不是嗎？張警衛！」

「你這傢伙說什麼啊？喂！說夠沒？你當這裡是哪裡，竟敢這樣說話？」

張警衛撲向安警衛，金警監連忙阻止他，說道：

「張刑警，別鬧事！冷靜。安警衛你也住口。署長還在這裡，你們在搞什麼？」

「金組長，你也差不多，安分點別鬧事。」

「什麼？」

情況好不容易才穩定下來，結果又因為閔警正的挑釁，場面二度失控，指揮室鬧成一團。

「都給我安靜！金組長，閔系長，快管好你們的下屬！」

「大家安靜！」

大家聽見閔警正的高喊，全都安靜下來一起看著他。

「看來我還能多活幾年。好，我會去找徐科長，總得和說得通的人談。」

「署長慢走。你們還在做什麼？還不回自己的位子！」

洪署長快步離開指揮室，刑事科的刑警們也尾隨他離去。

「都警監，你沒事吧？我們……這種事遇多了，但不知道是不是害你無辜被拖累了。」

「組長說這是什麼話，同事被不當施壓，我怎麼可能袖手旁觀？該說的話一定要說，不是嗎？」

「是啊……是啊，沒錯。都警監說得對，但美國和韓國有些不一樣。」

「比起這個，組長那裡有什麼收獲嗎？還是沒有嗎？」

「是啊，什麼都沒有。」

「不出所料。啊，不過南巡警看過我們正在找的凶嫌車輛。」

「南巡警？什麼意思？」

「組長還記得案發當天監視器拍到了一輛黑色Grandeur，車牌271-RA-3124嗎？第一起命案當天拍到的那輛。南巡警也在追蹤那輛車，也看過駕駛的臉。」

「是嗎？你看過殺人犯？是朱明根嗎？」

「不，是朱明根的父親，朱必相。」

「南巡警你認得朱必相？」

「我之前只聽過名字，但我看了朱明根的模擬畫像，還有聽警監的描述後才知道的。」

「組長，朱明根疑似開了朱必相的車去案發現場。」

「朱明根就是殺人凶手這件事越來越明顯了，只要找到關鍵的物證就行了……。」

南巡警皺眉，小心翼翼詢問閔警監：

「組長，如果真的抓不到朱明根，會就此結案嗎？」

「有可能。不過在那之前，特搜部就會解散了。」

「特搜部真的要解散？組長，你有什麼對策嗎？」

「嗯……啊！已經這麼晚啦？南巡警，你先等一下。都警監該回警察廳了吧。」

都警監一臉困惑地問道：

「為什麼這麼突然？還有組員在現場沒回來，說不定會有證據……」

「不，現在應該已經下達命令，要警監回到警察廳崗位。都警監也清楚吧？他們都知道了。」

「話雖如此，組長，我們還沒抓到凶手，而且兩週後會再次發生命案，真的要就這樣結束調查？」

南刑警聽了都警監的話也激動附和：

「沒錯，組長，你該不會想等到再次發生命案，才要求重啟調查吧？」

「南巡警，還有都警監，你們都先回到自己的崗位上吧，事已至此，還能怎樣呢？」

安警衛也上前勸阻都警監與南巡警：

「都警監，就這樣做吧，南巡警也是，好嗎？」

「是啊，回到各自的工作崗位吧。我還有事要處理。啊，南巡警和我私下談談。」

「是。」

閔警正與南巡警進到茶水間談話。

「始甫，連續殺人案的事，你心裡有個底就行了。」

「好，我會的。」

「我救完徐議員就馬上回來。你自己要凡事小心，身體還好嗎？沒事吧？」

「雖然還有點痛，但沒關係，不妨礙行動。」

「太好了，我已經告訴安刑警該怎麼做，他會代替我，做原本我該做的事。安刑警就拜託你了。」

「是，組長你也小心。你有看見我給你的便條吧？」

「看到了。那天發生的事，還有移動路線我全都記下來了。別擔心，保重身體。」

「大哥不要勉強，專注處理徐議員的事就好了。這裡有安敏浩刑警和我在，自己保重，知道嗎？」

「知道了，小子，我先出去準備了。不過，為什麼非得要我去？」

「因為徐敏珠議員不相信我，她再怎麼樣應該還是會聽你的話吧？」

「是嗎？原因就這麼簡單？」

南巡警尷尬地笑了笑。

南巡警默默點了頭。

「知道了，我們出去吧。」

羅永錫警衛和羅相南警查正在搜查牛津俱樂部地下停車場，他們走向地下四樓的停車場，中途被俱樂部保鑣攔了下來。同一時間，崔友哲警衛和其他警察結束了俱樂部內部的調查，搭乘與俱樂部連結的電梯到達一樓，而保全也已經等在那裡，擋住了可以前往樓上的入口。

這時候，一批派出所警察走進大樓正門，其中一名警察走到崔警衛身旁，問道：

「發生了什麼事嗎？有人報警。」

「報警？」

就在這時，一名擋住入口的保全猛然舉手答道：

「對！是我們報的警。這些警察想侵入他人營業場所，就算是警察，在沒有搜查令的情況下也不能這麼做，不是嗎？」

「請問你是哪個單位的？」

崔警衛拿出警察證，回道：

「我是首爾地方警察廳刑事科警衛，崔友哲。」

「我們是靈山派出所，我是警衛李哲秀。請問你們有搜查令嗎？」

「我們正在突襲要緊急逮捕一名命案凶嫌。」

「命案？這裡是我們的轄區，請問是哪一起命案？」

「江南連續殺人案……」

「可是聽說那起案件的凶手已經落網。」

「那是……真凶另有其人。有人報警說在這裡看見凶嫌。」

「是嗎？請等等。」

李哲秀警衛走向擋住大門的保全，一名派出所警察跑過去將手機交給李警衛。李警衛接聽電話，頻頻點頭，掛斷電話後又轉身走回來找崔警衛。

「署長下了撤退的命令，請回警察廳吧。」

「署長？你說江南警署洪署長？」

「是的，請撤隊。不要把事情鬧大。」

「抱歉，恐怕不行。」

「那我們也沒辦法了，只能以無故侵入他人住宅為由逮捕你們。」

「無故侵入？是署長的指示嗎？」

「既然你明白，趕緊收隊撤隊吧。」

「崔刑警！撤隊！」

羅相南警查從逃生梯走出來，大聲喊著，羅永錫警衛跟在他後面。

「什麼？你們這麼快就上來了？」

羅警衛走近崔警衛，壓低聲音說：

「崔警衛，先撤隊吧。」

「撤？誰的指示？是江南警署署長……」

「不是，是科長親自指示的，科長沒聯絡你嗎？」

「科長？」

「對，所以走吧。」

羅警衛走到正門，對著派出所警察與刑警們說道：

「好了，來！全部收隊。」

「太好了，那麼我們也要回派出所了。」

李哲秀警衛與其他派出所警察從大樓撤離。羅警查看崔警衛一動也不動，於是走過去一把抓住他的手臂，說道：

「崔刑警，能怎麼辦？是科長的指示。先回去吧。」

「這真的是……到底在做什麼？要是沒有在這裡逮捕他……」

「有什麼辦法？都翻遍了也找不到蛛絲馬跡。」

「所以呢？真的打算就這樣回去？」

已經走出大門的羅警衛又折回來，說道：

「崔警衛，羅警查說得對。我們的行動似乎被洩漏了，他們全都收拾得一乾二淨，俱樂部裡也是一樣的情形吧？」

「對，非常乾淨。」

「我和都警監通過電話，他說論峴路的那間房子也收拾得很徹底。我們晚了一步，收手吧，走了。」

「組長呢？他沒有聯絡你嗎？」

羅警查拉了拉崔警衛手臂，說道：

「科長說組長那邊也沒有特別找到什麼。我知道你的意思，但目前沒有別的辦法了，不是嗎？這次我們先收隊，下次一定要抓住那傢伙。」

「不行，羅刑警……」

崔警衛的口袋裡閃著亮光。

「喔，崔刑警，你好像有電話。」

崔警衛從口袋裡拿出手機接聽電話：

「喂？」

「哎喲，你終於接了。崔友哲刑警，是我。」

「什麼？是敏智的爸爸嗎？」

「對，崔刑警你過得好嗎？」

「我很好，聽說伯父你去了中國，你回來了嗎？」

「呵呵，對啊，今天剛回來。你很忙嗎？」

「我正在調查案子，所以有點忙……伯父現在在哪裡？」

「我在江南警署，我想來見你。」

「啊，這樣嗎？那我馬上回去，方便等一下嗎？」

「哎喲，你這麼忙，我會不會占用到你的時間？」

「別這麼說，我馬上過去。」

「好，謝謝你。」

崔警衛掛斷電話，羅警查立刻問：

「崔警衛，是敏智小姐的父親嗎？他回首爾了？」

「對，崔刑警，我先走了。這裡由你善後，收拾完就歸隊吧。羅警衛辛苦了，我有事先走。抱歉。」

「好的。」

崔警衛話一說完便趕忙離開大樓。

「社長吩咐，會派人代替你去學校。」

「什麼意思？」

「連續殺人犯已經被捕了，所以住手吧。」

「什麼？被捕？那是……是那個意思嗎？」

他露出燦爛的笑容，而吳室長只是看著他。

「爸爸為什麼要那樣？到底在打什麼算盤？」

「社長沒有打任何算盤，只是想保護理事。他想把你拉拔成繼承人，所以請不要再做那種事了。」

「那種事？你懂什麼？」

「理事，我不清楚你做那件事的原因，是因為夫人嗎？」

「夫人？該死，為什麼提到她？為什麼要提到那個拋棄我的女人？你是故意的嗎？你想看我發瘋嗎？操！藥，給我藥！我受不了了，我要瘋了，啊……啊啊！我要喝酒。」

他突然全身顫抖，頭左右晃個不停，倉皇失措地在客廳裡走來走去，抓起桌上的洋酒瓶灌進口中。

「理事，請冷靜。」

「幹，冷靜？是誰害我變成這樣的？啊啊！該死。藥、藥！給我藥！」

他發出怪聲，雙手抱頭，使勁地搖晃身體。

「夫人沒有拋棄理事，請不要再為了這件事折磨自己了。」

他彷彿失去理智，整個人朝吳室長撲去，揪住他的衣領用力搖晃。

「她沒有拋棄我？不然是什麼？你懂個屁？少在那邊自以為是。你要繼續胡說八道嗎？就算是七星哥我也不會饒了你，知道嗎？」

「請冷靜聽我說，理事。」

「說什麼？要說快說。你到底知道什麼？」

「夫人去世了，咳咳！」

他放開吳室長的衣領，失魂落魄地倒退兩步。

「據我所知，你以為夫人在你小時候離家出走，其實夫人當時已經過世了。」

「死了？不會，不可能。那爸爸為什麼要說那個女人拋棄我走了？為什麼？爸爸沒必要騙我吧？」

「我不清楚原因，好像是因為意外，夫人在醫院過世了。」

「真的嗎？不，我不信。為什麼？爸爸一直以來為什麼要對我撒謊……。」

「如果理事不相信，我可以給你看死亡證明。」

「死亡證明……那媽的墓地呢？在哪裡？你知道嗎？」

「我會再找找看，據我所知她是火化……我沒找到夫人最後被安置在哪裡……不，是還沒找。」

「立刻找出來！知道嗎？馬上給我找出來！」

「是，我知道了。現在換理事告訴我，如果不是因為夫人，為什麼要做那種事？」

「我沒說過嗎？爸爸被惡靈附身了，現在惡靈盯上我了。我必須要消除惡靈的憤怒，所以才……」

「什麼意思？什麼惡靈？」

「哥你沒看見嗎？惡靈的眼神。它在爸爸的身體裡，正在一點一點吃掉他的靈魂，等到爸爸的靈魂被惡靈完全吞噬，惡靈就會轉移到我身上，想辦法帶走我的靈魂。他們想利用爸爸，讓我也落入惡靈的手中。我必須馬上制止這一切。這就是為什麼我要拿年輕女人去獻祭，這樣才能拯救他的靈魂，我才能活下去，懂嗎？」

「這世上沒有惡靈，理事，你絕對不能在社長面前說這種話，知道嗎？到時候你真的會……」

「當然，這是祕密，七星哥也要保密！絕對不能讓爸爸知道。要是被惡靈發現，它不會放過我的。」

「什麼意思？理事，社長似乎準備把事業傳給你，所以……」

「不行！被惡靈奪去靈魂的話，誰還需要金錢和權力那種東西？時間不多了，我會加快速度的。哥你幫我拖延到那時候吧，好嗎？拜託，七星哥。」

「你也很清楚社長的個性，不可以，他決定好的事誰都不能違背。如果你真的堅持，我試試看延期一個禮拜，不能再更長了。還剩下三個星期，在那之前好好收尾。」

他雙手抱頭，依然在客廳裡來回走動，喃喃自語：

「三個星期……啊，不行……啊！啊啊！該死，怎麼辦啊，啊啊……。」

他細小的雙眼撐到最大，轉過頭看向吳室長，說道：

「啊！我知道了，好吧。我會想辦法的，可以了吧？三個星期？說好了？」

「就這樣說定了，我會好好善後的。」

「善後？哈哈，哈哈哈，好，那就沒問題了。不愧是七星哥。」

他發出令人毛骨悚然的怪笑。

第19話
隱藏的證據

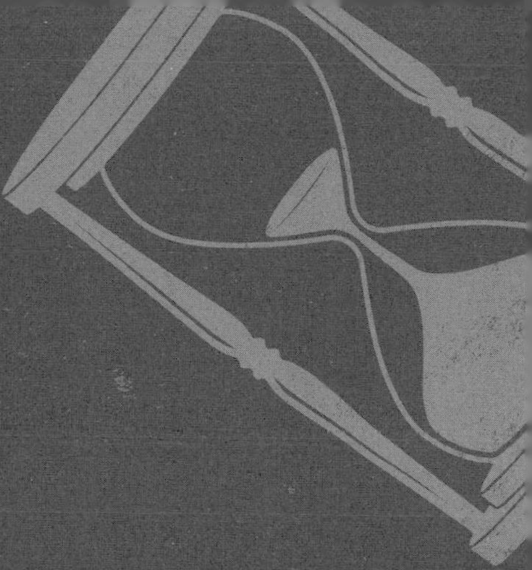

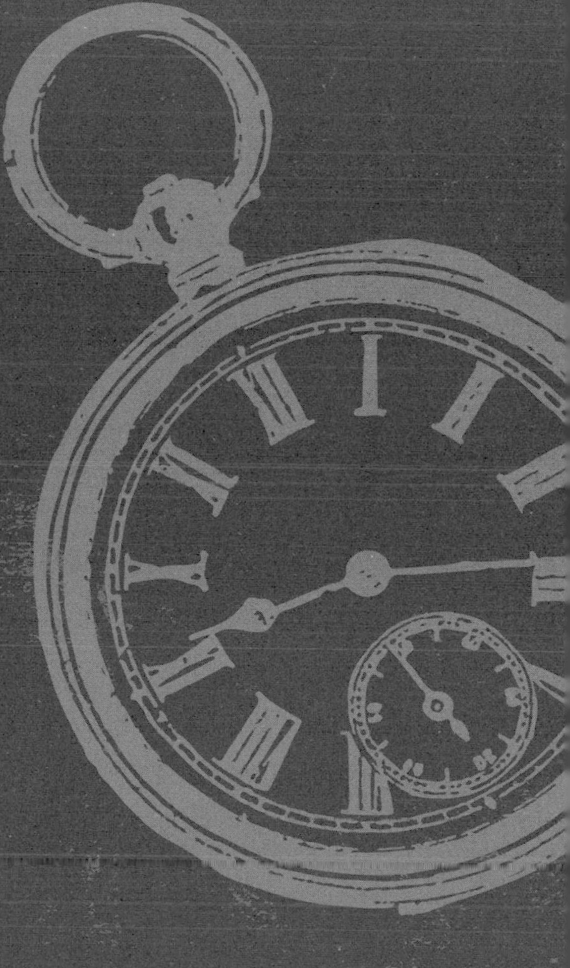

崔警衛開車前往警察署時，接到徐敏珠議員打來的電話。

「喂？敏珠。」

「你現在方便講電話嗎？」

「可以。妳現在要去妳爸媽家嗎？」

「嗯，本來想明天再去，但今天去好像也沒什麼差。我是不是太晚打給你了？沒關係，只是打電話說一聲。我知道你很忙，等工作忙完再……」

「敏珠，我陪妳去，妳能等我一下嗎？」

「要多久？」

「嗯……大概三十分鐘……不，大概四十分鐘。」

「還是我過去警署？」

「妳要來嗎？也好，妳爸媽家離警署也不遠，到了打給我。」

「好，到了再聯絡。」

崔警衛掛斷電話，嘴角微微上揚，心情看起來不錯。

崔警衛跑進警察署大廳，敏智的父親坐在等候室，看見崔警衛後立即起身，舉手招呼。

「伯父好。」

「哎呀，你慢慢走就好。」

「你過得好嗎？身體怎麼樣？」

「托崔刑警的福，我很好。」

老人家露出溫暖的微笑，崔警衛也回以微笑道：

「那就好，你今天剛從中國回來嗎？」

「我一放下行李就來了。」

「啊，那你等很久了吧？你身體不好，應該要先休息一天，明天再見面。」

「崔刑警你也知道……我時日不多了，所以來見你最後一面，打個招呼。明天我會回老家收拾收拾，再去中國。」

「啊……這樣啊，我明白了。可是才見這一面，你又要走了……。」

「我也覺得很可惜。那個……」

「是，請說。」

「要是崔刑警有空的話，要不要一塊吃個飯？」

「吃飯？你到現在還沒吃晚餐嗎？」

敏智的父親不好意思地笑了，小心翼翼說道：

「那個……我最後……就是說，我想請你吃頓飯。」

「我怎麼能讓你請……。好的，那我們快走吧，你肯定餓了吧？」

「不會，一個老頭了，不怎麼會餓。哈哈。」

「沒這回事。我們走吧，伯父有想吃什麼嗎？」

兩人聊著天走向餐廳。即使夜深了，有名的光陽烤肉店生意還是很好。

「伯父，這家烤肉很好吃，附餐的牛血解酒湯味道也很好，你想吃嗎？」

「好啊。」

「你明早幾點走？」

「我打算搭早上的客運。」

「喔，好的。」

崔警衛緊抿雙唇，猶豫片刻後開口道：

「……伯父，對不起，我沒有遵守約定。」

「我不是來聽崔刑警道歉的，只是想和你一起吃頓飯。這段時間你也幫了我很多忙，不是嗎？」

「不是的，我們沒有幫伯父什麼，只是盡本分而已，但卻沒做好，真的很抱歉。」

「不要老是這麼說。趙檢察官還好吧？」

「啊……。那個，趙檢察官……意外過世了。」

「天啊！怎麼會這樣？」

敏智的父親感到惋惜，發現崔警衛突然不說話，抬起頭來看著崔警衛。

「怎麼了？為什麼不說話？不方便說嗎？還是怕我不想聽到死？不用顧慮我，你就直說吧。」

「不是的，伯父，目前還不確定……其實，我們懷疑趙檢察官是被謀殺，所以正在調查。抱歉，我只能說這麼多，請伯父諒解。」

「當然，我明白。」

「幫您上菜喔。很燙，請小心慢用。」

一名服務生將火爐放到桌上，另一名服務生則上了小菜與肉。

「那個，我想去一下洗手間。」

「啊！好的。請問洗手間在哪裡？」

「往那邊走。門鎖的密碼是12345。」

「伯父，我陪你去。」

「不用了，不要把我當成弱不禁風的老人，這點事我還行。」

敏智的父親呵呵笑著站起身，走向洗手間的同時掏出手機，不知道打給了誰。崔刑警注意到他的口袋裡掉出一張紙，於是撿起來。

從摺起的紙張上可以看見「遺書」兩個字，崔警衛猶豫片刻後打開紙條，看了內容，真的是遺書。起先他以為只是為他所剩不多的人生寫下總結，然而紙上寫的內容暗示著他要自殺。

崔警衛急忙將紙摺回原樣，放在桌上，並打了通電話給徐敏珠議員。

「我快到了。」

「敏珠，對不起。怎麼辦？」

「啊……。我知道了，沒關係。工作忙也沒辦法，你先去忙吧。」

「我工作結束後馬上聯絡妳，抱歉。還有……」

崔警衛遲疑了一下，接著說：

「這週末一起吃晚餐，方便嗎？」

「真的嗎？你不忙嗎？」

「忙啊，但還是有空和妳吃晚餐。約好了，這次我一定會守信用。」

「今天我就原諒你，但要是週末晚上敢放我鴿子，我絕不會饒了你。一定要遵守約定喔？」

「好，我知道……路上小心。」

「我會小心的。有人關心真好，呵呵，工作辛苦了，別忘了週末的約會。」

「約會？哈哈哈，好。妳快回家吧。」

「是女朋友嗎？」

敏智的父親上完廁所回來，冷不防問道。

「喔，你回來了。」

「有結婚的打算嗎？」

「不是啦，她只是朋友。」

「誰會和朋友約會啊？」

崔警衛不好意思地笑著說：

「你聽到了啊？那個……不是啦。啊對了，這個掉了。」

「哎，你看了嗎？」

「沒有。怎麼了？有我不能看的內容嗎？」

敏智的父親急忙將紙收回口袋，答道：

「沒有。沒看就好。」

「你今晚住在哪裡？」

「我訂了附近的飯店。」

「好的，既然你來了，要不要順便和我們組長……閔宇直刑警，之前有見過吧？」

「有，我知道他。」

「要不要和閔組長見個面再走？他一定也很高興看到你。」

「哎喲，都這麼晚了，太打擾了……。」

「不會的，要是組長知道你就這樣離開，會很難過的。我們吃完一起回警署吧？」

「好啊。那我就去打個招呼吧。」

「那就這樣說定了。快請用吧，肉要烤焦了。」

「好，你也快吃。」

廂型車後座坐滿了穿著防彈背心的警察突擊隊隊員，閔宇直警正坐在駕駛座旁，而突擊隊隊長尹警衛正從副駕駛座在向後座的人說明作戰計畫。

「再一次強調，這次計畫必須按部就班進行，我方要盡可能隱匿行跡，等嫌疑人出現，就沿著計劃好的移動路線接近嫌疑人，確保作戰萬無一失，順利結束。」

後座的突擊隊員們表情嚴肅地同時點頭。

「閔系長，準備好了。」

「好，尹警衛。」

嘟嘟嘟、嘟嘟嘟。

這時手機傳來震動，螢幕也跟著亮起。閔警正接起電話：

「怎麼了？」

「組長，你在哪裡？」

「明知故問？別想過來。」

「啊哈，好啦，你在辦公室啊，太好了。」

「你說什麼？」

「啊，敏智小姐的爸爸來了。」

「什麼？真的嗎？」

「對，我們正在吃飯，伯父說想見組長一面，我等等帶他過去辦公室吧。」

「什麼？喔，好，但是……」

「組長你在辦公室等著就行了。」

「崔刑警，你到底在說什麼？」

嘟嘟。

「這小子搞什麼？敏智的爸爸？」

「系長，收到聯絡。嫌疑人出現了。」

「好，現在大家各自行動。」

尹警衛轉身指示隊員：

「全體隊員移動到各自的位置，盡可能不露痕跡地接近嫌疑人。一組先出發。」

後座的突擊隊員們不約而同地點頭，一組隊員打開後車門，跑了出去，其他的隊員也依序下車。

「尹警衛，你準備好，我會打暗號通知。注意，徐敏珠議員絕對不能出事。」

「是，系長。」

「我們自己人也別受傷，知道嗎？」

「知道，我等組長的暗號。」

閔警正從駕駛座走下車，沿著巷子往上走，藏身在離徐敏珠議員的車不遠處，暗中觀察情況。

「伯父，閔組長在辦公室，等你吃飽……不好吃嗎？你還剩很多。」

「不，很好吃，我因為身體的關係，現在吃不多……。」

敏智父親勉強地笑了笑。

「啊……。那我們現在去辦公室……」

「不過，那個叫呂南九的學生。」

「什麼？啊，是的。」

敏智父親冷不防提起呂南九，正從座位上站起的崔警衛嚇了一跳，又坐了下來。

「他真的自殺了嗎？我有看到新聞。因為這件事，我才下定決心離開韓國。」

「啊……原來如此，很抱歉，伯父。我們……不，是我沒有保護好他。」

「他真的是自殺嗎？」

「那個……我們懷疑是他殺。」

「對吧？我也覺得是那樣……你們正在調查嗎？」

「其實，現在沒辦法調查，但我會努力想辦法儘快重啟調查的。你知道李弼錫議員死了嗎？」

「他死了？」

「啊，原來你不知道。對，他從住處跳樓自殺了，還有……當時大法院負責審理案子的李大禹大法官也死於意外，還有趙德三檢察官……」

「好像很可疑，對吧？」

「伯父也這麼想嗎？所以得再深入調查才行。」

「是嗎？我覺得這樣很好。」

「什麼意思？」

「不對嗎？我很遺憾他沒死在我手上。」

「什麼？啊……是的，但……」

「是啊，應該要調查清楚，不過那傢伙死了真是太好了。那種壞人一輩子都不用替自己的罪行付出代價，只會一直逍遙法外，想到這裡，我就覺得自己冤枉又悲哀……。崔刑警你不會明白的，我現在終於能好好睡一覺了。」

「原來如此，對不起。」

「不要道歉，你也是別無選擇。法律就是這樣，錯不在刑警，法律才是問題。總之，太好了，我能放心了，見到女兒也不會羞愧地無話可說了。啊，我們要不要走了？別讓閔宇直刑警等太久。」

「好的，走吧。」

閔警正關注著徐議員父母的家和徐議員的汽車。

無線電傳來尹警衛的聲音。

「組長，聽得見嗎？」

「尹警衛，聽得很清楚。」

「大門開了，是徐敏珠議員。」

「好，開始行動。」

閔警正快步走向徐議員父母的家，當他走到大門前的樓梯時，大門門鎖裝置正好開啟，徐議員從屋裡走了出來。

「徐議員。」

「喔，閔組長？你怎麼會來這裡？」

「我有事找妳，請等一下。」

「組長怎麼知道我在這裡？……啊，是友哲說的嗎？」

「崔刑警？啊，是的。妳手上的文件袋是什麼？」

「我正想聯絡你講這件事。」

「太好了，我們進去聊，方便嗎？」

「好的，請進。」

徐議員將文件袋遞給閔警正，轉身走進大門。

「徐議員，妳已經看過裡面了嗎？」

「還沒，不過聽說不是恐嚇信。」

「對，我其實知道這不是恐嚇信，抱歉。」

「組長你早就知道了？那你到國會找我，也是為了這個？」

「沒錯，還有……一些需要確認的事，以後再說。我可以拿走這個文件袋嗎？沒關係吧？」

「不行。」

閔警正的表情瞬間僵硬。

「這是呂南九同學託付給我的東西。」

「呂南九？呂南九拜託妳什麼？」

徐議員從口袋裡拿出一張摺起來的紙，說道：

「他留了這封信，說自己不相信警察，也不相信檢察官，希望能拜託我一定要將李弼錫議員定罪。」

閔警正沉默讀著徐議員遞來的信。

「這是一年前友哲負責案件的證據對吧？組長？」

「是的，但光憑這個沒有用。」

「這是什麼意思？」

「徐議員，現在有比這更緊急的事要處理，妳方便進去家裡等我嗎？」
「什麼事這麼急？」
「沒什麼，之後再解釋，請妳先進去吧。」
「喔，好的，那由我保管這份文件，沒關係吧？」
「不，先交給我，妳拿著可能會有危險。議員今天先在妳爸媽家過夜，明天請來一趟警察署，我會解釋給妳聽，再把文件還給妳。」
「閔組長，我能相信你吧？」
「徐議員，妳相信友哲嗎？」
「相信。」
「那也請妳相信我吧，我把友哲看作我的親弟弟。趕緊進去吧。要是聽到外面有什麼動靜也不要出來，知道嗎？」
「外面會有什麼事……？」
「為了保護議員的安全，警方會守在這裡，可能會有點吵。」
「有警察保護我當然很樂意，但我得去汝矣島一趟，會派人跟我過去嗎？」
「這樣啊？那請妳先待在家，我去處理一下事情，等等回來送妳去汝矣島。我能跟妳借車鑰匙嗎？」
「為什麼……？」
「馬上就還，我要檢查一下妳的車有沒有問題。」

「到底是什麼事？」

「只是為了確保安全的檢查。不用擔心。」

「好的，鑰匙在這裡。」

「謝謝，請先進去吧。我查看完以後打給妳，在那之前請不要出來，好嗎？請答應我。」

「為什麼講得這麼可怕？我的車裡有爆裂物嗎？」

「沒有，只是以防萬一。謹慎點也好，不是嗎？」

「是這樣沒錯……。好，那麼我等組長電話。」

羅相南警官躺在指揮室角落的沙發上呼呼大睡，鼾聲如雷，連外頭都聽得見。

「我們好像來得太晚了？」

「不會，打呼的應該不是閔組長，啊哈哈，請進。」

崔友哲說著，推開指揮室的門，先請敏智的父親進去，自己跟在後頭。

「請等一下。那個，羅……」

「不用了，崔刑警。別吵醒他，他好像很累。」

「啊，但是打呼聲有點吵，沒關係嗎？」

「沒關係，不過怎麼沒看見閔刑警。」

崔警衛作勢東張西望，假裝在找閔警正。

「閔組長走了嗎？跑去哪裡了？要不我打個電話給他？」

「不用了，應該馬上就回來了吧，我們再等等。」

「好，那請喝杯茶。」

「麻煩給我一杯水，好嗎？」

「沒問題，請坐這裡等一下。」

崔警衛拉開椅子給敏智的父親坐，自己走到茶水間。敏智的父親從口袋裡拿出藥盒，把兩顆藥放在手上。這時，手機傳來訊息提示聲，他翻開折疊式手機，看了一眼後立刻闔上。

「伯父，水在這。」

「謝謝。」

敏智的父親配水吃了藥。

「是抗癌的藥嗎？」

「不是，是止痛藥。」

敏智的父親苦笑著回答。

「你身體不舒服，我還這麼晚帶你來這裡。」

「不會，別這麼說。不過趕著過來見閔刑警沒時間抽菸。我能出去抽一根嗎？順便吹吹風。」

「好的，我帶你去吸菸室。」

「不了，那裡太悶了我不喜歡……我去頂樓吧。順便看看久違的首爾景色，吹吹涼風。可以吧？」

「沒問題。」

崔警衛帶著敏智的父親走出指揮室，朝電梯的方向走去。崔警衛按下電梯按鈕。這時敏智的父親從外套內袋拿出香菸盒。

「啊，糟糕。我以為還有菸結果抽完了，怎麼辦？你沒抽菸吧？」

「對，我戒了。」

敏智的父親懊惱著將香菸空盒放回口袋。

「等等。不然請你在這裡等一下，我馬上去拿菸過來。」

「可以嗎？哎呦，實在是太麻煩你了。謝謝。」

「請在這裡稍等。不要自己先上去，好嗎？」

「好。」

敏智的父親點點頭笑著回答，崔警衛趕忙跑下樓梯。

閔警正離開徐議員父母家，走向徐議員的車。

嗶嗶！

他坐上駕駛座，將文件袋放到副駕駛座，透過車內後照鏡查看後座。不過那人可能趴著，看不出來在哪裡。

「在幹嘛？別躲了，出來。」

「……。」

「喂！我知道你躲在那裡。」

就在這時候，突然從後方冒出一個黑影，朝閔警正伸出手臂。說時遲那時快，閔警正快速向前伏低，並按下調整座位的按鈕，用力將座椅往後一推，駕駛座朝黑影重壓下去。

「呃啊！」

「沒想到有這招吧？」

閔警正立刻轉身，跳進後座。那人亮出刀朝閔警正揮去，閔警正緊貼著副駕駛座後方的車門，怒目瞪視。那人瞬間停頓了一下，接著繼續揮舞著刀朝他靠近，閔警正伸手抓住他握著刀的手，一記重拳揮向他的胸口。

「咳！呃咳。」

「敢對警察動刀？」

閔警正雙手抓住前後排座椅的頭枕，腳一抬將他踢向頭枕，那人打開後座車門想逃出去，結果被閔警正一腳踹下車。那人摔出車外之後立刻爬起來，拿起刀指向前方，眼睛注視著閔警正，與此同時，閔警正不慌不忙推開後座車門，下了車。

「喂，你是誰？」

「……。」

「你認得我吧？我們一年前見過！」

那人不發一語持刀衝上去，閔警正後退並順勢擒住他的手腕，正要揮拳打他的肋下時，不知從哪裡飛來的拳頭先打到了閔警正的臉，他因此踉蹌了幾步，對方立刻趁機揮刀，閔警正連忙後退，好不容易才閃過刀子。

「喂，你就是那時候的傢伙吧？」

「……。」

「不回答，看來沒錯吧？」

「吵死了，把文件袋交出來我就饒你一命。」

「哇，你會說話？聲音還滿好聽的。講點話不是很好嗎？你是誰？目的是什麼？」

「不管以前還是現在，你話都很多。」

「喔齁，所以你真的是之前那傢伙。今天來一決高下吧。」

「一決高下？從鬼門關逃回來的傢伙還真敢說。」

「是嗎？你為什麼要這個文件袋？裡面有什麼重要的東西？」

「乖乖交出來然後滾，這樣我就放你一條生路。」

閔警正將手放到嘴邊低聲說道：

「我偏不要。喂，你是黑暗王國的成員嗎？」

「……。」

「哇，看來真的是？原來如此。你肩膀上的王冠刺青是黑暗王國的標誌嗎？」

「別想套我話。」

「看來沒錯。好，那跟我走吧。」

「說什麼屁話！想死嗎？」

那人不慌不忙地用手指轉動刀，慢慢走向閔警正。

「ＯＫ！」

閔警正舉起手，拇指與食指扣成一個圓圈。

「呿！看來你是真的想去死。」

「是嗎？」

「什麼？喔！這是什麼？」

那人的臉和胸口突然出現好幾個紅點，躲在附近的突擊隊隊員的槍瞄準他，一齊現身。閔警正退到突擊隊隊員的身後。

「乖乖舉手投降吧。」

尹警衛走向前，槍口瞄準剛才躲藏在車上的嫌犯。

「……。」

「這是警告。舉手投降，否則就開槍。」

那人不動聲色地將手放入口袋，尹警衛走向他，高喊：

「喂！不要做無謂的掙扎，投降吧。」

「……。」

「不准動！再輕舉妄動我們就開槍。趴在地上。趴下！」

這時候，那人迅速從口袋裡伸出手。

「喂！我說不准動！」

他的手裡拿著一個針筒，並將針筒狠狠地插向自己的脖子，事情在眨眼之間發生，來不及阻止的隊員們急忙撲向他，壓制住他的手臂。然而針已經插進脖子注入藥物。

「快叫救護車！」

「是！」

那人突然渾身痙攣，又瞬間失去力氣，身體垂下。

「快！CPR！」

一名突擊隊在尹警衛的指示下，緊急替他做了心肺復甦術，而徐議員這時打開大門走了出來：

「組長，發生了什麼事？」

「喔？徐議員，我不是叫妳不要出來……。」

「這些人是……喔，那個……那個人怎麼了？」
「徐議員，請往後站。尹警衛，怎麼樣了？」
尹警衛檢查那人的脈搏，對閔警正搖頭說道：
「……死了。」
「靠！」
「對不起，組長，事發突然……」
「我不是在怪你們。是我沒想到。抱歉，我知道他有藏毒，卻沒想到他會用在自己身上。」
「這是怎麼回事？」
閔警正阻止徐議員靠近那人的屍體，說道：
「徐議員，請妳迴避。尹警衛，麻煩你處理現場，申請驗屍。」
「是，我知道了。」
閔警正走近屍體，觀察那人肩膀上的刺青，接著摘下他的口罩查看長相。
「你認識他嗎？」
「嗯，是一年前見過的傢伙。」
閔警正起身，走向徐議員。
「是因為文件袋嗎？」
「對，很可惜沒能活捉犯人，但幸好徐議員平安無事。詳細情況我回頭再慢慢解釋。明天……不，早上我們在警署見。」

徐議員茫然地回覆：

「好的。」

「尹警衛不好意思，請把徐議員安全護送回汝矣島住處。」

「是。徐議員，我們會護送妳回家。」

崔警衛從樓下的交通科拿到了香菸和打火機後跑上樓，可是敏智的父親卻不見蹤影。直覺不妙的崔警衛急忙按下按鈕，幸好電梯門立刻打開，他連忙搭電梯到頂樓。

崔警衛一出電梯就跑向通往屋頂的逃生梯，當他爬到樓梯最頂端時，看見敏智的父親站在可以到屋頂外的門前。

「伯父，你怎麼在這裡？」

「喔……。崔刑警。」

崔警衛走向敏智的父親說道：

「呼，嚇我一跳。我們去外面吧，我拿菸來了。」

「喔……好。可是外面有點……」

「外面怎麼了？」

敏智的父親猶豫著要不要出去屋頂，崔警衛見狀感到奇怪，於是先推開門走了出去。不遠處，他看見了南巡警與安警衛，他們分別壓騎在趴臥的陌生男人身上，正要銬上手銬，旁邊還有四名突擊隊隊員舉槍瞄準兩名男人。

「南巡警，你們在做什麼？」

南巡警停下上銬的動作，抬頭看向聲音來源。

「喔！崔刑警。」

「南巡警你怎麼會在這裡？徐議員那邊呢？」

「崔刑警，請等一下，我要先確認一個東西。」

南巡警替被自己壓著的男人上銬，查看男人的右邊肩膀，困惑地歪著頭，又檢查了一次兩邊的肩膀。

「咦？怎麼會沒有。難道不是？」

「這是什麼情況？那個，伯父你沒……呃呃！啊……。」

當崔警衛剛轉身，敏智的父親便持刀刺進崔警衛的腹部並摟抱住他。

「崔友哲，你這傢伙！」

「伯父……為什麼？呃……。」

崔警衛抓住刀柄，向後退了一步，跌坐在地上。南巡警看見崔警衛倒下，嚇得趕忙站起來。安警衛驚訝地看著南巡警突如其來的動作：

「南巡警，怎麼了？」

南巡警將上銬的男人交給突擊隊員後，衝到崔警衛身邊。敏智的父親渾身發抖，後退了幾步，癱坐在地上，但眼神仍緊盯著崔警衛。南巡警這才注意到崔警衛的腹部正在出血。

「啊！血！崔刑警，你沒事吧？」

南巡警扶崔刑警坐起身，崔刑警痛苦地開口：

「南巡警，呃……那個……」

「崔刑警！」

安警衛也急忙跑來，查看崔警衛的狀況，並舉槍瞄準敏智的父親，後方的兩名突擊隊隊員也將槍口指向他。

「馬上趴下，你是誰？想做什麼？還不馬上趴下！」

「安刑警，呃……啊呃……」

「崔刑警，別說話了。來人快叫救護車。」

「啊！是。」

一名突擊隊員立刻請求緊急協助。

「南巡警，這和你預想的不一樣吧？」

前一天，江南警署屋頂

「始甫，這裡看得到嗎？」

「我也不知道，離屍體出現的地方有一段距離，也許沒辦法，但我想試試。」

「好，你要小心。真教人擔心，這次我會在旁邊看，你只需要對我說明情況，絕對不能暴露自己的行蹤，知道嗎？」

「是，不用擔心，現在幾點了？」

「凌晨兩點三十五分。」

「那麼開始吧。」

我慢慢地閉上眼，又慢慢地睜開，周遭沒有可疑的人。我進入超自然現象了嗎？現在看不見大哥了。

「大哥？你聽得到我說話嗎？」

「嗯，聽得到。那裡有誰？」

「沒有人，我再看一下。」

我尋找著可能藏身的地方，這時有兩個用頭巾遮住臉下半部的男人突然從柱子後面跑出來，走到了屋頂門口。他們是殺人犯嗎？

他們各自站在門的兩邊，手持木棍，像在守株待兔。就在這時，有人推開屋頂的門走進來，是閔宇直組長。

咦！是大哥？

走在閔組長身後的是崔友哲刑警，就在那一刻，剛剛那兩個人高舉木棍，全力打中閔組長和崔刑警的後頸。閔組長和崔刑警冷不防地被木棍擊中，倒地不起。

「始甫，還沒好嗎？有沒有發生什麼事？」

「啊，大哥。現在兩個犯人正在攻擊你……不，攻擊崔刑警……。」

「什麼？事情怎樣了？」

閔組長好像昏了過去，倒在地上動也不動，其中一名蒙面人又揮起木棍，打向倒在地上的閔組長。崔刑警掙扎起身，這時木棍又朝他擊去。被木棍打中的崔刑警向前趴倒在地，又很快地抬起頭，然而卻怎麼也起不了身，再度倒下。

緊接著，兩名蒙面人扔下木棍，一左一右架起失去意識，站也站不直的崔刑警，拖到屋頂欄杆旁。然後他們……

砰！

嗶！嗶！嗶！嗶！

下方響起汽車警報聲。兩名蒙面人將崔刑警扔下屋頂後轉身來到閔組長身旁。難道組長也會……。他們站在閔組長面前，突然不約而同回頭看向我，我大吃一驚，下意識撇開頭，閉上雙眼。

「喔！」

「怎麼了？發生什麼事？」

「消失了。怎麼會？」

「什麼消失了？」

「那些殺人犯消失了，看不到他們。啊！什麼啊？我離開超自然現象了嗎？」

「怎麼回事？始甫？」

「等等，我再進去看看。」

我閉眼又睜眼，再次進入超自然現象，但還是什麼都看不到。他們好像在這之間逃走了……不對，就連倒在地上的大哥也不見了。究竟怎麼回事？

「怎麼了？你在做什麼？」

「什麼？」

「你知道自己現在眼睛是睜開的嗎？」

原來啊。這次不知道為什麼，我無法進入超自然現象。

「南巡警，你還好嗎？到底是怎麼回事？」

「我也不知道怎麼會變成這樣，為什麼那個人……」

「安……嗚呃……安刑警，那位是……李敏智小姐的父親……。」

「什麼？李敏智的父親？」

崔刑警抓住南巡警的手臂，試圖站起來。

「阿呃，我沒事，扶我起來。」

「崔刑警，你還是躺著吧，亂動會更危險。」

「你們這些混帳！我沒辦法殺死你們……但你們會遭天譴的。這些該死的傢伙！」

「伯父……。嗚呃……為什麼……。」

「你以為我不知道嗎？你是殺人魔！你和趙檢察官串通好了，殺死了呂南九！」

崔警衛死抓著南巡警，勉強支撐著身體看向敏智的父親，說道：

「伯父……。不是的，呃嗚，你……呃嗚……你誤會了。」

「崔刑警，不要再說話了，你血流個不停，這樣下去傷勢會更嚴重。」

「誤會？我都聽見了好嗎？你一直用那骯髒的嘴騙我！」

安警衛放下瞄準敏智父親的槍說道：

「我不清楚怎麼回事，但崔刑警不是那種人。這一定是有什麼誤會。」

「不清楚就閉嘴。我聽見他和趙檢察官的通話了，這樣還是我誤會嗎？那時我就知道了，打官司也沒用的，結果不是被判無罪了嗎？法律？根本沒用。所以我就下定決心，如果法律幫不了我，我就親自替天行道。」

「你到底在說什麼？」

「崔友哲你這傢伙！事到如今已經太晚了，但我還是要揭露你所有的罪行，給我贖罪！你怎麼能做出那種事？啊？嗚嗚嗚……。」

敏智的父親開始啜泣，崔警衛想靠近他，卻逐漸失去了意識。

「崔刑警，醒醒，你不能睡著，有聽到嗎？崔刑警。」

「南巡警，請加強止血力道。」

「好。崔刑警，醒醒，聽見了嗎？崔刑警！」

救護車的鳴笛聲從遠處逐漸接近，安警衛跑到崔警衛面前說：

「救護車好像來了，崔刑警，再撐一下。」

「崔刑警，不行！你不可以睡著！有聽到我說話嗎？崔刑警！」

南巡警為了不讓崔警衛失去意識，提高音量喊：

「南……巡警……呃，我沒……事。」

「不可以！那傢伙不能活下來，你們這些混帳！」

敏智的父親拿起刀想再站起來，安警衛再次舉槍瞄準警告：

「不准動，我不會放任你再靠近一步。」

但是他彷彿沒聽見安警衛的話，繼續想要站起來，突擊隊隊員立即制服了他。

就在此時，屋頂的門被推開，急救人員跑了進來迅速替崔警衛進行急救措施，再將他抬到擔架上。

「安刑警，等一下的報告麻煩你了，我……」

「不，南巡警，讓我去吧，你的狀態看起來也不好。你留在這裡，等閔組長回來向他說明情況。」

安警衛和扛著擔架的急救人員一起離開。

留在現場的突擊隊員扶起被壓制在地上的男人，將哭泣的敏智父親上銬。南巡警只是呆立原地。

「組長，我先走了。」

「好的，徐議員。」

閔警正與徐議員道別後，感覺到口袋傳來震動，拿出手機接起來問道：

「安刑警，你那邊處理好了嗎？」

「組長，那個……有突發狀況。」

「什麼意思？快說。」

徐議員聽見閔警正提高了音量，於是停下腳步轉身看向他。

「我正在去急診室的路上，崔刑警……」

「你說什麼？崔刑警……啊！」

閔警正忽然意識到徐議員還在附近，趕緊轉身，壓低聲音問道：

「怎麼了？為什麼要去急診室？」

「組長知道敏智的父親吧？他拿刀刺傷崔友哲刑警。」

「啊？這是什麼意思？原因是什麼？現在呢？崔刑警人還好嗎？有危險嗎？」

「要到醫院才知道，現在人在救護車上。」

「是嗎？南巡警也在？」

「不，南始甫巡警應該和敏智的父親在一起，還有其他犯人。」

「敏智的父親到底為什麼……不，算了。你到了之後再傳訊息告訴我是哪家醫院，知道嗎？」

「好。組長要回指揮室嗎？徐議員……」

「先別管這個，詳細情形見面再說。確認好崔刑警的狀況之後馬上聯絡我。聽到沒？」

「我知道了。組長快去看一下南始甫巡警吧。我很擔心他，他看起來很痛苦，眼神也有點渙散。」

「是嗎？這下糟了，他又遇到這種事……好，我知道了，先這樣。」

閔警正掛斷電話後，徐議員立即走過來問：

「組長，友哲怎麼了嗎？為什麼說到醫院？」

「那個，徐議員。」

「發生什麼事？」

「好，妳聽了不要嚇到，崔刑警正被送往醫院。」

「友哲嗎？為什麼？發生什麼事？有生命危險嗎？」

「徐議員，請冷靜下來。現在還不知道具體情況，現場好像發生了意外，崔刑警被刀刺傷。不過不用擔心，友哲很堅強不會有事的。等知道是哪家醫院後，妳再過去看看。我要先回去指揮室一趟，那裡也有傷患。」

「還有其他人受傷嗎？」

「有一個精神嚴重創傷的人，我要快點去找他，也得見傷害崔刑警的人。徐議員先在這裡等一下，我知道是哪家醫院後聯絡妳，妳就可以去看崔刑警。」

「好，我知道了，等組長聯絡。」

羅警查被救護車的嗚笛聲驚醒，從沙發上跳起來東張西望，走到窗邊查看外頭的情況。他看見急救人員從救護車上扛下擔架，急忙跑入警查署。羅警查搔著頭走到大沙發坐下。這時，指揮室的門打開，韓瑞律檢察官走了進來。

「羅警查你好。」

「喔！檢察官好。」

「組長還沒回來嗎？他和我約三點。」

「喔，對，組長還沒來。」

「外頭的救護車是怎麼回事？」

「就是說啊，我也不清楚……。」

「其他人都下班了嗎？」

「安刑警和南巡警去了A點，崔友哲刑警去見敏智的父親了……啊，檢察官知道他吧？李德福。」

「我知道，他從中國回來了？」

「好像是。崔友哲刑警接到李德福的電話後就去見他了。組長說自己有事就出去了……要我打電話問問看嗎？」

「不用了，他要我三點過來，應該是等一下就會回來了。不過每天都是羅警查值班嗎？」

「啊，我不是值班……是因為嫌跑來跑去麻煩。反正我一個人住，家裡和警署兩點一線，移動時間太浪費了，還是住在這解決吃喝更方便，啊哈哈。」

指揮室外的走廊傳出有人走來的腳步聲，還有喧嘩人聲。韓檢察官認為是閔警正，於是走到指揮室門口。然而指揮室的門一開，一群突擊隊員接連進入，後面跟著銬上手銬的敏智父親和兩名陌生男子。羅警查一看到有陌生人走入指揮室，馬上跑到門邊，不忘將韓檢察官保護在身後。

「你們是誰？咦？伯父！」

「我們是突擊隊隊員，閔組長下了指示……」

羅警查端詳了敏智的父親，大吃一驚：

「這是什麼？李德福先生在……在流血？」

「不，那是崔友哲警衛的血。」

韓檢察官聽到突擊隊隊員的回答，驚訝地推開羅警查追問：

「什麼？崔刑警的血？怎麼會？」

「這幾個人是試圖殺害崔友哲警衛未遂的現行犯。細節由南始甫刑警報告。」

「伯父，這是怎麼回事？為什麼要這麼做？」

「……。」

羅警查走向敏智的父親，然而眼前的老人家只是低頭沉默。

突擊隊帶著幾名現行犯去了指揮室內的審訊室。南巡警彷彿陷入沉思，低著頭緩慢地走過來。

「南巡警！」

韓檢察官跑到他面前說道：

「你的衣服有血……」

羅警查也跟著跑過來大喊：

「喂！南巡警，你有聽到嗎？」

「羅警查，先等等。」

韓檢察官輕輕抓住南巡警的手臂，問道：

「南巡警，你還好嗎？」

南巡警始終低垂著頭。

「到底發生了什麼事？崔警衛傷得嚴重嗎？他現在在哪裡？」

南始甫這才緩慢抬起頭，淚眼望著羅警查說：

「他……去了醫院……。」

「醫院？傷得有多重？伯父是為什麼要做這種事？」

「敏智的父親……拿刀……崔刑警。」

「刀？用刀刺嗎？」

南巡警沉默點頭，淚水落了下來。

「真的嗎？可是你幹嘛？沒必要哭吧，為什麼哭？怎麼了嗎？崔刑警有生命危險嗎？還是說……」

「不會吧？南巡警，有傷得這麼嚴重嗎？」

南巡警擦拭臉上的淚水，哽咽著說：

「唔嗯，不是的，我也不清楚，他昏過去了……」

「南巡警你先不要哭，把話說清楚！好好說到底發生什麼事！」

羅警查從鬱悶變成激動，說話也大聲了起來。

「羅警查，先等一下，南巡警好像受到很大的打擊，等他心情平復下來再說。南巡警，請過來坐，你的臉色很差，先坐下來休息。」

南巡警無聲啜泣著，坐在韓檢察官拉過來的椅子上。

「檢察官，組長已經知道了嗎？」

「應該還不知道吧？快打給他。」

韓檢察官和羅警查想讓南巡警好好休息，迴避到茶水間。審訊室門口有兩名突擊隊隊員守著。羅警查一進茶水間就打電話給閔警正。

「組長，你現在在哪裡？」

「喔，羅警查，我正要回指揮室，很快就到了。」

「你聽說了嗎？」

「崔刑警的事嗎？他被送去聖母醫院了，安刑警現在和他在一起。」

「聖母醫院嗎？他狀況如何？」

「聽說剛進手術室，要等手術結束才知道狀況。我快到了，見面再說，先這樣。」

羅警查一放下手機，韓檢察官立刻詢問：

「怎麼樣？送去聖母醫院了嗎？」

「組長說他馬上到，等來了再說。崔友哲警衛人在聖母醫院……正在動手術，安警衛在醫院陪他。」

「手術？唉……希望他不會有事……。」

「沒錯，崔刑警是個堅強的人，不會有事的。」

徐議員的車停在聖母醫院急診室前，徐議員從副駕駛座下車，跑進急診室。

「我找一位叫崔友哲的刑警，他在哪裡？」

「喔，刑警嗎？他正在動手術。」

「手術？什麼時候開始的。」

「剛進去。他的監護人在休息室那裡，您可以過去看看，一直往裡走，左轉就能……」

「謝謝。」

護理師話還沒說完，徐議員就跑向她指的方向，安警衛低著頭坐在監護人休息室裡。

「安刑警！友哲怎麼樣了？」

「啊，議員，他剛剛才進去手術室。」

「這是怎麼回事？」

「他的腹部被刀刺傷。」

「為什麼？發生什麼事？」

「對不起，議員，我們已經要舉槍……但來不及。對不起。」

「別這樣說。友哲的傷勢嚴重嗎？會沒事的吧？」

「那個……是的，當然了，請別擔心，手術一定會順利的。」

「對吧？沒錯，會沒事的。」

「他很快就會醒過來的，崔刑警一定能度過難關。」

指揮室走廊傳來急促的腳步聲，腳步聲越來越大，指揮室的門猛然打開。

「南始甫，始甫！」

原本低頭的南始甫抬起頭，好不容易壓抑的淚水再度爆發。

「南始甫，你還好嗎？我就知道會這樣，為什麼哭？這小子……」

「組長對不起，我又……嗚嗚。」

「怎麼說又？不是的。崔刑警會沒事的，不要胡思亂想，知道嗎？」

閔警正抱住南巡警。

「組長你來了。」

「這氣氛不方便向你打招呼……」

韓檢察官和羅警查聽見閔警正走進指揮室找南巡警的聲響，走出茶水間，安靜地站在兩人身後。

「韓檢察官，今天南巡警承受了很多的痛苦，在崔刑警受傷之前也發生了一些事。」

羅警查聽到這番話，驚慌問道：

「組長，又有發生什麼事嗎？」

「反正有事就對了，所以羅警查你多關心一下南巡警。不，你直接送他回家。」

「好，我會的。」

「組長，可是敏智的父親為什麼會做這種事？」

「我也不……。現在該去問清楚了。他人在審訊室？」

「是的，我不清楚事情的來龍去脈，所以沒進去。」

「妳的判斷是對的。我進去看看，檢察官在外面等就好。對了，南巡警，你有確認他們的肩膀嗎？」

「沒有東西。」

「是嗎？好，你回家休息吧，不要胡思亂想，知道嗎？羅警查，快送他回去。」

「組長，肩膀？什麼意思？」

「等我和敏智的父親談完後再說。檢察官，我先去忙了。」

閔警正拍了拍南巡警的肩膀，起身走向審訊室。審訊室裡，李德福把手放在桌上，低著頭。他身旁兩名陌生男人正在用中文大聲對話，連閔警正走進來也沒有停下來。

「兩個臭小子，給我安靜！」

閔警正用氣勢讓他們住口，兩人都低下了頭。

第20話 死亡真相

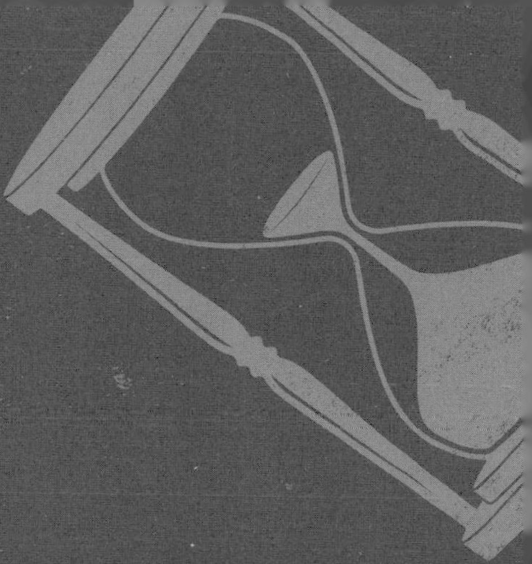

雙手放在審訊室的桌上，低著頭的李德福聽見閔警正的怒吼抬起了頭。閔警正看著李德福，坐到了他對面的椅子上。

「你們兩個給我老實點！伯父，你會說中文吧？請幫我告訴他們。」

李德福點了點頭，將閔警正的話翻譯給一旁的兩個男人，他們對閔警正點了點頭。

「好，伯父，你能告訴我這是怎麼回事嗎？」

「都是我做的，這兩個人是無辜的。要問什麼就找我，放他們走吧。他們只是來旅遊的中國人，什麼都不知道。」

「你們是什麼關係？」

「他們是我在中國認識的朋友，和這件事無關，所以……」

「伯父！如果再繼續說謊，我也幫不了你。請誠實回答我的問題，要不然……」

閔警正握緊雙拳，盡可能壓抑自己的情緒，察覺自己快要失控時立刻咬緊嘴唇。他繼續說：

「不然我們只會把你當成嫌犯，而不是像現在對待長輩的態度。伯父你應該懂吧？」

「閔刑警，我不懂你的意思，我說了什麼謊？」

閔警正拍桌大吼：

「伯父！好，那我也沒辦法了。李德福，你為什麼持刀傷害崔友哲刑警？」

「因為他是殺人犯。他和趙檢察官串通殺害呂南九。搞不好你和他也是同夥。」

「你說什麼？誰殺了呂南九？」

「你是真的不知道，還是在我面前演戲？」

「你到底在說什麼？崔友哲刑警殺了呂南九？」

「沒錯，如果你還不知道就聽仔細聽好。趙德三那傢伙和崔友哲串通好，聯手殺害呂南九，你真的不知道？真是的……身為刑警，居然不知道自己的同事是殺人犯？咳、咳咳、咳咳。」

李德福用手摀住嘴，不停咳嗽。

「好，那你有證據嗎？」

「證據？當然有。我親耳聽到了。」

「你聽到？聽到了什麼？」

「我聽到趙檢察官和崔刑警的通話。」

「通話？不是他們兩個當面的對話，是吧？」

「不是……但我聽得一清二楚！我親耳聽見趙檢察官下指示殺人，他們說一定要處理掉當時人在醫院的呂南九。」

「你說趙檢察官指示崔友哲刑警嗎？他在講電話時有說出名字？」

「嗯……沒有，但趙檢察官負責李弼錫那傢伙的案件，當時負責調查的是崔友哲刑警，所以除了崔友哲那傢伙還會有別人嗎？一定是……」

「李德福，等一下，你根本沒聽見他講到崔友哲，就斷定那個人一定是崔刑警？」

「是這樣沒錯……但按情況看來……還有……」

「李德福，你有問過崔刑警確認嗎？」

「我問他就會老實承認嗎？問了反而會讓我自己有危險。」

閔警正苦笑道：

「哈，你不經查證就盲目地要殺掉崔刑警，是這個意思？」

「盲目？」

李德福瞪著閔警正，大笑出聲：

「也對，都說物以類聚，你想怎麼想隨便你，我現在什麼都無所謂了。」

「李德福，你誤會大了。」

李德福怒視著閔警正，提高嗓門：

「誤會？他們在電話裡說的都發生了，這叫做誤會嗎？呂南九死了，李弼錫那個混帳被無罪釋放了，你說這是誤會？你和他們是一夥的嗎？原來是這樣嗎？咳咳，咳咳咳。」

李德福情緒激動，連連咳嗽。

「呂南九不是崔友哲刑警殺的，他試圖自殺的那天，難道你不記得了嗎？崔友哲刑警和我一起去醫院探望你。」

「什麼？那天……」

「你為什麼動手之前不先確認清楚？」

「確認？我都查了。趙檢察官都說出來了。」

「趙檢察官？」

「對，我要是去問崔刑警，他有可能會老實回答嗎？」

「你搞錯了，李德福，崔刑警那天和我一起行動，因為沒接到呂南九打來的電話，所以崔刑警匆忙去找他……但是晚了一步，呂南九送醫卻不治身亡，如果你不信……」

「反正我現在都無所謂了！一人做事一人當，我願意接受應有的懲罰。我承認我犯下的罪……喔，趙德三那傢伙也是我殺的。」

「什麼？趙德三檢察官是你殺的？」

車後座，趙德三檢察官嘴巴被貼上膠帶，驚慌的眼珠子不斷東張西望。

「唔嗯……。唔唔……。」

「趙檢察官，你為什麼要做出這種事？」

「唔……唔唔……唔唔。」

「我會幫你撕下膠帶，要是你敢大叫，我就殺了你，知道嗎？」

其中一名中國人將刀貼近趙檢察官的脖子，趙檢察官趕緊點頭。

「好。」

李德福對中國人說了幾句中文，那人撕下趙檢察官嘴上的膠帶。

「伯父，你好像有什麼誤會。」

「誤會？是嗎？那你說說看，你為什麼要那樣做？是誰指使的？」

「你在說什麼？」

李德福稍微側過頭，中國人壓了一下趙檢察官脖子上的刀。

「啊啊！啊啊……我知道了，拜託……把刀……」

李德福點點頭，中國人把刀拿開。

「說吧，為什麼殺了他？」

「不是的，不是我做的，是真的。」

「那是誰指使的？李弼錫那傢伙？」

「李弼錫議員也是你殺的？」

「我要說是，你才肯從實招來嗎？對，是我殺的，所以如果你想活命，就給我老實說。」

「是的，沒錯，李弼錫議員指使我殺了他，我只是服從指示而已，伯父。」

「所以你才命令崔友哲刑警動手？」

「什麼？不是……」

「給我交代清楚，不然我會真的殺了你……」

「對，沒錯，是的，是崔刑警動手的。我都告訴你了，請放過我，我只是負責傳話……。」

「你只負責傳話？」

「對，所以請饒我一命。」

「你還想要否認嗎？看來你也被崔友哲騙了。」

「伯父，那是誤會，趙檢察官對你說了謊。你比誰都還清楚崔刑警花了多少力氣調查李敏智的案子，不是嗎？」

「是，我知道，所以他更可惡，我那麼相信他，他怎麼能對我和我女兒……」

「真的不是崔刑警做的。趙德三檢察官背後還有其他人，我正在追查是誰在指使的，崔刑警沒有理由介入那個案子。」

「你還在追查？所以不是李弼錫指使的？」

「不是的，真的是你殺了李弼錫議員嗎？難道李大禹大法官也是……」

「不是。」

「不是嗎？不過……」

「我第一個想殺的就是李弼錫那傢伙，我打算親自動手，但我到的時候，已經有人先殺了他。」

「什麼？你有去過案發現場嗎？你看到有人殺他？」

「不是我，是他們⋯⋯。」

「真的嗎？他們有看見凶手？」

李德福用中文問了旁邊的中國人當天的情形，中國人解釋給他聽。

「他們提前研究了李弼錫的移動路線，在李弼錫死的那天，他們跟蹤他到家，打算等第二天動手，但看見有一個男人也在跟蹤他。李弼錫開門要進到家裡時，那男人趁機把他推進去。他們看到之後打算搭車離開時，李弼錫從陽台上摔了下來。」

「能問一下他們記不記得推李弼錫進屋的男人長什麼樣子？」

李德福轉達了閔警正的問題。

「他們說公寓走廊的燈光照到對方的臉，所以有看到。」

「那李大禹大法官被殺的時候，他們也在場嗎？」

「不，李大禹的事不在我的計畫之中。」

「那你為什麼要殺了趙檢察官⋯⋯不對，所以殺了趙檢察官的人也不是你？」

「不，趙檢察官是我殺的沒錯，是我下的手。」

「是你偽裝成車禍？」

「我先讓他溺死，再偽裝成計程車墜落意外。他們兩個和這件事沒有關係，你現在了解了嗎？」

「既然你坦承所有犯行，那可以斟酌狀況。只要這兩個人能提供李弼錫議員被殺害的目擊證詞，我會盡力以協助殺人的罪名，請求酌情減刑。」

「你說什麼？協助殺人……。」

「對，沒有把他們列為共犯就該慶幸了，他們協助殺人是不可否認的事實，我無能為力。但我曾盡力讓他們不被判為殺人共犯或共謀。所以，請他們配合調查李弼錫議員案。」

李德福向兩名中國人轉達閔警正的話，兩名中國人商量片刻後，對李德福說了什麼。

「他們願意協助，條件是你必須遵守承諾。」

「請告訴他們，我言出必行。」

「好。」

閔警正深呼吸，繼續說道：

「伯父，很抱歉。由於你涉嫌殺害趙德三檢察官與崔友哲刑警未遂，我要立即拘留你。即使對法律失去信任，也不能自己動手懲罰。為什麼要做到這種地步？你讓自己也淪為了和壞人一樣的罪犯。」

「現在說這些有什麼用？我無所謂，已經無法回頭了，我會為自己的罪付出代價。」

「伯父，崔刑警會沒事的。等他醒了，你再當面告訴他，他能體諒你的。」

「……。」

李德福緊閉雙唇，一言不發。

「是我們的無能才導致這種事發生。要是我們盡到警察的職責，伯父也不需要那麼做了。我是真心感到很慚愧。」

「如果呂南九同學不是崔刑警殺的，那是誰？你剛才說背後有人指使對吧？那麼這次拜託你不要只會道歉，一定要抓到真凶。到時候，我就會相信崔刑警不是凶手。」

「好，伯父，我明白你的意思了。我們一定會查出誰是真凶和幕後黑手，彌補先前的過失。」

「要是能在我死前抓到的話，我會非常感激。」

「伯父，我們一定會的。」

「你沒事吧？」

「嗯，現在比較好了。」

「這還是我們兩個第一次獨處。」

「喔，真的耶。」

「只有我們兩個人，說話就放輕鬆一點吧。」

羅警查對南巡警微笑說道。

「基本的禮貌還是不能少。」

「好，隨便你，要聽音樂嗎？」

「不用了，我怕吵，而且我很喜歡雨聲。」

「這樣啊，最近每天凌晨都下雨。」

「啊，雨天開車請小心，都是我害羅警查雨天還要出來一趟。」

「別這麼說，我也覺得待在指揮室很悶，就當作出來兜兜風，哈哈。」

「那坐在這裡的應該是朴旼熙刑警，而不是我……。」

羅警查頓時慌張，講話變得結巴：

「你……你說什麼？幹嘛？幹嘛提到朴刑警？」

「羅警查你不是喜歡朴刑警嗎？」

羅警查漲紅了臉，大聲否認：

「才沒有！誰說我喜歡她？我沒有。胡說八道被朴刑警聽到會遭殃的，少亂說。」

「這麼用力否認反而更可疑喔。我都知道，羅警查，在我面前不用假裝。好好追求人家吧。」

「是崔刑警跟你說的吧……啊，沒事……。」

南巡警的思緒好不容易擺脫了崔警衛，稍微恢復平靜，羅警查發現自己失言，連忙說道：

「沒有啦，是我多嘴了，抱歉。」

「我沒事。要不要打電話問一下崔刑警的狀況？」

「不用了，組長要你什麼都別擔心，回家休息，你就聽組長的話，知道嗎？」

「我擔心他的狀況會更睡不著。」

「喔……是嗎？那好吧。」

南巡警拿出手機打給安警衛。

「南巡警，你怎麼樣？沒事吧？」

「我沒事。崔刑警現在狀況怎樣？」

「還在動手術，手術時間有點久，不過不用擔心，剛才護理師先出來時我有問過了，說手術很順利，啊哈哈。」

「真的嗎？」

「當然啊，我幹嘛說謊？」

「好，我知道了，手術結束後一定要打給我。」

「好，我會的。」

「安刑警，謝謝你。」

羅警查好奇他們在電話裡說了什麼，趕忙詢問：

「他怎麼說？手術結束了嗎？」

「還沒，他說手術很順利，只是花了比較久時間。聽起來像是為了安慰我才說的謊話……。手術還在進行，護理師會離開手術室嗎？」

「喔？那個……」

「反正，現在還在動手術。」

「喔……。啊，剛剛在指揮室，組長問你有沒有看犯人的肩膀，那是什麼意思？」

「那個啊……沒什麼。」

「什麼沒什麼？我不能知道嗎？」

究竟該說還是不說，南巡警拿不定主意。

「怎麼這樣，同事之間居然有祕密？我好傷心……。是組長要你保密的嗎？」

「組長說暫時不能透露，抱歉。之後組長會說明的，別傷心。」

「什麼啊？真是的……知道啦，既然是組長交代的那也沒辦法。我還以為肩膀上會有什麼東西，刺青之類的。」

「刺青？嗯……。」

「什麼？我猜對了？」

「不是……。」

「哎，算了。你又不能說，我幹嘛還問……。還很遠嗎？」

「快到了。那邊的巷子進去繼續開，十字路口左轉就到了。」

「好，你等等趕緊回家休息，我還要去醫院看看。」

「那我也一起……」

「什麼？不行。組長交代我送你回家，我也要聽組長的指示啊，你休想跟我一起去醫院，聽到沒？」

「這麼會記仇啊？」

「記仇？對。你現在才知道？我就是個愛記仇的男人。」

「啊哈哈，是是是，我會銘記在心。」

「哈哈哈，好啦，笑一下不是很好嗎？」

「謝謝你，羅警查。」

「到了，沒有雨傘，你下車就快跑回去吧。」

「好的，有什麼事請打給我。」

「好。」

南巡警下了車，雙手擋住臉快跑回家。

●

閔警正剛走出審訊室，韓檢察官便迎上來問道：

「組長，現在狀況怎麼樣？」

「檢察官，請等一下。」

閔警正走向在審訊室門口看守的突擊隊隊員：

「那兩個中國人先帶去拘留所，安排老先生入住到安全屋。沒有逃亡之虞，不過要監視他，以防他自殘。除了我之外，任何人都不能見他，知道嗎？」

「是。」

突擊隊隊員和其他在一旁等候的隊員一起走入審訊室。

「組長，怎麼會送到安全屋？」

「妳知道敏智的父親沒剩多少時間了吧？我好像說過……」

「我知道，但是……」

「妳就當沒看到吧，我能替他做的只有這個。」

「可是……好吧，就按照組長的意思辦吧。」

韓檢察官看到閔警正的眼神，無法再出言反對。

「檢察官，謝謝妳。等一下，我們去那邊談吧？」

這時戴上了手銬的李德福和兩名中國人被突擊隊員們帶出審訊室。

「等等，幫李德福解開手銬。」

「什麼？啊，好的。」

一名突擊隊員走向李德福，替他解開手銬。

「閔刑警，謝謝你。」

「別這麼說，我晚點會去看你。」

「不了，不用過來。」

李德福說完後別過頭，突擊隊員們帶著他們離去。

「呼……。檢察官，請坐。」

韓檢察官與閔警正相對而坐，閔警正開口說道：

「妳剛才應該聽到了，殺害趙德三檢察官的犯人是李德福，並非他單獨犯案，那兩名中國人看來是他雇來協助殺人的幫凶。」

「我也認為是這樣。不過，他們真的只殺害了趙檢察官？李弼錫議員和李大禹大法官會不會也是他們殺的？」

「不太像是，我覺得他沒說謊。他來日不多了，我不認為他會為了減刑而說謊。」

韓檢察官撇嘴，點了點頭。

「剛才他們出來的時候，組長好像在看那些中國人的肩膀，你在看什麼？」

「我在看他們的肩膀有沒有王冠圖案的刺青。」

「王冠圖案……。」

閔警正對檢察官說明先前徐敏珠議員發生的事，以及這段時間的狀況。

「竟然發生了這種事？就算組長想保密，但也應該要相信同事，相信我吧？組長這樣一個人承擔太累了，南始甫巡警肯定也很辛苦，這一切……」

「是的，能說出來當然好，不過為了以防萬一，我不得不保密，請不要介意。」

「我不是介意，只是覺得兩位太辛苦了。要是我知道的話，也許能幫上忙……覺得很抱歉。」

「哎喲，我們韓檢察官還是這麼善良。妳的好意，我心領了。」

「所以南巡警也預先看見了崔友哲刑警會出事？」

「是的，所以才會更加難受。」

「何況事情接連發生……。組長認為李弼錫議員和李大禹大法官會出事，都是黑暗王國下的手嗎？」

「目前看起來是這樣。現在找到了李弼錫議員被殺害時的目擊者，調查起來會容易一些。」

「想不到竟然真的有黑暗王國這樣的組織在背後活動……。還有王冠刺青……。」

「既然已經掌握了關於黑暗王國的證據，應該能加快調查速度。」

「是啊，呂南九留下的證據在組長手上嗎？」

「正在鑑定。」

「鑑定？」

「是的，妳聽說過蔡利敦的案子吧。當時的證物也是請這位朋友幫忙。金承哲警監，還記得嗎？」

「我記得，他和組長是同期對吧？在情報科。」

「對，我請他幫忙鑑定隨身碟和一起附上的文件，看看是不是正本，或是有沒有被偽造的痕跡。還有那張紙條上的筆跡是不是呂南九的。」

「哇，動作這麼快……。」

「刻不容緩，不是嗎？現在情勢改變了，似乎對我們有利，必須抓緊時機徹底翻盤，對吧？」

「沒錯。」

「明天會立刻進行下去，可以嗎？檢察官。」

「好的，都敏警監也會加入嗎？」

閔警正考慮片刻後答道：

「我還沒問過都警監。」

「組長覺得呢？我認為都警監會是我們需要的人。」

「我也同意。那麼我會找時間詢問他的意願。」

「好的，交給組長決定。我已經做好覺悟了。」

「當然了，的確是需要很大的決心。啊，徐敏珠議員怎麼樣？」

「徐敏珠議員嗎？我和她不是很熟……組長覺得呢？」

「我們也許會需要國會的幫忙，雖然徐議員只是初選議員，但她深得同僚的信任，我認為她能帶來很大的幫助。」

「我相信組長的判斷，就這樣決定吧。」

「謝謝妳。那我們走吧。」

「這麼快？啊，是去醫院……？」

「不是的，要去另一個地方。」

「什麼？哪裡？」

「去了就知道，走吧。」

連續殺人案D－10

直到陽光照射進藍色的窗戶，我都躺在床上望著天花板。只要一閉眼，我就會想起被刀刺傷的崔友哲刑警，輾轉難眠。手術還沒結束嗎？想打電話，但還是決定再多等一下。

我一直都做得很好，運用能力拯救寶貴的生命，而我也認為那就是我的使命。然而，我是否已經越過了不該越過的界線？是否太自以為是？是不是破壞了萬物的常理？我開始對自己的能力起了疑心。

我是不是企圖改變不該改變的未來？太多的疑惑，腦袋好像要爆炸了，這時我感覺到震動傳來。

「喂？羅刑警。」

「這麼快就接了？還沒睡啊？」

「崔刑警怎麼樣了？」

「他剛被送進加護病房。」

「加護病房？手術不順利嗎？」

「不，手術很順利，不過要再觀察個一兩天。」

「手術如果很順利，為什麼還要……」

「醫師說傷到了內臟多處，縫合很順利……但擔心會有發炎症狀或其他後遺症……我也聽不太懂，總之醫師說要再觀察一下。所以你不要擔心，已經沒有生命危險了，聽到了吧？」

「好。組長也在那嗎？」

「沒有，組長還沒來。他說要過來，不過現在好像和檢察官在指揮室。安刑警應該聯絡組長了。反正說好會打給你，我有打了喔。」

「知道了，有事馬上聯絡我。抱歉，我應該過去的……」

「南巡警，別操心了，好好睡一覺，案子還沒結束，我們還要抓殺人犯不是嗎？」

「對。」

「先這樣，回去睡吧。」

「好的，你忙吧。」

我掛斷電話時發現收到一封來自大哥的訊息，他說不知道我醒了沒，所以才發訊息，還有崔刑警的手術很順利，要我不要擔心，看到訊息就安心睡吧。我回覆他之後試圖閉上眼，卻怎麼都睡不著。

再過幾小時，解酒湯店的小兒子就要出殯了，我該去嗎？我有自信面對南順奶奶嗎？還是不要好了，以後再去上香，請求原諒吧。我現在沒信心見任何人。

嘟嚕嚕。

「組長又傳訊息來了嗎？」

嘟嚕嚕。

接二連三地收到訊息，分別來自安刑警、韓檢察官和朴刑警。他們都是因為擔心我才傳訊息來關心，好，我要振作起來，不要獨自承受痛苦，我身邊還有這些支持我的同事！感謝身邊有他們的陪伴。南始甫，加油吧！

即使如此，我還是難以入眠。

清晨，安警衛、羅警查與徐議員就坐在加護病房的休息室，距離會客時間還有很久，他們熬夜等待崔警衛清醒。

「都辛苦了。」

閔警正和韓檢察官走進休息室，羅警查起身打招呼：

「喔，組長來了，檢察官也來了？」

「大家辛苦了。」

「不，不辛苦。」

閔警正走到徐議員身邊。

「徐議員，妳還好嗎？」

「嗯，我沒事……。」

「妳好，我是檢察官韓瑞律，初次見面。」

「檢察官好，我是徐敏珠。」

韓檢察官和徐議員互相問候時，閔警正詢問安警衛：

「他還沒醒來？」

「是的，組長，似乎還沒恢復意識。」

「好，你回去休息吧，這裡我會看著。徐議員，妳也回家睡個覺再來吧。」

羅警查看了看閔警正的氣色，說道：

「組長也都沒睡吧？這樣沒關係嗎？」

「沒事，這種程度不算什麼。」

「可是李德福為什麼要做這種事？他審訊時說了什麼？」

「喔，他全都交代清楚了，這件事之後再說。與其這樣一起守在這裡，還是輪班吧。幾個人留下，其他人去休息。」

「也好。不然去吃個飯再回來也行。徐議員，妳先去用餐吧。」

「羅刑警，不用這樣。你和安刑警、徐議員一起去吃飯吧。」

徐議員搖搖頭說道：

「不用了，我沒關係。現在也沒什麼胃口，你們去吃吧。」

「好吧，那就你們先去吃飯吧。」

「好的，我們馬上回來。」

嘟嚕嚕。

叮叮叮、叮咚！

「怎麼回事？是訊息鈴聲嗎？」

此起彼伏的訊息通知聲，第一個查看訊息的安警衛錯愕地望著閔警正。

「組長，這公告是什麼意思？」

「怎麼了？等等。」

閔警正也趕忙查看訊息。

「什麼啊？組長，這是怎麼回事？」

羅警查看完訊息後，失魂落魄似地看著閔警正。

「怎麼了？你們為什麼都這麼驚訝？」

「該死，比預期的還要快……。」

韓檢察官走向閔警正，接過手機確認訊息內容。

—公告—

即日起，解散江南連續殺人案特別搜查本部，組員各自回歸原工作崗位。根據搜查結果，將實行懲戒程序，會儘快另行通知。

羅警查暴跳如雷說道：

「組長，解散就算了，懲戒太過分了吧？」

「我們真的要解散了嗎？可是還沒抓到連續殺人犯……。現在那個不是真凶吧？」

安警衛無奈地苦笑。

「大家冷靜，公告說將會實行懲戒程序，而不是實行懲戒。先不要輕舉妄動，再等等看吧？」

「那要先回警察廳嗎？」

「當然，只能先這樣了。」

羅警查看著閔警正，皺著眉問道：

「先這樣？」

「你們先去吃早餐，這件事晚點再說，這裡是醫院，不要大聲喧嘩。」

閔警正看了徐議員一眼，趕緊要大家冷靜下來。

「啊……徐議員，抱歉。」

「別這麼說，羅刑警。」

就在當天，指揮室全部清空，懲戒程序也如公告所說，在兩天後迅速地以訊息個別通知。

——閔宇直警正：停職三個月處分
——崔友哲警衛、安敏浩警衛：停職一個月、減薪三個月處分
——都敏警監、羅永錫警衛：停職一個月、減薪三個月處分
——羅相南警查：減薪三個月處分
——南始甫巡警、朴旼熙巡警：減薪一個月處分
——韓瑞律檢察官：調職統營[*4]地檢

連續殺人案D－6

擺滿燭台與花瓶的長桌，流淌的古典音樂，服務生將食物端上桌，一切就緒之後大門隨即敞開，人們開始排隊入座，享用滿桌美食，寒暄問候。

＊4：統營市，位於韓國慶尚南道南部，與首爾距離約326公里，大眾交通車程約五小時。

「怎樣？這裡的菜色還不錯吧？」

「每次來都會出現我沒吃過的食物。」

「因為這裡已是獨一無二的呀，呵呵呵。」

「長官怎麼看這次議會選舉？」

「如果不徹底改頭換面，也會影響到我們，對吧？」

「這不就是我們聚在一塊的原因嗎？」

「自從改朝換代，明顯變得綁手綁腳。我們需要招募優秀的新血，壯大組織，不是嗎？」

「也不能隨便招人進來吧。我們至今可是花費多少心血……。」

「我明白，但我們需要擴張人力，再一次創造屬於我們的時代。是時候準備打選戰了，要做的事非常多，還需要大筆資金。」

「就是說啊，現在籌措資金的難度變高了，企業經營困難沒有閒錢贊助，而且……他們現在越來越不聽話了……。」

「不就是因為我們力量不比以前了嗎？所以我們才必須養精蓄銳，在這次的議會選舉展現我們的力量，不是嗎？」

「長官說得對。」

「但我還是不放心……。」

「長官有什麼好主意嗎？」

「我懂你們在擔心什麼。但想想看，新羅時代有聖骨與真骨[*5]，不是嗎？我們也必須保留聖骨，擴張真骨。讓聖骨們退居幕後，由真骨們主持大局，怎麼樣？聖骨在暗，真骨在明。這樣想的話，現在覺得麻煩的事就能迎刃而解。」

「這麼說來……的確還有很多六頭品……。啊哈哈哈。」

「要組織負責行動的人就需要資金，我們的勢力著實大不如前，現在必須要引進新人才，擴大勢力也確保資金。」

「我也同意這個說法。」

「還想聽聽其他人的意見。」

「這個政府再這樣下去，國家遲早要滅亡。我們應該早點整頓好，重振國家，不是嗎？我也同意長官的意見。」

「是啊，我們萬盛分會也認為不能再袖手旁觀，要齊心協力改變現狀的呼聲相當高。我也同意。」

「我再也無法忍受政府為了改革而改革的行為，應該讓事情恢復原狀。我同意。」

「好，那麼一致贊成要增加新成員。不過，上層階級仍然由在座的各位擔任，可以吧？」

「好主意。」

＊5：新羅時代實行骨品制度，聖骨為王室，真骨則是皇親國戚。依等級高至低為：聖骨、真骨、頭骨、六頭品、五頭品、四頭品、三頭品、二頭品、一頭品八個等級。四頭品或以上為貴族，三頭品或以下為平民。

「我也認為這樣很好。」

「我同意。」

餐桌兩側的人同時舉手，表示贊同。

「很好，大家都同意了。今天要介紹的人就是日後要帶領真骨的負責人。我想大家都認識吧，朱氏控股，朱必相社長，請進。」

沒一會兒，門再次打開，朱必相社長與兒子朱明根一起走了進來。

「大家晚安，能與各位一同參加這次的聚會，真是天大的榮幸。我是朱氏控股代表朱必相。他是小犬明根。」

天花板懸掛著華麗的水晶吊燈，柱子則是希臘聖殿風格。宴會大廳裡隨處可見美酒佳餚，穿著燕尾服的男性與華麗禮服的女性享用著雞尾酒，談笑風生。

「東民，就是這裡。」

「喔，好。」

「怎樣？」

「比我想像得普通。」

「普通？哈哈哈，你失望了嗎？」

「沒有，是因為你一直要我期待，我想像得比這裡更誇張。」

車東民難為情地笑著，打量四周。

「別擔心，還沒開始呢，等著吧。先享受這些『普通』，待會就能看到超乎你想像的東西了。」

鄭珉宇仰頭翻白眼大笑。

「什麼？還有別的嗎？」

「當然！」

「不過我來這裡真的可以嗎？俱樂部社長的兒子說……」

「啊？他說什麼？」

「他說這裡不是隨便人都能來的地方。」

「是啊，當然不是阿貓阿狗都能來，你覺得自己是阿貓阿狗？」

「這個……是有點……」

車東民尷尬回答，鄭珉宇安撫他：

「喔，抱歉抱歉。喂，我是開玩笑的啦。你當然夠資格，要不然我還會帶你來嗎？沒關係。進到這裡就不會有人對你有意見，這就是這裡的規則。偶爾會有外人進來，所以不用畏畏縮縮。」

「誰說我畏縮了？我不是……」

「呀哈哈哈，先和大家寒暄一下吧。這裡可全都是韓國的豪門子弟，多認識一些人，對你做生意會有幫助。跟我來，我幫你介紹。」

鄭珉宇拉住車東民的手臂，走向一群人。

「哎呀，大家好。各位最近過得好嗎？」

「喔？你來啦？」

「是的，大哥，你好嗎？」

鄭珉宇和他稱作大哥的男人握手。

「還可以。我現在在美國做生意，為了參加這個聚會才特地趕回來。傑克，你過得怎樣？電子業快不行了嗎？怎麼每次都被蘋果比下去啊？啊，抱歉，不過這是事實吧。」

被稱為大哥的人笑著調侃，珉宇反而大笑著回答：

「是啊，是事實沒錯，我都快累死了。大哥去美國是因為汽車被召回的事嗎？就勸過你不要再碰沒有希望的汽車業了。大哥也來搞ＡＩ吧，現在可是第四次工業革命，老是想著要追上奧斯頓．馬丁，也太勉強了吧。哈哈哈哈。」

「什麼？你……」

「詹姆士，忍住。傑克，在這種場合說話一定要這樣嗎？」

「沒有啊，是詹姆士大哥先……啊，好啦。各位大哥，我要介紹一個朋友給大家認識。他叫大衛，就是我推薦的ＡＩ機器人創投公司社長。兄弟，跟大家打個招呼吧。」

「各位好，很高興能見到大家，我是大衛。我的創投公司叫做莫拉可，公司準確來說主要在開發ＡＩ

產品的材料。」

「啊哈，你好。莫拉可？幸會，我是史密斯。」

「你好，我是詹姆士。」

鄭珉宇手指著上方，問道：

「各位大哥知道樓上在聊什麼嗎？」

「還能聊什麼？世界大事啊。」

「不對吧，應該是絞盡腦汁想著怎麼推翻世界吧？阿哈哈哈。」

「哈哈哈，是啊，一定是，呀哈哈哈。」

史密斯拍了拍鄭珉宇的肩膀，說道：

「走吧？」

「喔！這麼快？」

車東民低聲問鄭珉宇：

「兄弟，要去哪裡？」

「跟我來，現在才是真正的開始，啊，很驚訝嗎？這裡大多用英文名字稱呼，要記住。」

史密斯走在前頭，其他人跟在他身後。

一行人走到了派對大廳的盡頭，那裡有兩名穿西裝的壯漢守著一扇黑色大門。當他們走到大門前，兩名壯漢一左一右打開了門。

「來這裡幹嘛?兄弟。」

「怎麼了?會怕嗎?打起精神吧。我不是說過了嗎?來這裡不夠瘋會撐不住的。呀哈哈哈。」

「大哥,為什麼來這裡?」

「喔,抱歉,突然有人約我見面,先等一下吧。你要喝咖啡嗎?」

「好,我去買?」

「喔,好。」

南巡警到櫃檯前點了咖啡,在旁等候。這時候,一名有著紳士風範的老人家走進咖啡廳四處張望,接著走到閔刑警在的桌前,坐在他對面。南巡警覺得那名老紳士非常面熟。

正回想著那個人是誰的時候,點的咖啡做好了,於是他端著咖啡回到座位。

「組長,你的咖啡。」

老紳士嚇一跳,問閔警正:

「這位是?」

「沒關係,他是我同事。」

「這樣啊。唉!」

老紳士長嘆一口氣。

「南巡警，不好意思，你先拿著咖啡去別桌吧。」

「啊……好的。」

「謝謝。」

南巡警選了個較遠的座位坐下，觀察著閔警正與老紳士。他仔細看著老紳士的臉，過了一陣子南巡警總算想起來，他就是蔡利敦議員。先前只在法庭上打過照面，一時之間想不起來。

「謝謝你赴約。」

「議員找我有什麼事？」

蔡利敦議員掃視了周遭，壓低聲音說道：

「閔刑警你也很清楚吧，所以才派人跟蹤我，不是嗎？」

「什麼意思？請你解釋清楚。」

「好，那我直說吧。拜託救救我。」

「什麼？」

「你何必這麼驚訝？你不也知道嗎？李議員、李法官、趙檢察官……下一個就是我了。」

「誰會想殺你？」

「你真的不知道？幫助我安全逃到海外，我就給你們想要的東西。」

「雖然我不清楚議員要給我們什麼，但似乎不會有什麼幫助。不用和我談條件，快說是誰想殺你。」

「嗯咳……。」

蔡利敦議員假咳了幾聲，轉頭查看。

「黑暗王國嗎？」

一聽到黑暗王國，蔡利敦瞬間大驚失色，看著閔警正說：

「什麼？黑暗王國？你……早就知道了？所以……。」

「沒錯。所以議員要給我們的東西其實沒什麼用。」

「你已經查到他們的真面目了嗎？你是怎麼知道的？」

「我不能說，但如果議員還想活命，請協助警方調查，把你知道的一切都說出來。」

「我不清楚你知道多少，但我不能這樣做。除非……你能幫我偷渡到日本，替我換個身分，我也許能考慮……」

「換身分和偷渡……在不確定議員能給我們什麼好處之前，我無法給出承諾。」

「好，那麼一週後，我們在這裡見面，到時我會帶你想要的東西。相對地，你也必須想出幫我換身分和逃出這個國家的方法，這樣可以吧？」

「嗯……覺得我有點虧，但好吧。下週見。」

蔡議員再次打量四周，起身後便匆忙離去。這時從洗手間出來的南巡警飛快跑到閔警正的桌前。

「大哥，那個人是……是蔡利敦議員對吧？我有事要跟你說……」

「先走再說。」

「啊……。好，走吧，邊走邊說。」

閔警正和南巡警走出咖啡廳，坐上計程車，閔警正催促：

「好了，快說吧，什麼事？」

「在這裡不好說，等下車吧。」

計程車停在一個傳統市場的入口，閔警正與南巡警下車之後面對彼此：

「大哥，我剛才在咖啡廳的洗手間看到屍體幻影。」

「什麼？屍體幻影？」

「對，你知道是誰嗎？」

「是誰？幹嘛這樣問？」

「……。」

「是我嗎？幹嘛那麼嚇人？快說。」

「是蔡利敦議員。還有，案發現場又出現了徐議員車上的那種氣味。」

「真的？又是他們幹的嗎？」

「感覺是？」

「你還有看到什麼？」

「那個……我從蔡議員的眼睛裡看到兩個人影，他們面對面站著，可是……」

「可是什麼？幹嘛吞吞吐吐，有什麼事快說。」

「其中一個人跟上次一樣，戴著棒球帽和口罩，另一個人……雖然只看到側面……」

南刑警猶豫著，說不下去。

「怎樣？是我們認識的人？對吧？」

「對，雖然只是側面，但我看到羅相南刑警。」

「什麼？羅……羅刑警？怎麼可能，只是長得像的人吧？羅刑警長得是很有特色沒錯，但天底下難免有長得很像的人。你不是說只看到側面？」

「對，只有側面，可是……。算了，下次再直接確認就好了。」

「所以蔡議員一週後會死，搞什麼？那些傢伙知道我們會在那裡碰面？」

「你們剛剛才決定見面地點的嗎？」

「對。」

「莫非……真的是羅相南刑警……。」

「先不要疑神疑鬼。反正明天還能再確認一次。我們是被跟蹤了嗎？還是蔡議員被跟蹤？不能直接回去了，以防萬一，多繞幾圈吧。」

南巡警往前走，低聲問道：

「組長有感覺到誰跟蹤嗎？」

「沒有，我沒看到什麼可疑的人……。始甫，不要回頭。」

「好。可是大哥後腦又沒長眼睛，要怎麼知道是不是被跟蹤？」

「這就是經驗。不是一定要看後面才知道。看好了，要眼觀四方，有看到前方玻璃門上的倒影吧？只要充分利用身邊的地形和建築就行了。還要注意聽……雖然這裡是市場，還是能聽見腳步聲。每次轉彎的時候，餘光要不著痕跡地注意後方。等你累積了夠多經驗也辦得到。」

「原來如此。」

「好像沒有可疑的傢伙。我們回去吧。明天再去確認一次，你現在沒事了吧？」

「沒事了，我好得很。」

「對了，沒有其他可疑的地方嗎？」

「啊，蔡議員雙手緊握放在肚子上。手裡像是有拿什麼？還是說……」

「是嗎？蔡議員說會提供黑暗王國的情報……會是那個嗎？」

閔警正壓低聲音，南巡警也跟著低聲說道：

「黑暗王國的情報？」

「他說……」

閔警正轉述在咖啡廳與蔡議員的對話，同時走進一棟老舊的住商混合大樓。閔警正和南巡警在大樓裡的五金行門前停下來，先觀察了四周，確定沒有異常才小心翼翼地推門進入。

「組長，你來了。」

第21話

另起新局

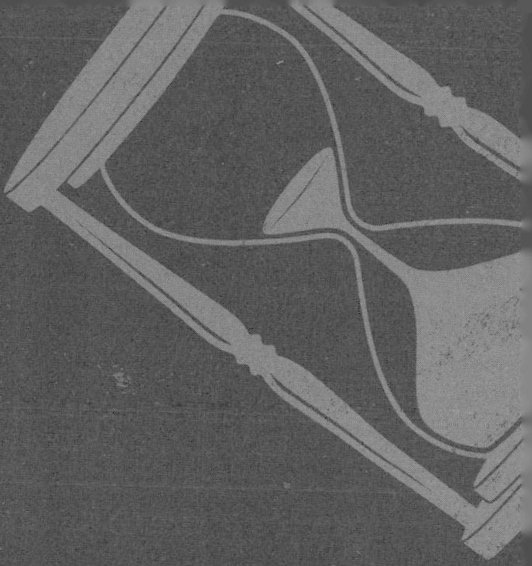

三天前，深夜十一點零五分（連續殺人案D－9）

「您好，這裡是大方派出所，需要幫忙嗎？」

「……。」

「先生，如果門壞了請找鎖匠，這裡是派出所。」

嘟、嘟。

「南巡警，又是惡作劇電話嗎？」

「喝醉酒說門壞了，要我們去幫忙開門，真是夠了。」

「真是的，為什麼不打給鎖行，打到這裡來？」

「南巡警！」

「啊，是！金警查。」

「你出去看看，有人找你。」

「找我？」

南巡警走向派出所正門。

「閔組長？」

「嗨，是我。」

「你怎麼會來這裡……？」

「有什麼好驚訝的？要工作啊。」

「工作？你不是被停職三個月？」

「對啊，我是被停職了，但工作不能停。」

南巡警微笑說道：

「其實我一直在等大哥來找我，可是我現在正在執勤……。」

「少裝模作樣，我已經和所長打過招呼了。走吧。」

「這麼快？等等，我先跟前輩報告……」

「所長會跟他說的。還不走？沒時間了，去案發現場之前，要先去別的地方。」

「啊，那等一下，我換衣服……」

「是去工作的，不換也沒關係，快走吧。」

閔警正拖著南巡警的手臂，讓他坐進副駕駛座，帶他來到了一間位於江南，與傳統市場相連的住商混合大樓裡的五金行。

「為什麼要來五金行？要買東西嗎？」

「少囉嗦，快進去。」

南巡警謹慎地推開五金行的門走進去。

「咦！朴刑警。」

「南巡警，你好。」

朴旼熙巡警坐在五金行裡的桌子前。

「其他人還沒來？」

「有，檢察官……」

這時候，位於五金行深處的門打了開來，韓檢察官出現在門口。

南巡警來五金行前一天，凌晨四點三十分（崔警衛遇襲當日）

韓檢察官跟著閔警正走進住商混合大樓。

「組長，為什麼來這裡？」

「再走一下就到了，在前面。」

「凌晨為什麼要去市場……？」

閔警正在破舊的玻璃門前停步。

「五金行？」

「是的，就是這裡，進去吧。」

閔警正推開五金行的門走進去。店裡白色的角架上堆放了各種建築材料與工具，還有一張滿是雜亂五金的桌子。閔警正走到角架之間，推開店裡深處的門，呼喊韓檢察官：

「檢察官，這邊。」

韓檢察官跟著他走了進去。

「喔？組長，這裡是什麼地方？」

門的後方是一間非常寬敞的房間，裡頭空無一物。

「檢察官，這裡就是我們日後的搜查本部。」

「搜查本部？」

「是的。」

三天前，深夜十一點五十分（連續殺人案D—9）

「檢察官好。」

「南巡警，歡迎，進來吧。」

閔警正看了一眼南巡警，露出微笑走進五金行深處的房間。

「組長，這裡是什麼……哇！」

南巡警進入剛才韓瑞律檢察官走出來的房間，忍不住感嘆：

「組長，這裡是……指揮室……。」

「沒錯，很眼熟對吧？這裡是我們今後的搜查本部。」

「搜查本部？我們要繼續調查連續殺人案？」

「當然了。」

「可是……沒關係嗎？組長你不是被停職了？檢察官也……」

「我被降職到統營地檢，我已經請假了。所以在我的休假結束之前必須破案，只有這樣，我才能回到首爾地檢。」

「是啊，南始甫，這是祕密調查，朴刑警也回到情報科了，但決定幫忙。」

「雖然有點意外組長會聯絡我，不過若我也能盡份力，抓到真凶的話，我當然樂意加入。」

「對，我也想抓到真凶。我還想過如果組長不繼續調查，我就自己去A點埋伏想辦法抓到凶手。」

「真的假的？」

「咦，羅警查！」

羅警查冷不防地從南巡警的身後冒出來，站在他身後的是安警衛。

「我也是那麼想的，南巡警。」

「安刑警也來了，那麼……」

「好了！人都齊了吧？」

「是的，組長。」

「可是崔刑警……」

南巡警問起崔刑警的狀況，羅警查把手搭在他肩上，回答道：

「喔，別擔心，他已經恢復意識了，還說想趕快回來，要不了多久就會來這裡跟大家會合了。」

「真的嗎？太好了。那我們要開始了嗎？」

「在開始之前，我有話對大家說……。」

今天，深夜十一點三十分（連續殺人案D－6）

「組長，你來了。」

「崔刑警？」

「崔刑警，你已經可以外出了嗎？」

「嗯，我沒事。」

崔刑警坐在輪椅上，在江南市場五金行裡的搜查本部等待著組員們。這時候有人從茶水間拿著紙杯出來打招呼。

「組長。」

「喔，徐議員，你們一起來的？」

「議員妳好。」

「南巡警你好。友哲一直吵著說要去那裡。」

「什麼？你已經去見過李敏智的父親了嗎？」

「是的，組長。謝謝你把伯父送到安全屋，伯父也說很感謝你。他會繼續待在那裡嗎？」

「不，只是暫時的，他很難一直留在那裡。他有說什麼嗎？你們誤會解開了嗎？」

「那個啊……」

◎

「伯父，我來了。」

「……。」

「對不起，都是我害你走投無路。」

「……。」

「我不是來追究的，也不是要你跟我道歉。我只是想來請求你的原諒。事情會變成這樣全都怪我，也難怪伯父會這麼想要親手懲罰犯人……我在醫院這段期間也感到很痛苦。」

李德福不發一語，轉身背對他。

「伯父，閔宇直組長已經全都跟我說了。真的不是我。雖然我的確沒能保護好呂南九……但我絕對沒有殺他。」

李德福這才轉身看著崔警衛，說道：

「是啊，我也是聽閔刑警說了才曉得，但能親手制裁那傢伙我並不後悔，我唯一遺憾的就是沒能親手殺死李弼錫那混帳……。」

「我明白，我的心情和你一樣……。伯父，我一定會抓到殺死呂南九的凶手，還有在幕後操控一切的勢力，讓他們接受法律的制裁。請你再等等，破案之前請伯父一定要好好吃飯，保重身體。你都沒吃什麼對吧？」

「也沒剩多久可活了……。與其在監獄被關到死，我寧可先走一步。你不用擔心我，好好接受治療。對不起，崔刑警，請你不要再來了。為了我，還有我的女兒，也是為了呂南九，你一定要遵守你的承諾，這次一定要讓罪犯付出代價。」

「是，伯父，我明白。」

「該做的事我都做了。不知道見到敏智時，她會怎麼看我這個父親。你走吧。」

「伯父，我會再來看你的。你休息吧。」

李德福沉默轉過身。

「是啊，伯父一定很難受，對法律的無能感到憤怒。我們在第一線太常遇到這種事，已經麻痺了，經常得過且過。我也要好好反省。不過這件事不能只是反省就結束了，應該要從現在開始導正。」

「沒錯。」

「徐議員，妳願意加入我們，真的帶來很大的幫助，謝謝。」

「別這樣說，我只是初選議員可能幫不上什麼忙，但我會盡全力提供協助的。」

「議員真謙虛。我們還得靠徐議員在關鍵時刻引發政治圈的輿論。徐議員，還有都警監……喔，說曹操，曹操到，哈哈。都警監，你現在才來啊？」

「我遲到了嗎？喔，崔刑警，你好點了嗎？」

「是的，警監。」

兩天前（連續殺人案D－8）

「警監，有好好休息嗎？」

「久違的休息，好像在度假。在家好好讀了一些書，羅警衛呢？」

「我也從早到晚都泡在電影院，哈哈哈。」

「不錯啊，趁現在想幹嘛就幹嘛，不知道下次何時還有這種機會。」

「是啊。不過組長為什麼約在市場見面……喔，組長來了。」

都警監轉頭看羅警衛指的方向，看見正揮著手走過來的閔警正。

「等很久了嗎？」

「沒有，為什麼約在這裡……？」

「這裡有家店很有名，我們去那裡吃綠豆煎餅和生牛肉拌飯，怎麼樣？」

「好啊，我喜歡生牛肉拌飯。」

「太好了，快走吧。」

三人走進位於市場入口的綠豆煎餅店，點了生牛肉拌飯與綠豆煎餅後坐了下來。

「組長，這裡真的很有名嗎？」

「羅警衛，現在本來就不會有什麼人，所以我才故意跟你們約這時間來。這裡的東西很好吃，對我來說啦，哈哈哈。吃吃看，味道不錯。」

「組長有什麼事，趕快說吧。」

都警監低聲催促閔警正。

「什麼？都警監看出來啦？」

「我不是看出來，只是組長說這裡很好吃，卻沒有半個客人，直覺告訴我組長約這個地方是有正事要商量。」

「哇，不愧是都警監。沒錯。我有很重要的事要說。」

「我已經做好心理準備了，直接說吧。」

「好，我之所以約你們私下見面……」

今天，凌晨零點零二分（連續殺人案D－5）

「只剩檢察官還沒來嗎？」

南巡警看到閔警正四處找人的模樣，說道：

「組長，安敏浩刑警和羅相南刑警還沒……」

「他們會和檢察官一起過來。」

崔警衛和徐議員向南巡警道謝：

「話說回來，南巡警，謝謝你。多虧了你，我才能活下來。」

「沒錯，南巡警，真的很感謝你。」

「不要客氣，很高興兩位都平安無事。這樣對我來說就夠了。」

「我很驚訝南巡警竟然有這樣的能力，又覺得很神奇。其實我到現在還是難以相信。」

都警監點點頭，同意徐議員的話，接著說：

「發生過那種事，我卻幫不上忙……很擔心也很抱歉南巡警自己承受了這麼大的壓力。希望你從現在開始能讓同事們一起分擔。」

「我和警監想的一樣。這次是無可奈何，但以後有什麼狀況都要隨時向我們求助，知道嗎？不要一直煩組長，可以來煩我，好嗎？」

「好的，崔刑警，以後我會煩到你受不了的，到時候可不能後悔。」

「沒問題，哈哈，啊呃……。」

崔警衛笑出聲卻也牽動了手術的部位，痛得抱住肚子。

「你還好吧？」

「我沒事，不要惹我笑，我的傷口還沒完全痊癒。」

「好的。」

南巡警尷尬地搔著頭笑了。

「南巡警是我的救命恩人，我一定會報答你的。有什麼事儘管說，我全都聽你的，知道嗎？」

「好，議員，我會記住的。」

徐議員看著南巡警露出燦爛的笑容。

「什麼事這麼開心？」

門外傳來韓瑞律檢察官的聲音，緊接著看到她從打開的門走了進來。

「檢察官，妳來了。」
「我沒遲到吧，組長？」
「當然，其他人呢？」
「我們也來了。喔，崔刑警！」
安警衛和羅警查欣喜地衝到崔警衛面前寒暄。閔警正對韓檢察官說：
「檢察官，事情怎麼樣了？」
「那個……請等一下。」
韓檢察官從包裡拿出白色文件袋。
「請看這個，組長猜對了。」
「是嗎？」
閔警正從文件袋裡抽出文件，掃視了一下，說道：
「和我預期的一樣。檢察官，辛苦妳了。」
「警監，我哪有什麼辛苦？是所有組員一起合力。羅永錫警衛幫了很大的忙，讓我們潛入國科搜找到這些資料……」
「什麼？這不是合法取得的……」
「都警監，這也是沒辦法，我們申請不到搜查令，但又一定要確認。」
都警監長長嘆了口氣，點頭道：

「是啊，我理解，所以拿到了什麼？」

「李弼錫議員的解剖結果，李大禹大法官的死亡鑑定，還有意圖殺害徐議員的犯人的解剖結果。不過這不是偷來的。」

「為什麼？」

「南巡警不是有聞到某種氣味嗎？那是用冰醋酸製成的劇毒，從意圖殺害徐議員的犯人身上有檢測出來，李弼錫議員身上同樣也有。可是他們卻隱瞞了這一點。李大禹大法官沒有解剖，所以無法確認，但死亡鑑定上有個意見認為可能是外因致死。所以我去見負責死亡鑑定的醫師，他說屍體上有針孔的痕跡，警方卻故意隱瞞，他覺得可疑才寫在死亡鑑定裡，算是盡了責任。他也答應出庭作證。」

「幸好還有人願意揭露真相。我能看一下那些文件嗎？」

「警監請看，這裡。」

崔警衛推著輪椅到了韓檢察官面前，問道：

「檢察官，我也能看嗎？」

「可以，在這裡。」

都警監環顧四周後，詢問安警衛：

「羅警衛沒一起來？」

「他說以防萬一，自己留在那裡。」

「喔，這樣啊，辛苦了。」

安警衛用眼神向都警監示意。

「好！人都到齊了，我們開始吧。」

大家聽見閔警正的話，紛紛圍坐到會議桌前。

「大家都看到了驗屍報告和死亡鑑定，不過李弼錫議員和李大禹大法官擺明了是被謀殺的。此外，殺人犯一定有靠山，這一點也很明確。他們鎖定的下一個目標是徐敏珠議員，幸好，徐敏珠議員現在人平安無事坐在這裡。但也因為如此，對方應該已經知道了我們的身分，我擔心特別搜查本部若成為他們的目標，會讓大家都陷入危險。」

「組長，所以你是故意的？」

「是的，羅警查，考慮到這一點，我才下令要緊急逮捕。我們首要之務是逮捕連續殺人犯，雖然已經掌握了主要嫌疑人朱明根的行蹤，但還不知道他躲到哪裡去。」

「我擔心他已經出境了。」

「不會的，安警衛，他一定會實行下一個謀殺計畫。」

「都警監說得沒錯。儘管不排除他逃出國的可能性，但按照都警監的預測，他堅持實行下一個謀殺計畫的機率更高。所以，南巡警和都警監在剩下的時間內，請把心力集中在巡邏A點，找出命案可能發生的地點。」

「好，組長不用擔心，我們持續在仔細查看現場。」

「如果南巡警能在命案現場提前看見屍體幻影，我們就能先準備好對策。而在此之前，我們要全力找出朱明根的下落。以防萬一，我們雙管齊下。」

「南巡警，請多指教。」

「是，都警監。」

「還有一件事。大家應該都曉得為什麼要偷偷把搜查本部設在這裡。目的就是要挖出一個名為『黑暗王國』的祕密組織。他們可能正在監視我們，大家要盡可能小心，不要被跟蹤了。從現在開始所有的調查都必須隱密進行，除了這裡的組員不能相信任何人。調查時留意不要被其他警方內部的人發現。」

閔警正一說完，韓檢察官立刻接話：

「根據推測，黑暗王國的成員包含了檢警、政經界人士，他們在檯面下行動，所以就像組長說的，我們也應該像幽靈一樣進行調查，所以我想把這次的調查作戰命名為「幽靈」，如何？」

「幽靈？不錯耶。」

崔警衛立刻贊成，閔警正也笑著點頭。

「幽靈搜查組？聽起來很棒。」

「這樣我們就是搜查幽靈的高手。讚喔！」

羅警查用手肘頂了頂南巡警的手臂說道。

「那麼作戰名稱是幽靈，搜查組就叫做高手吧。就這麼決定了，沒異議吧？」

「沒有！」

在座所有人一致同意，韓檢察官繼續說：

「還有一件事。黑暗王國的目標是徐敏珠議員，不知道他們什麼時候會再次動作，我會在徐敏珠議員身邊安排特別警衛，但還是要時刻保持警覺，在座的各位都要注意這一點。」

「謝謝。我會在國會蒐集關於黑暗王國的情報，目前打算找國情院管轄的國會情報委員會，探一下那些委員們的口風。」

閔警正看著徐議員，搖頭說道：

「徐議員，這可能會有危險。我反對妳單獨行動。黑暗王國一定也正在觀察妳，在這種情況下，貿然行動會更加危險。」

「是啊，徐議員，暫時還是先小心為上。徐議員就和我一起行動，到搜查結束為止，妳就先住進安全屋吧。」

「好，就由崔刑警負責保護議員。」

「是，組長。」

「但是我也不能坐視不管，請讓我也盡一份力。組長，讓我去蒐集國情院那邊的情報，我不會暴露身分的。請放心交給我。」

「好，我知道了。但務必要小心，好嗎？」

「我會的，組長。」

韓檢察官輕輕將手放到徐議員的手上，說道：

「徐議員，萬事小心。」

「是，檢察官，我會的。」

閔警正輪流看著所有組員，露出滿意的表情說道：

「好，大家注意。目前為止，我們還不清楚黑暗王國是什麼樣的組織，又有多大的規模。只知道他們是非常可能涉嫌李敏智、呂南九、李弼錫和李大禹命案的犯罪組織。我們剩下的時間不多了，三個月……不，必須在被察覺我們正在祕密調查之前搶先行動，要在一個月內揭發黑暗王國的真面目才有勝算。」

「是，我會讓所有的線人都開始動作，組長。」

「好的，崔刑警。」

「有什麼我能做的嗎？」

「南巡警，現在還沒有特別要你做的事，你先專心找出連續殺人犯。啊！還有蔡……沒事，我們私下再說。」

「組長是要說蔡利敦議員嗎？為什麼要……」

「不是的，檢察官，是別的事。希望大家都記住，如果這次我們沒能查出黑暗王國的真面目，有可能會遭到反擊，知道嗎？」

「是！」

每個組員都堅定地用洪亮的聲音回答。

「謝謝。有不顧危險，爽快同意一起走上這條路的各位，相信很快就能查出黑暗王國的真相，將邪惡斬草除根。」

「加油！我們可以的！」

「讓我們揭開黑暗王國的真面目，加油！」

「很好，讓我們齊心協力，讓這世界看看什麼是正義。」

閔警正握緊雙拳，毅然決然地宣言。安警衛也激昂地回應：

「沒錯！為了不再出現李敏智和呂南九這樣無辜的受害者，我們應該實現真正的正義。」

韓檢察官也用堅定的聲音接著說道：

「沒錯，這是一個根除警方和檢方高層積弊的好機會。」

羅警查突然站起，將握緊的拳頭向前伸，高聲大喊：

「讓我們用這次機會，證明正義猶存！」

「沒錯，讓他們見識見識！」

大家一齊起身，宣示決心。

「很好，我完全相信，也全靠大家了。謝謝各位。」

「哎，幹嘛這麼客套，我們又不是為了組長才聚在這的。」

「喔……沒錯。」

閔警正看著南巡警，露出尷尬的笑容。

「組長，該去現場了。」

「好。去準備吧，都警監。」

「是的，組長，我已經準備好機車了。」

「好！大家分頭去忙吧。」

「是，組長！」

嗡嘟嘟、嗡嘟嘟。

「喂？喔，承哲，結果出來了？」

「……。」

「好，我馬上到，等我。」

尾聲

B2計畫

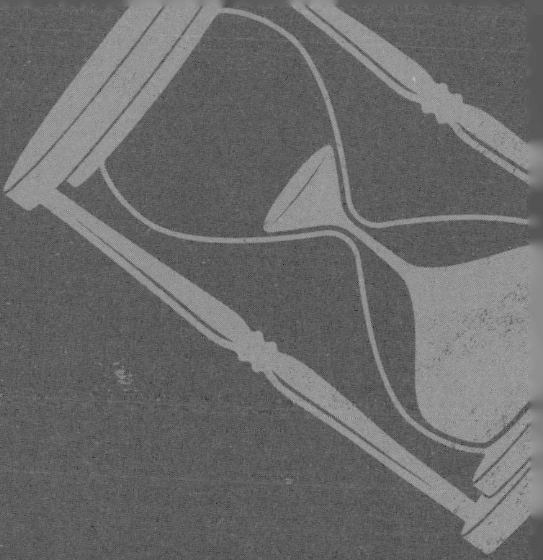

一九六八年，美西地區，德州

一輛軍用吉普車沿著鐵絲網外圍行駛，鐵絲網裡是被沙土覆蓋的荒漠地區。車子開了一陣子後，停在鐵門前，門上掛著畫有骷髏圖案的牌子，上頭寫著「禁止出入區域」。

一名身穿軍服，肩上有著少校徽章的美軍下了車，走到鐵門前。鐵門上的保全攝影機轉向他，沒過多久，鐵門自動打開。少校坐回副駕駛座。

吉普車往裡頭開了一陣子，最後停在一個地堡前。方才的少校先走下車，後座的下士也隨後下車，並從後座帶下一名有著亞洲臉孔的短髮男人。男人的眼睛被黑布蒙住，下士拖著他的手臂跟在少校後頭走進了地堡。

地堡裡站崗的哨兵們同時向少校行舉手禮，少校一行人走過哨兵身旁，打開鐵門，搭上了升降梯。升降梯緩慢往下降後停止，一名士兵早等在升降梯鐵門前敬禮迎接，接著走在前頭為少校帶路。

少校一行人跟著士兵走，士兵用鑰匙打開了一扇扇的管制門，來到最後一扇門。門後有幾名正在工作的士兵。

少校經過他們，進入指揮官室，向坐在辦公桌前的上校敬禮。

「讓他坐下之後出去。」

「是。」

「解開眼睛上的布。」

「是。」

下士讓那名亞洲男人坐到椅子上，並解開蒙住他眼睛的黑布。

「這是哪裡？」

亞洲男人說的是韓文，上校聽不懂。

「在說什麼？給我安靜。」

手被反綁的韓國男人站起來，讓他看看自己被綁住的雙手說道：

「太痛了，請把我的手也解開。為什麼要這樣對我？這和之前說的不一樣吧？」

「講話真大聲。翻譯的人很快就來了，在那之前給我安靜！」

上校雙手拍桌，瞪視著韓國男人。

「喔……。」

韓國男人聽不懂他的意思，但從上校的聲音和表情看得出來不能再多說話，於是安靜地坐在椅子上。

上校拿著文件，好像在找什麼，韓國男人則用警戒的表情打量著指揮官室。這時候門打開來，另一名亞洲男人和美軍士兵走進來。

「鄭先生，坐在他旁邊。」

「是，上校。」

被稱為鄭先生的男人是會說英文的韓國人，他的手腕上同樣戴著手銬，明明是大熱天卻戴著手套。

「轉達我的話，然後把他說的話一字不漏地翻譯給我聽，明白了嗎？鄭先生。」

「是。」

鄭先生把上校的話翻成韓語告訴韓國男人。

「你的軍階和名字。」

「下士，南熙白。」

「南下士，你必須在這裡接受幾項檢查。」

「檢查？」

「安靜，聽清楚了。要花多久時間取決於你，必須一五一十把你的能力全都告訴我們。」

「我不是已經全都告訴他們了嗎？」

「我們只知道你的大腦異於常人，並不知道你有特殊能力。」

「但是我沒辦法證明給你們看，只有我自己看得到。這在我來之前已經說明過了，不是嗎？」

「你必須證明自己真的看得到，這樣才能得到相應的回報。」

鄭先生用冷酷無情的聲音，口齒清晰地翻譯了上校的話。

「怎麼這樣，帶我來這裡不就是要研究原因嗎？為什麼又變了？我要怎麼證明！要我殺人嗎？」

「怎麼證明是你的問題，以後你在這裡的代號是205號。這裡都用號碼代稱。」

「什麼？明明有名字為什麼不叫……」

「吵死了，你只需要記得規則。在這裡等一下。」

「那個，鄭先生，這裡到底是什麼地方？」

鄭先生想翻譯給上校聽，南熙白急忙制止他：

「不，這個怎麼可以翻？我是在問你。」

「你們兩個，不准說我聽不懂的話，安靜。」

鄭先生只是將上校的話翻譯給南熙白。

「搞什麼？你其他的話都不能說嗎？這裡到底是什麼地方？」

「給我安靜，趁我現在還有耐性。」

上校大發雷霆，鄭先生依然不帶任何感情地翻譯。

沒幾分鐘之後，下士走進來，抓住南熙白的手臂把他架出去，而鄭先生尾隨在後。

「我們要去哪裡？鄭先生，你知道吧？快告訴我。」

「Fuck! Shut up.」

「安靜，臭小子。」

「什麼啊……。鄭先生，這不用翻吧……。」

南熙白被帶到收容所的牢房，門上有個小鐵窗。

「為什麼帶我來這種地方？我犯了什麼罪？你們為什麼這麼做。這和先前說好的不一樣。」

鄭先生這次沒有立刻翻譯。下士打開門將南熙白關進去之後便離開。鄭先生則是跟著軍官，走進一間離南熙白牢房很近的牢房，自動自發地關上牢房門。

牢房裡空間狹窄，有簡單的床鋪和在遮牆後方的馬桶。南熙白把臉貼在門上的小窗戶，大喊道：

「喂！這裡到底是哪裡？」

但是好像沒人聽見南熙白的聲音，四周靜悄悄。

「鄭先生，你在吧？鄭先生，你也在這裡嗎？在的話回應我吧。」

「安靜！」

有人用韓文說道。

「喔！是誰？是鄭先生嗎？不管是什麼都好，請說句話吧。這是哪裡？」

「就算你說破嘴，也沒人聽得懂你說的話。所以閉上嘴，不然只會拖累這裡的人。」

「什麼意思？」

「拜託你閉嘴！」

「喔……知道了。」

南熙白聽了陌生男人的話，沒再繼續追問。在一片寂靜的牢房裡無法正確感受時間的流逝。過了一陣子傳來了軍靴的腳步聲，

南熙白聽到不遠處有人用英語說話，接著是門打開的聲音。不久後，軍靴聲逐漸接近，鄭先生和一名穿著醫師袍的金髮男人站在南熙白的牢房門前。下士在他們的身後守著。

牢房門被打開來，鄭先生說道：

「205，出來。」

「我們要去哪裡？鄭先生。」

鄭先生沒有回答，下士替南熙白戴上手銬同時說了幾句英文，鄭先生翻譯：

「什麼話都別說，乖乖跟我走。」

南熙白看了看下士的表情，點點頭。穿著醫師袍的男子走在前面，南熙白、下士、鄭先生跟在後頭。他們帶著南熙白離開收容所，到了一個被白色牆壁包圍的走廊。那裡有好幾扇門，穿著醫師袍的男人走進最後一扇門。

「進去。」

南熙白一進去，鄭先生就走進隔壁房間，下士則是留在走廊站在門口等候。南熙白換上一套前後寫有數字205的灰色衣服，坐在椅子上。身穿醫師袍的男人將南熙白的雙手綁在扶手上，並在南熙白頭部和臉部安裝了電極。

「告訴我現在要做什麼。」

原以為擴音器會傳出英語，但卻聽到鄭先生的聲音：

「205，我們要檢查你的大腦，不用害怕，老實接受檢查。」

「不是早就做過腦部檢查了嗎？」

「想再做更仔細的確認。別擔心，等候檢查。」

穿著醫師袍的男人對著鏡子點了點頭：

「我要問你一些問題。你都要誠實回答。」

「知道了。」

「你叫什麼名字？」

「我不是說過嗎？」

「回答就好，廢話少說。你叫什麼名字？」

「南熙白。」

「國籍是哪裡？」

「韓國。」

「你結婚了嗎？」

「結婚了，還有一個兒子。」

「很好，就是這樣。你能看見人的屍體嗎？」

「是的。」

「只有你能看到嗎？」

「是的，沒錯。」

「被你看見屍體的人，十五天後就會死嗎？」

「那個……」

「簡單回答，是或不是。」

「是。」

「你有直接目睹過被你看見屍體的人，死在你看到的地方嗎？」

「我有看過對方死在我的面前。」

「你現在有看見屍體嗎？」

南熙白環視了一下四周都是白牆的房間。

「好像沒有。」

「是沒有，還是你不知道？」

「沒有。」

「很好。檢查結束。安靜地走到門邊。」

身穿醫師袍的男人取下了黏在南熙白頭上的電極，鬆開他被綁在扶手上的手，重新替他戴上手銬。南熙白走到門前站著。

從那天之後，南熙白每天都會來到這個房間做幾項檢查，被問是否看到屍體再回到牢房。

某一天，南熙白看到一名身穿寫著102灰衣的男人，靠著牆低頭坐著。

「我好像看見屍體了。有人坐在那裡，你有看到嗎？」

南熙白用手指著一面牆。

「這裡除了你，沒有別人。」

「那應該就是屍體了。」

南熙白走到屍體幻影前，跪在地上檢查屍體的臉。對方是一名亞洲人，眼睛裡有血跡，瞳孔倒映出之前帶南熙白來這裡，那名穿著醫師袍的男人。

「你看到了什麼？」

「是屍體。好像是那個穿醫師袍的人殺了１０２號。」

「告訴我，他是怎麼殺的。」

「我沒辦法知道那麼詳細，只是從屍體瞳孔裡的線索推測的。」

「那仔細描述一下屍體的模樣。」

南熙白觀察著屍體，描述他看到的狀況。

從那天以後，實驗室裡每天都看到一具屍體。我不知道自己在做什麼實驗，自從來到這裡後，我就輾轉難眠，恐懼已經到了臨界點，深怕不知道什麼時候會看到自己的屍體幻影。

一週後，當我在實驗室門前等候時，透過門縫看到了鏡子裡倒映出１０２號。他坐在椅子上，穿著醫師袍的男人正在替他戴上眼罩，而他的眼睛正在流血。雖然只是短短一瞬間，我跟他對到了眼。

當１０２號離開實驗室，從我身邊經過時，我耳裡聽見奇怪的聲音。起初我以為是耳鳴，但並非如此。是英語，我聽不懂是什麼意思，但我敢肯定自己聽到的是英語。是從哪裡傳來的？

在那一刻，有人用韓語向我搭話。

你幹嘛用那種眼神看我？

「誰？是誰在和我說話？」

下士暴怒大吼，鄭先生翻譯了他說的話：

「給我安靜。」

剛剛說話的人不是鄭先生，那是誰？

是我，102號。剛剛走過去的人。

我東張西望。

怎麼回事？是真的嗎？為什麼只有我聽得到？

這不是重點。告訴我，你為什麼用那種眼神看我。

自稱是102號的那個人能讀我的心。

因為我很好奇實驗室裡發生了什麼事，也好奇你的眼睛為什麼會流血。

真的是因為這樣？

對。你也是韓國人？

不，我是美國人，但我會讀心術，也可以用對方的語言交談。

哇，真厲害。你在實驗室做什麼檢查？

他們想利用我的能力收集情報，把俘虜……

102號突然不說話。

什麼？俘虜什麼？你有聽到我的聲音嗎？

「你有聽到我的聲音嗎！」

我不自覺把心裡說的話說出口，下士再次暴怒，對著我破口大罵。在鄭先生準備要翻譯髒話之前，我先開口：

「我懂他的意思，鄭先生，不用翻譯了，我會安靜的。」

「安靜點，不要讓任何人發現你有聽見聲音。」

「什麼？」

「Fuck! Shut up!」

「閉嘴，臭小子。」

鄭先生翻譯了下士的怒罵。

「知道了。ＯＫ、ＯＫ。」

鄭先生顯然也知道１０２號在跟我說話的事，所以他從剛才都是故意假裝的嗎？這麼說來，鄭先生是因為什麼能力才到這裡的？只是因為英語流利，就被抓來當口譯嗎……？

「進來。」

我又走進了實驗室，幸好今天沒看到別的屍體。

當我離開實驗室再次回到牢房，我觀察周遭，確定窗外沒人之後，小心翼翼地呼喊鄭先生：

「鄭先生，你聽得到我說話嗎？聽到的話就回答我。」

就在那時候，我的耳朵裡又聽見了聲音。

不要說話，用聽的就好。

喔，是你。你能聽見我心裡想的話？

可以，所以不要說話。

你來這裡多久了？

兩年……你有什麼能力？

我？我……

什麼？你能看到屍體？

啊！也是，你說過你會讀心術。

對，所以休想對我說謊。

你能一直讀我的心嗎？

不行，距離太遠的時候讀不了。而且只能讀一天，要想繼續讀，就得再對到眼一次。

原來如此，所以你的眼睛才被蒙住了啊。啊！你知道鄭先生是怎樣的人嗎？

鄭先生？他叫鄭智相。

他叫鄭智相啊。他是做什麼的？他也是因為有特殊能力才被抓來這裡嗎？

對，這裡是用來聚集我們這些有特殊能力的人。

有多少人被抓來這裡？

大概三十人，我也不知道準確數字。鄭智相就告訴我這麼多。

鄭智相有什麼能力？

只要摸過，他就能看見那件東西的過去。

從物品中看到過去？

對，他只要摸案發現場的東西，就能看到當時發生的情況，所以他才老是戴著手套。

原來，所以他才戴手套……。

我們必須趕快離開，這裡的人一個個都死了。

你怎麼知道？

之前住在你這間的人，在你來的前兩天出去之後，就再也沒回來。

真的嗎？但我連這裡是哪裡都不知道，要怎麼離開？

我有個計畫，你要加入嗎？

當然。我願意加入。

很好。

你打算什麼時候實行計畫？

一週後。

什麼？一週後？不能提前嗎？

為什麼？

那是因為……

搞什麼？有什麼不能說的。

啊，對不起，但是我真的不能說。請相信我。

你我之間不能有祕密，不然我要怎麼相信你，和你分享我的計畫？

我現在這種處境還能做什麼。我不會對你不利的。相信我。

不行，你……

你沒聽鄭先生說過嗎？

智相？怎麼了？智相知道？

沒錯，鄭先生知道。但刻意沒說肯定有他的理由。所以你也不要問鄭先生。

什麼意思？

如果鄭先生告訴你的話，他會有危險。

什麼意思？你到底在說什麼？

我真的不能說，請你諒解。

到底是什麼？快說。

啊！你去問那個穿醫師袍的白人，他也知情，會告訴你的。或者你去問上校。

我該問什麼？

問他們你會發生什麼事。

為什麼？

先不要管這個。

好，我知道了。

四天後，205號南熙白聽到牢房門打開的聲音，從睡夢中醒來。他向窗外一看，看見102號蒙著眼睛走過去。

「今天！」

102號突然大喊，下士用棍棒打102號的後背，並用力敲打牢房。

「呃！」

哐！哐！哐！

「Shut up! Fuck!」

今天是計畫行動日，102號透過穿醫師袍的男人讀出能逃跑的日子。今天是軍需物資運入的日子，他們打算趁機坐上物資運輸車，逃離這裡。然而，前提是必須打開層層的管制門。唯一的辦法就是在看門的警衛兵不知情的情況下偷走鑰匙。

光是這樣也無法順利逃出去。他們還得想辦法避開設置在各個地方的保全攝影機，必須找出解決所有問題的辦法。

身穿醫師袍的男人鬆開了102號被綁在實驗室椅子上的手臂。102號甩了幾下麻痺的雙手，然後摘下了眼罩。

「你對我做了什麼？」

當102號一說完，擴音器傳出上校的聲音：

「你在說什麼？」

「你明明知道我在問什麼，快告訴我會發生什麼事？」

「看來你聽到不該聽的了，就算你知道了也改變不了什麼。怎麼了？他沒告訴你嗎？」

「告訴我什麼？」

「你會死在這裡，大概三四天後吧？」

「我會死？」

「對。205號沒跟你說嗎？他在這裡看見了你的屍體。」

「什麼？」

「先不管這個，等等進去的那個男人就拜託你了。」

上校剛說完，一名南美裔男人走進實驗室。上校對男人發問，102號與南美男人四眼相對後，替上校讀出男人內心的想法。那男人說的是西班牙語，所以才聽不懂上校用英語說了什麼。

此時，下士和鄭先生一起來到了南熙白的牢房打開房門，拖著南熙白走向實驗室。在下士打開收容所出入管制門的瞬間，鄭先生揮拳打了下士的後頸，下士向前摔倒暈了過去。南熙白和鄭先生合力將下士移到保全攝影機拍不到的死角。鄭先生脫了下士的衣服換上，換過裝的鄭先生大方地經過保全攝影機的鏡頭下，打開每一間牢房。

與此同時，南熙白切斷了與保全攝影機連接的電線，必須在對方發現攝影機故障之前，放走所有被關起來的人。南熙白也幫忙鄭先生打開牢房。

暈倒的下士的手腳被綁起來，關進其中一間牢房。在其他軍官來之前，南熙白暫時躲進了牢房。這時候，有三名軍人跑來查看，當他們看見管制門是關著的，以為只是單純的攝影機故障，笑著打開門走了進來。兩名軍人負責查看牢房的狀況，另一名軍人檢查故障的保全攝影機。

就在這時，其他原先被關在牢房的人配合鄭先生的暗號，一齊衝出來制服了軍人。大家齊心協力制服三名軍人，並堵住他們的嘴，綁住他們的手腳之後關進牢房。鄭先生和南熙白從警衛兵身上，取得通往外部的控制門鑰匙。

兩人將鑰匙交給其他人後，一塊前往實驗室尋找１０２號。一切看似都按計畫順利進行，但他們逃跑的事很快就被發現，地堡內警報聲大作。

一批逃離牢房的囚犯占領了有著監視攝影機的監控室，另一批囚犯則搶劫武器庫，衝入軍人宿舍。囚犯與士兵在狹窄的空間裡展開了槍戰。上校一聽到警報後就立刻衝出實驗室，跑向緊急逃生口。１０２號和被俘虜的南美男人一起離開實驗室，尋找逃走的出路。

在激烈的槍戰中，走廊起火，軍人們爭先恐後逃跑，他們逃離的時候不忘一一關閉管制門，帶著槍的囚犯只好逐一破壞層層封鎖的管制門，努力衝向出口。其他囚犯被煙霧嚇得慌了手腳，很快地就被煙燻昏了過去。

南熙白和鄭先生在實驗室裡沒找到102號，想往出口方向走，但是出口處早已被灰煙和火焰覆蓋，無法通過。這時，後方傳來102號的大喊：

「走這邊！快！」

南熙白和鄭先生看到102號後，轉身跑向他。

「已經不可能從門口出去了。」

鄭先生用袖子遮住口鼻，對102號說道。

「那該往哪裡走？火一直往這邊燒過來，我們撐不了多久就會被煙嗆死。」

「上校是怎麼出去的？我們跟他走相同路線。離實驗室不遠的地方一定還有出口。」

「你知道在哪裡嗎？趁火勢還沒徹底蔓延，我們穿過火從大門出去比較保險。」

南熙白用衣服遮住口鼻，打算衝進火中，這時，鄭先生抓住了南熙白的手臂。

「放棄這裡，我們去找另一個出口吧，往反方向跑。快！」

「你當真嗎？」

鄭先生一言不發，用力抓住南熙白的手臂。

「好，我知道了。走吧。」

鄭先生帶頭跑著，其他人尾隨其後。他們跑到死路，這時灰煙逐漸靠近。

「這裡沒路了嗎？」

「不是說我四天後才會死？我不會死在這裡吧？」

「你聽誰說的？」

「上校。」

「那就好，那按理說，我們不會死……不要放棄，找一下出口吧。」

這時，南美男人再也耐不住炙熱，不顧一切地衝向濃煙。

「不可以！」

鄭先生想跑上前抓住那男人，但南熙白抱住了鄭先生阻止了他。

「不能過去，鄭先生。」

「現在該怎麼辦？」

102號用袖子遮住嘴焦急地問。這時，鄭先生脫下手套，把手放在周圍的牆面上，閉上眼睛彷彿陷入沉思，然後開口說道：

「這裡，這邊的地板。」

「什麼？地板？」

這時鄭先生突然拉著南熙白一起站上一塊四邊形地板，接著他們感覺到自己腳下開始下陷。

「怎麼回事？」

「啊！是這裡。」

地板陷下去之後，牆面之間便出現了縫隙，102號用力一推，就看到了通道。

「快出去，煙蔓延的速度越來越快，往我們這邊過來了。」

「喔！好！」

三個人鑽進牆面縫隙裡，用力推開牆壁。他們站立的地方出現了一個小洞穴。洞穴裡有著熊熊燃燒的火把，他們一路奔向火光。

《看見屍體的男人II：死亡設計者（下）》完

國家圖書館出版品預行編目（CIP）資料

看見屍體的男人. II, 死亡設計者/空閑K著；黃莞婷譯. -- 初版. -- 臺北市：臺灣東販股份有限公司, 2023.11
1冊；14.7×21公分
譯自：시체를 보는 사나이. 2부, 죽음의 설계자
ISBN 978-626-379-023-0（下冊：平裝）

862.57　　112014360

看見屍體的男人II
死亡設計者（下）

2023年11月1日初版第一刷發行

作　　者　空閑K
譯　　者　黃莞婷
編　　輯　曾羽辰
美術設計　黃瀞瑢
發 行 人　若森稔雄
發 行 所　台灣東販股份有限公司
＜地址＞台北市南京東路4段130號2F-1
＜電話＞(02) 2577-8878
＜傳真＞(02) 2577-8896
＜網址＞http://www.tohan.com.tw
郵撥帳號　1405049-4
法律顧問　蕭雄淋律師
總 經 銷　聯合發行股份有限公司
＜電話＞(02) 2917-8022

購買本書者，如遇缺頁或裝訂錯誤，請寄回調換（海外地區除外）。
Printed in Taiwan